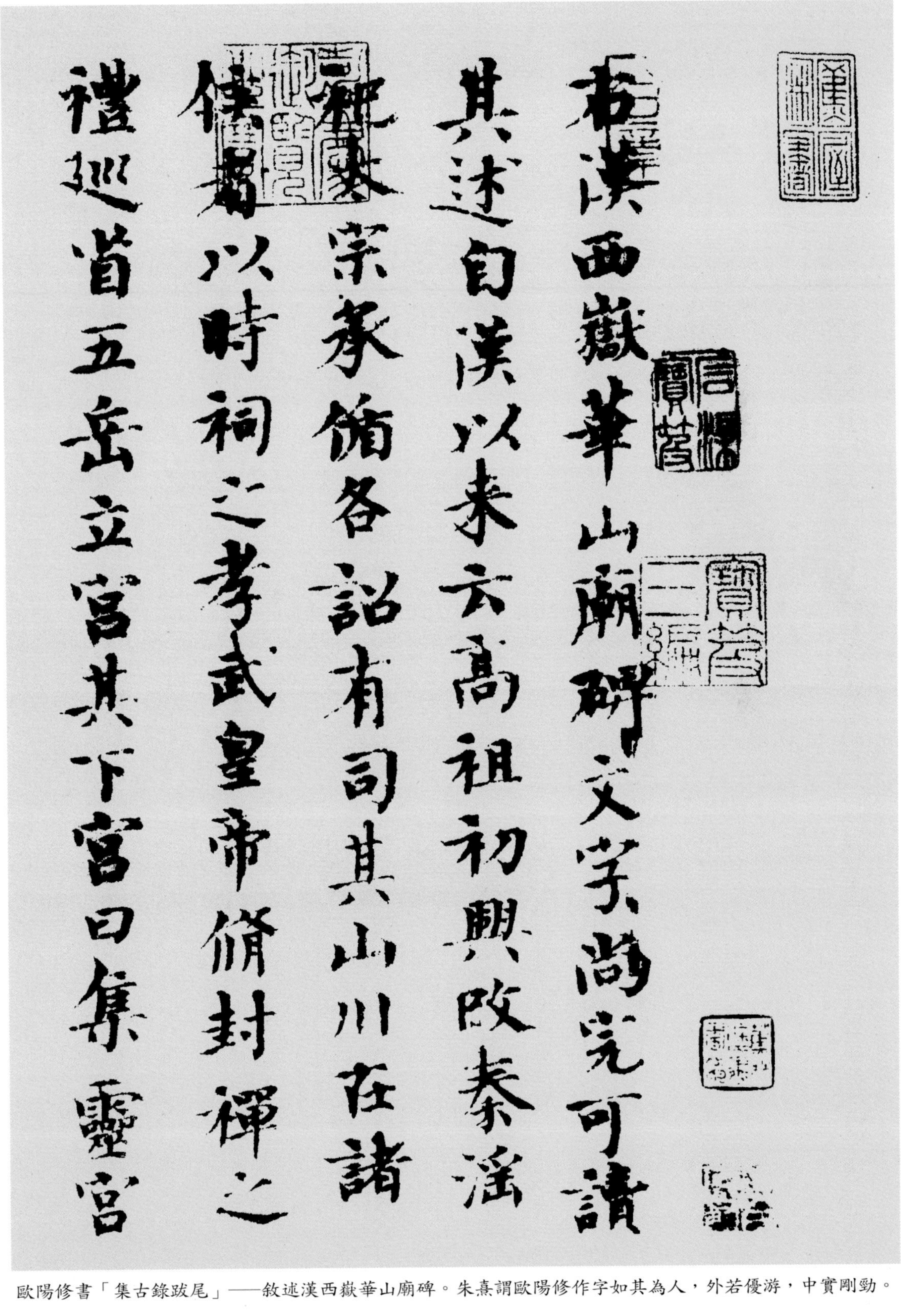
右漢西嶽華山廟碑文字尚完可讀
其述自漢以來云高祖初興改秦淫
祀太宗承循各詔有司其山川在諸
侯者以時祠之孝武皇帝脩封禪之
禮巡省五岳立宮其下宮曰集靈宮

歐陽修書「集古錄跋尾」——敘述漢西嶽華山廟碑。朱熹謂歐陽修作字如其為人，外若優游，中實剛勁。

「半閒堂秋興圖」——宋人作，描寫賈似道的姬妾在半閒堂中鬥蟋蟀。賈似道是南宋理宗、度宗年間宰相，與楊過同時代。

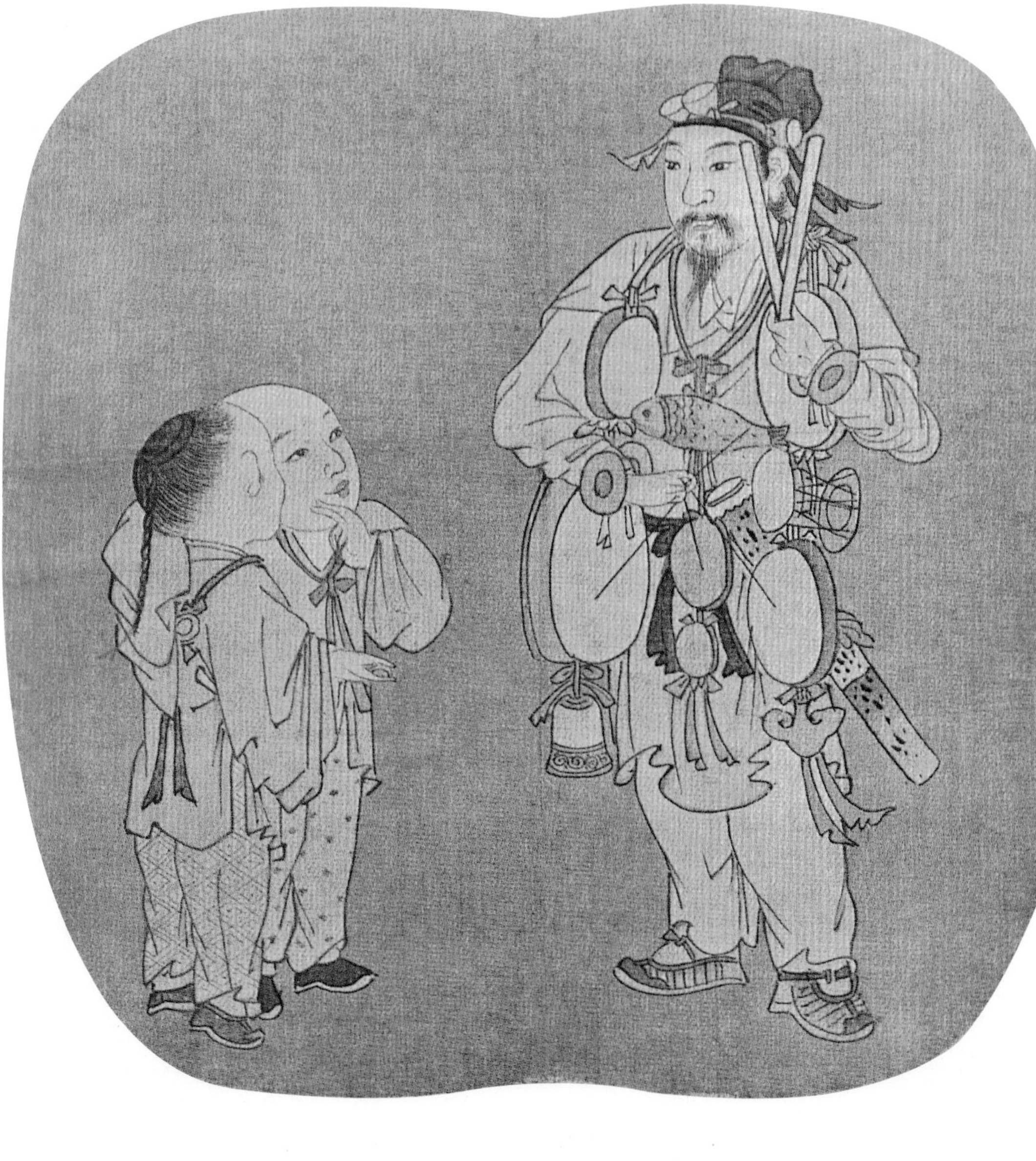

蘇漢臣「雜技戲嬰圖」——蘇漢臣，開封人，宋徽宗、高宗、孝宗時的畫院待詔，善畫人物、兒童，比郭靖的年代略早。

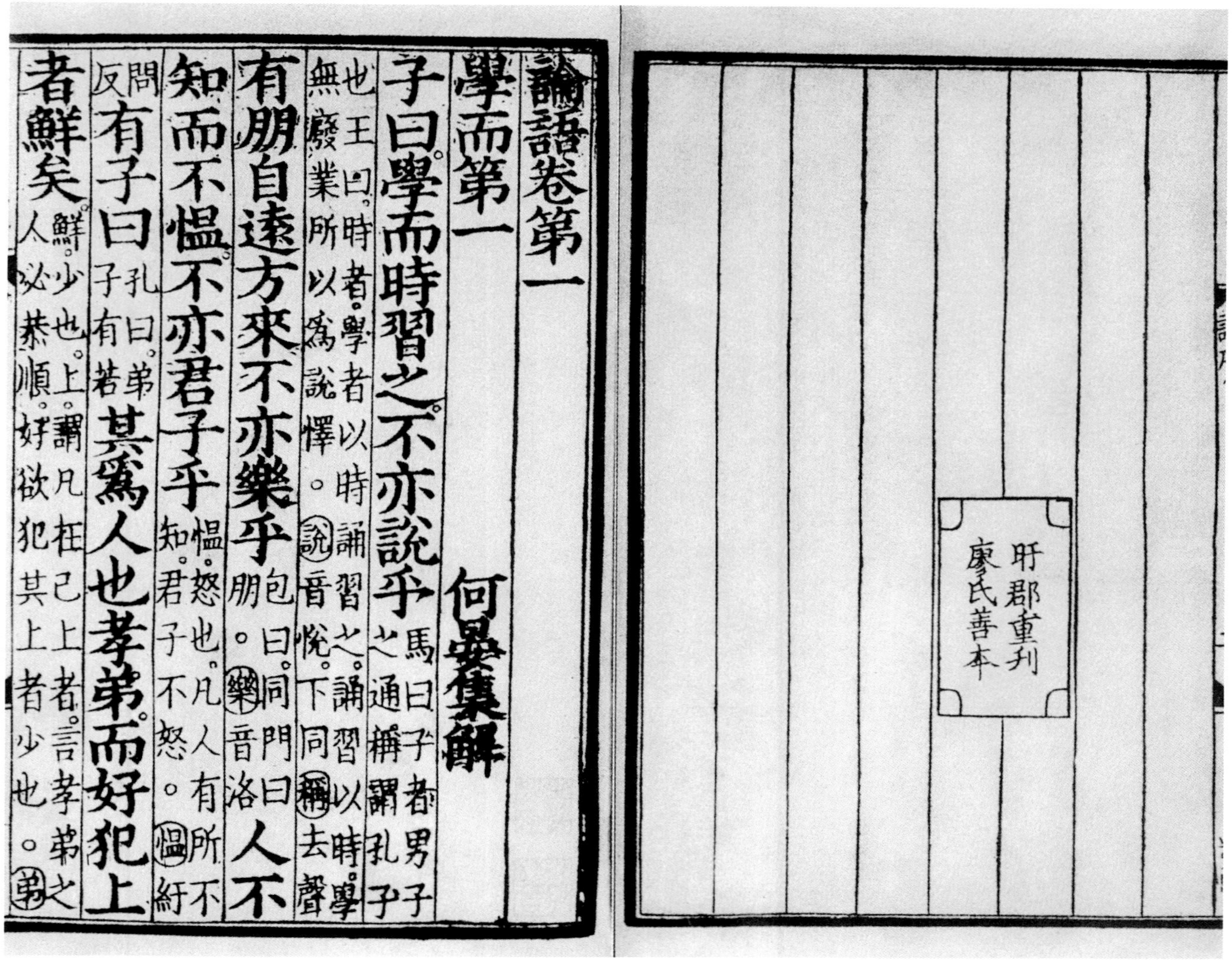

元人重刊宋版《論語》集解之第一頁——此為元人根據宋人廖氏世綵堂善本重刊，保留宋版《論語》的原來面目。黃蓉教楊過讀《論語》，或許讀的就是類似版本。

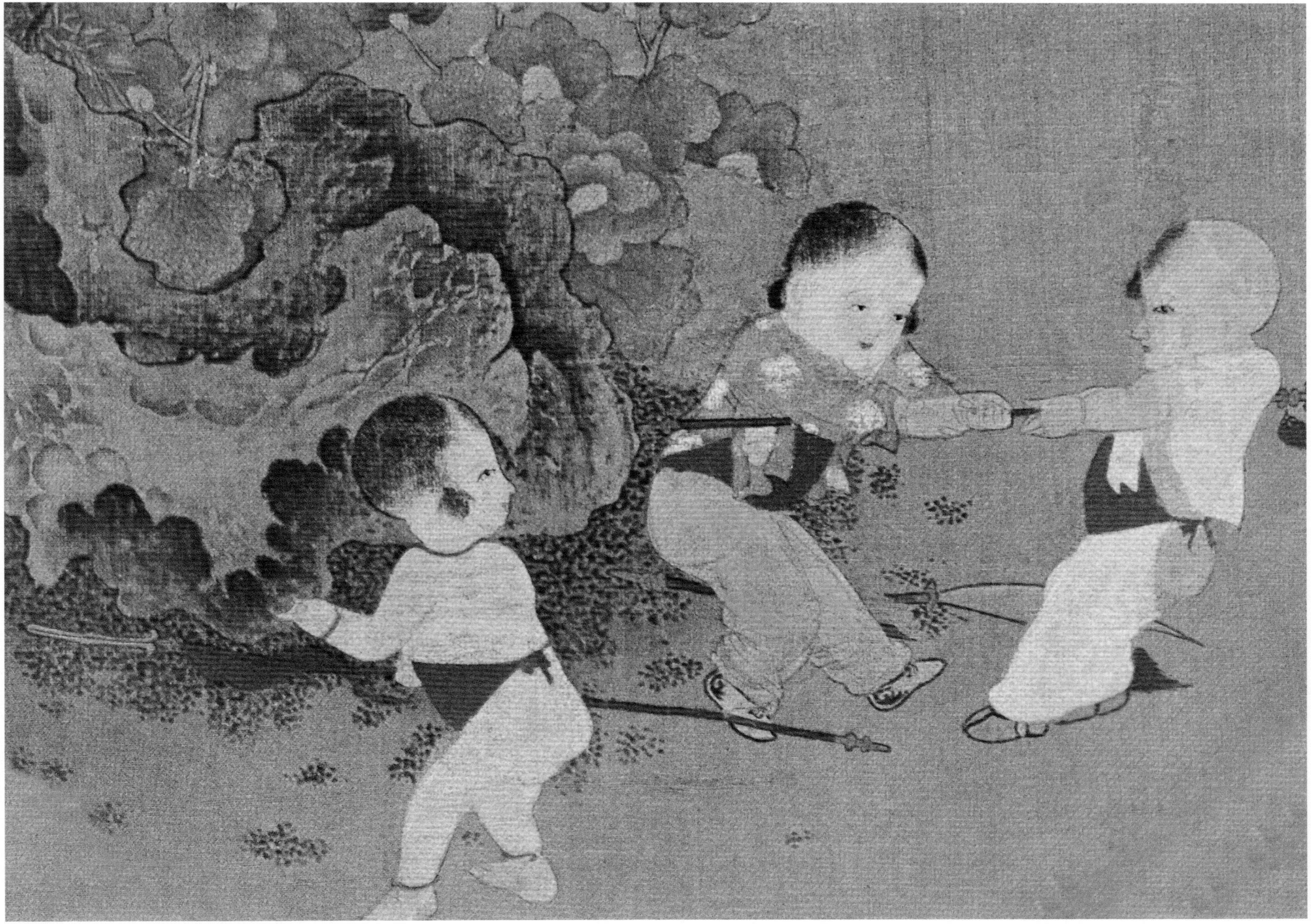

陳宗訓「秋庭戲嬰圖」——陳宗訓，杭州人，宋理宗紹定年間畫院待詔，是郭靖、楊過同時代的人物。

宋人「小庭戲嬰圖」——以筆法推測，可能是陳宗訓作。

終南山一角。

王重陽故事壁畫——山西永濟縣永樂鎮相傳是呂洞賓的故鄉，元初建規模宏大的道教寺觀「大純陽萬壽宮」，其中一部為「永樂宮」，第五進為「重陽殿」，奉祀王重陽及其諸弟子。殿壁共有四十九幅壁畫，描繪王重陽及全真七子的事蹟，本圖為其中之一「救笱婆眼疾」，顯示全真教諸位祖師重視拯濟平民疾苦。

神鵰俠侶

大字版

①投師終南

金庸

大字版金庸作品集⑰

神鵰俠侶 (1)投師終南 「公元2003年金庸新修版」

The Giant Eagle and Its Companion, Vol. 1

作　　者／金　庸

封面設計／唐壽南　內頁插畫／姜雲行

發 行 人／王 榮 文
出版・發行／遠流出版事業股份有限公司
臺北市中山北路一段11號13樓
電話／2571-0297　**傳真**／2571-0197　**郵撥**／0189456-1

□2004年 2 月16日　初版一刷
□2023年 8 月 1 日　二版六刷

大字版　每冊 *380* 元（本作品全八冊，共3040元）

〔另有典藏版共36冊（不分售），平裝版共36冊，新修版共36冊，新修文庫版共72冊〕

ISBN　978-957-32-8094-1（**套：大字版**）
ISBN　978-957-32-8086-6（**第一冊：大字版**）
Printed in Taiwan

YLib 遠流博識網
http://www.ylib.com　E-mail:ylib@ylib.com

「金庸作品集」新序

金庸

小說是寫給人看的。小說的內容是人。

小說寫一個人、幾個人、一羣人、或成千成萬人的性格和感情。他們的性格和感情從橫面的環境中反映出來，從縱面的遭遇中反映出來，從人與人之間的交往與關係中反映出來。長篇小說中似乎只有《魯濱遜飄流記》，才只寫一個人，寫他與自然之間的關係，但寫到後來，終於也出現了一個僕人「星期五」。只寫一個人的短篇小說多些，尤其是近代與現代的新小說，寫一個人在與環境的接觸中表現他外在的世界、內心的世界，尤其是內心世界。有些小說寫動物、神仙、鬼怪、妖魔，但也把他們當作人來寫。

西洋傳統的小說理論分別從環境、人物、情節三個方面去分析一篇作品。由於小說作者不同的個性與才能，往往有不同的偏重。

基本上，武俠小說與別的小說一樣，也是寫人，只不過環境是古代的，主要人物是有武功的，情節偏重於激烈的鬪爭。任何小說都有它所特別側重的一面。愛情小說寫男女之間與性有關的感情，寫實小說描繪一個特定時代的環境與人物，《三國演義》與《水滸》一類小說敘述大羣人物的鬪爭經歷，現代小說的重點往往放在人物的心理過程上。

小說是藝術的一種，藝術的基本內容是人的感情和生命，主要形式是美，廣義的、美學上的美。在小說，那是語言文筆之美、安排結構之美，關鍵在於怎樣將人物的內心世界通過某種形式而表現出來。甚麼形式都可以，或者是作者主觀的剖析，或者是客觀的敘述故事，從人物的行動和言語中客觀的表達。

讀者閱讀一部小說，是將小說的內容與自己的心理狀態結合起來。同樣一部小說，有的人感到強烈的震動，有的人卻覺得無聊厭倦。讀者的個性與感情，與小說中所表現的個性與感情相接觸，產生了「化學反應」。

武俠小說只是表現人情的一種特定形式。作曲家或演奏家要表現一種情緒，用鋼琴、小提琴、交響樂、或歌唱的形式都可以，畫家可以選擇油畫、水彩、水墨、或版畫的形式。問題不在採取甚麼形式，而是表現的手法好不好，能不能和讀者、聽者、觀賞者的心靈相溝通，能不能使他的心產生共鳴。小說是藝術形式之一，有好的藝術，也有不好的藝術。

好或者不好，在藝術上是屬於美的範疇，不屬於眞或善的範疇。判斷美的標準是美，是感情，不是科學上的眞或不眞（武功在生理上或科學上是否可能），道德上的善或不善，也不是經濟上的值錢不值錢，政治上對統治者的有利或有害。當然，任何藝術作品都會發生社會影響，自也可以用社會影響的價值去估量，不過那是另一種評價。

在中世紀的歐洲，基督教的勢力及於一切，所以我們到歐美的博物院去參觀，見到所有中世紀的繪畫都以聖經故事爲題材，表現女性的人體之美，也必須通過聖母的形象。直到文藝復興之後，凡人的形象才在繪畫和文學中表現出來，所謂文藝復興，是在文藝上復興希臘、羅馬時代對「人」的描寫，而不再集中於描寫神與聖人。

中國人的文藝觀，長期以來是「文以載道」，那和中世紀歐洲黑暗時代的文藝思想是一致的，用「善或不善」的標準來衡量文藝。《詩經》中的情歌，要牽強附會地解釋爲諷刺君主或歌頌后妃。陶淵明的〈閒情賦〉，司馬光、歐陽修、晏殊的相思愛戀之詞，或者惋惜地評之爲白璧之玷，或者好意地解釋爲另有所指。他們不相信文藝所表現的是感情，認爲文字的唯一功能只是爲政治或社會價值服務。

我寫武俠小說，只是塑造一些人物，描寫他們在特定的武俠環境（中國古代的、沒有法治的、以武力來解決爭端的不合理社會）中的遭遇。當時的社會和現代社會已大不相同，人的性格和感情卻沒有多大變化。古代人的悲歡離合、喜怒哀樂，仍能在現代讀者的心靈中引起相應的情緒。讀者們當然可以覺得表現的手法拙劣，技巧不夠成熟，描寫殊不深刻，以美學觀點來看是低級的藝術作品。無論如何，我不想載甚麼道。我在寫武俠小說的同時，也寫政治評論，也寫與歷史、哲學、宗教有關的文字，那與武俠小說完全不同。涉及思想的文字，是訴諸讀者理智的，對這些文字，才有是非、眞假的判斷，讀者或許同意，或許只部份同意，或許完全反對。

對於小說，我希望讀者們只說喜歡或不喜歡，只說受到感動或覺得厭煩。我最高興的是讀者喜愛或憎恨我小說中的某些人物，如果有了那種感情，表示我小說中的人物已和讀者的心靈發生聯繫了。小說作者最大的企求，莫過於創造一些人物，使得他們在讀者心中變成活生生的、有血有肉的人。藝術是創造，音樂創造美的聲音，繪畫創造美的視覺形象，小說是想創造人物、創造故事，以及人的內心世界。假使只求如實反映外在世界，那麼有了錄音機、照相機，何必再要音樂、繪畫？有了報紙、歷史書、記錄電視片、社會調查統計、醫生的病歷紀錄、黨部與警察局的人事檔案，何必再要小說？

武俠小說雖說是通俗作品，以大衆化、娛樂性強爲重點，但對廣大讀者終究是會發生影響的。我希望傳達的主旨，是：愛護尊重自己的國家民族，也尊重別人的國家民族；和平友好，互相幫助；重視正義和是非，反對損人利己；注重信義，歌頌純眞的愛情和友誼；歌頌奮不顧身的爲了正義而奮鬥；輕視爭權奪利、自私可鄙的思想和行爲。武俠小說並不單是讓讀者在閱讀時做「白日夢」而沉緬在偉大成功的幻想之中，而希望讀者們在幻想之時，想像自己是個好人，要努力做各種各樣的好事，想像自己要愛國家、愛社會、幫助別人得到幸福，由於做了好事、作出積極貢獻，得到所愛之人的欣賞和傾心。

武俠小說並不是現實主義的作品。有不少批評家認定，文學上只可肯定現實主義一個流派，除此之外，全應否定。這等於是說：少林派武功好得很，除此之外，甚麼武當派、崆峒派、太極拳、八卦掌、彈腿、白鶴派、空手道、跆拳道、柔道、西洋拳、泰拳等等全部應當廢除取消。我們主張多元主義，既尊重少林武功是武學中的泰山北斗，而覺得別的小門派也不妨並存，它們或許並不比少林派更好，但各有各的想法和創造。愛好廣東菜的人，不必主張禁止京菜、川菜、魯菜、徽菜、湘菜、維揚菜、杭州菜、法國菜、意大利菜等等派別，所謂「蘿蔔青菜，各有所愛」是也。不必把武俠小說提得高過其應有之份，也不必一筆抹殺。甚麼東西都恰如其份，也就是了。

撰寫這套總數三十六冊的《作品集》，是從一九五五年到七二年，前後約十三、四年，包括十二部長篇小說，兩篇中篇小說，一篇短篇小說，一篇歷史人物評傳，以及若干篇歷史考據文字。出版的過程很奇怪，不論在香港、臺灣、海外地區，還是中國大陸，都是先出各種各樣翻版盜印本，然後再出版經我校訂、授權的正版本。在中國大陸，在「三聯版」出版之前，只有天津百花文藝出版社一家，是經我授權而出版了《書劍恩仇錄》。他們校印認眞，依足合同支付版稅。我依足法例繳付所得稅，餘數捐給了幾家文化機構及支助圍棋活動。這是一個愉快的經驗。除此之外，完全是未經授權的，直到正式授權給北京三聯書店出版。「三聯版」的版權合同到二〇〇一年年底期滿，以後中國內地的版本由另一家出版社出版，主因是地區鄰近，業務上便於溝通合作。

翻版本不付版稅，還在其次。許多版本粗製濫造，錯訛百出。還有人借用「金庸」之名，撰寫及出版武俠小說。寫得好的，我不敢掠美；至於充滿無聊打鬥、色情描寫之作，可不免令人不快了。也有些出版社翻印香港、臺灣其他作家的作品而用我筆名出版發行。我收到過無數讀者的來信揭露，大表憤慨。也有人未經我授權而自行點評，除馮其庸、嚴家炎、陳墨三位先生功力深厚、兼又認眞其事，我深爲拜嘉之外，其餘的點評大都與作者原意相去甚遠。好在現已停止出版，出版者正式道歉，糾紛已告結束。

有些翻版本中，還說我和古龍、倪匡合出了一個上聯「冰比冰水冰」徵對，眞正是大開玩笑了。漢語的對聯有一定規律，上聯的末一字通常是仄聲，以便下聯以平聲結尾，但「冰」字屬蒸韻，是平聲。我們不會出這樣的上聯徵對。大陸地區有許許多多讀者寄了下聯給我，大家浪費時間心力。

爲了使得讀者易於分辨，我把我十四部長、中篇小說書名的第一個字湊成一副對聯：「飛雪連天射白鹿，笑書神俠倚碧鴛」。（短篇《越女劍》不包括在內，偏偏我的圍棋老師陳祖德先生說他最喜愛這篇《越女劍》。）我寫第一部小說時，根本不知道會不會再寫第二部；寫第二部時，也完全沒有想到第三部小說會用甚麼題材，更加不知道會用甚麼書名。所以這副對聯當然說不上工整，「飛雪」不能對「笑書」，「連天」不能對「神俠」，「白」與「碧」都是仄聲。但如出一個上聯徵對，用字完全自由，總會選幾個比較有意思而合規律的字。

有不少讀者來信提出一個同樣的問題：「你所寫的小說之中，你認爲哪一部最好？最喜歡哪一部？」這個問題答不了。我在創作這些小說時有一個願望：「不要重複已經寫過的人物、情節、感情，甚至是細節。」限於才能，這願望不見得能達到，然而總是朝著這方向努力，大致來說，這十五部小說是各不相同的，分別注入了我當時的感情和思想，主要是感情。我喜愛每部小說中的正面人物，爲了他們的遭遇而快樂或惆悵、悲傷，有時會非常悲傷。至於寫作技巧，後期比較有些進步。但技巧並非最重要，所重視的是個性和感情。

這些小說在香港、臺灣、中國內地、新加坡曾拍攝爲電影和電視連續集，有的還拍了三、四個不同版本，此外有話劇、京劇、粵劇、音樂劇等。跟著來的是第二個問題：「你認爲哪一部電影或電視劇改編演出得最成功？劇中的男女主角哪一個最符合原著中的人物？」電影和電視的表現形式和小說根本不同，很難拿來比較。電視的篇幅長，較易發揮；電影則受到更大限制。再者，閱讀小說有一個作者和讀者共同使人物形象化的過程，許多人讀同一部小說，腦中所出現的男女主角卻未必相同，因爲在書中的文字之外，又加入了讀者自己的經歷、個性、情感和喜憎。你會在心中把書中的男女主角和自己或自己的情人融而爲一，而每個不同讀者、他的情人肯定和你的不同。電影和電視卻把人物的形象固定了，觀衆沒有自由想像的餘地。我不能說那一部最好，但可以說：把原作改得面目全非的最壞、最自以爲是，瞧不起原作者和廣大讀者。

武俠小說繼承中國古典小說的長期傳統。中國最早的武俠小說，應該是唐人傳奇的《虬髯客傳》、《紅線》、《聶隱娘》、《崑崙奴》等精彩的文學作品。其後是《水滸傳》、《三俠五義》、《兒女英雄傳》等等。現代比較認眞的武俠小說，更加重視正義、氣節、捨己爲人、鋤強扶弱、民族精神、中國傳統的倫理觀念。讀者不必過份推究其中某些誇張的武功描寫，有些事實上不可能，只不過是中國武俠小說的傳統。聶隱娘縮小身體潛入別人的肚腸，然後從他口中躍出，誰也不會相信是眞事，然而聶隱娘的故事，千餘年來一直爲人所喜愛。

我初期所寫的小說，漢人皇朝的正統觀念很強。到了後期，中華民族各族一視同仁的觀念成爲基調，那是我的歷史觀比較有了些進步之故。這在《天龍八部》、《白馬嘯西風》、《鹿鼎記》中特別明顯。韋小寶的父親可能是漢、滿、蒙、回、藏任何一族之人。即使在第一部小說《書劍恩仇錄》中，主角陳家洛後來也對回教增加了認識和好感。每一個種族、每一門宗教、某一項職業中都有好人壞人。有壞的皇帝，也有好皇帝；有很壞的大官，也有眞正愛護百姓的好官。書中漢人、滿人、契丹人、蒙古人、西藏人……都有好人壞人。和尚、道士、喇嘛、書生、武士之中，也有各種各樣的個性和品格。有些讀者喜歡把人一分爲二，好壞分明，同時由個體推論到整個羣體，那決不是作者的本意。

歷史上的事件和人物，要放在當時的歷史環境中去看。宋遼之際、元明之際、明清之際，漢族和契丹、蒙古、滿族等民族有激烈鬬爭；蒙古、滿人利用宗教作爲政治工具。小說所想描述的，是當時人的觀念和心態，不能用後世或現代人的觀念去衡量。我寫小說，旨在刻畫個性，抒寫人性中的喜愁悲歡。小說並不影射甚麼，如果有所斥責，那是人性中卑污陰暗的品質。政治觀點、社會上的流行理念時時變遷，人性卻變動極少。

在劉再復先生與他千金劉劍梅合寫的《父女兩地書》（共悟人間）中，劍梅小姐提到她曾和李陀先生的一次談話，李先生說，寫小說也跟彈鋼琴一樣，沒有任何捷徑可言，是一級一級往上提高的，要經過每日的苦練和積累，讀書不夠多就不行。我很同意這個觀點。我每日讀書至少四五小時，從不間斷，在報社退休後連續在中外大學中努力進修。這些年來，學問、知識、見解雖有長進，才氣卻長不了，因此，這些小說雖然改了三次，相信很多人看了還是要嘆氣。正如一個鋼琴家每天練琴二十小時，如果天份不夠，永遠做不了蕭邦、李斯特、拉赫曼尼諾夫、巴德魯斯基，連魯賓斯坦、霍洛維茲、阿胥肯那吉、劉詩昆、傅聰也做不成。

這次第三次修改，改正了許多錯字訛字、以及漏失之處，多數由於得到了讀者們的指正。有幾段較長的補正改寫，是吸收了評論者與研討會中討論的結果。仍有許多明顯的缺點無法補救，限於作者的才力，那是無可如何的了。讀者們對書中仍然存在的失誤和不足之處，希望寫信告訴我。我把每一位讀者都當成是朋友，朋友們的指教和關懷，自然永遠是歡迎的。

二〇〇二年四月　於香港

目錄

「越女採蓮秋水畔……芳心只共絲爭亂
……風月無情人暗換，舊遊如夢空腸斷……」

第一回　風月無情

「越女採蓮秋水畔，窄袖輕羅，暗露雙金釧。照影摘花花似面，芳心只共絲爭亂。
鷄尺溪頭風浪晚，霧重煙輕，不見來時伴。隱隱歌聲歸棹遠，離愁引著江南岸。」

一陣輕柔婉轉的歌聲，飄在煙水濛濛的湖面上。歌聲發自一艘小船之中，船裏五個少女和歌嘻笑，盪舟採蓮。她們唱的曲子是北宋大詞人歐陽修所作的〈蝶戀花〉詞，寫的正是越女採蓮的情景，雖只寥寥六十字，但季節、時辰、所在、景物以及越女的容貌、衣著、首飾、心情，無一不描繪得歷歷如見，下半闋更是寫景中有敘事，敘事中夾抒情，自近而遠，餘意不盡。歐陽修在江南爲官日久，吳山越水，柔情密意，盡皆融入長短句中。宋人不論達官貴人，或里巷小民，無不以唱詞爲樂，是以柳永新詞一出，有井水處皆歌，而江南春岸折柳，秋湖採蓮，隨伴的往往便是歐詞。

時當南宋理宗年間，地處嘉興南湖。當時嘉興屬於兩浙路秀州。節近中秋，荷葉漸殘，蓮肉飽實。這一陣歌聲傳入湖邊一個道姑耳中。她在一排柳樹下悄立已久，晚風拂動她杏黃色道袍的下襬，拂動她頸中所插拂塵的千百縷柔絲，心頭思潮起伏，當眞亦是「芳心只共絲爭亂」。只聽得歌聲漸漸遠去，唱的是歐陽修另一首〈蝶戀花〉詞，一陣風吹來，隱隱送來兩句：「風月無情人暗換，舊遊如夢空腸斷……」歌聲甫歇，便是一陣格格嬌笑。

那道姑一聲長嘆，提起左手，瞧著染滿了鮮血的手掌，喃喃自語：「那又有甚麼好笑？小妮子只是瞎唱，渾不解詞中相思之苦、惆悵之意。」

在那道姑身後十餘丈處，一個青袍長鬚的老者也一直悄立不動，只有當「風月無情人暗換，舊遊如夢空腸斷」那兩句傳到之時，發出一聲極輕極輕的嘆息。

小船在碧琉璃般的湖面上滑過，舟中五個少女中三人十五六歲上下，另外兩個都只九歲。兩個幼女是中表之親，表姊姓程，單名一個英字，表妹姓陸，名無雙。兩人相差半歲。

三個年長少女唱著歌兒，將小舟從荷葉叢中盪將出來。程英道：「表妹你瞧，這位老伯伯還在這兒。」說著伸手指向垂柳下的一人。

那人滿頭亂髮，鬍鬚也蓬蓬鬆鬆如刺蝟一般，鬚髮油光烏黑，照說年紀不大，可是滿臉皺紋深陷，卻似七八十歲老翁，身穿藍布直綴，頸中掛著個嬰兒所用的錦緞圍涎，圍涎上繡著幅花貓撲蝶圖，已然陳舊破爛。

陸無雙道：「這怪人在這兒坐了老半天啦，怎麼動也不動？」程英道：「別叫怪人，要叫『老伯伯』。你叫他怪人，他要生氣的。」陸無雙笑道：「他還不怪嗎？這麼老了，頭頸裏卻掛了個圍涎。他生了氣，要是鬍子都翹了起來，那才好看呢。」從小舟中拿起一個蓮蓬，往那人頭上擲去。

小舟與那怪客相距數丈，陸無雙年紀雖小，手上勁力竟自不弱，這一擲也是甚準。程英叫了聲：「表妹！」待要阻止，已然不及，只見那蓮蓬逕往怪客臉上飛去。那怪客頭一仰，已咬住蓮蓬，也不伸手去拿，舌頭捲處，咬住蓮蓬便大嚼起來。五個少女見他竟不剝出蓮子，也不怕苦澀，就這麼連瓣連衣的吞吃，互相望了幾眼，忍不住格格而笑，一面划船近前，走上岸來。

程英走到那人身邊，拉一拉他衣襟，道：「老伯伯，這樣不好吃的。」從袋裏取出一個蓮蓬，劈開蓮房，剝出十幾顆蓮子，再將蓮子外的青皮撕開，取出蓮子中苦味的芯兒，然後遞在怪客手裏。那怪客嚼了幾口，但覺滋味清香鮮美，與適才所吃的大不相同，咧嘴向程英一笑，點了點頭。程英又剝了幾枚蓮子遞給他。那怪客將蓮子抛入口中，一陣亂嚼，仰天說道：「跟我來！」說著大踏步向西便走。

陸無雙一拉程英的手，道：「表姊，咱們跟他去。」三個女伴膽小，忙道：「快回家去罷，別走遠了惹你娘罵。」陸無雙扁扁嘴扮個鬼臉，見那怪客走得甚快，說道：「你不來算啦。」放脫表姊的手，向前追去。程英與表妹一同出來玩耍，不能撇下她自歸，只得跟去。那三個女伴雖比她們大了好幾歲，但個個怕羞膽怯，只叫了幾聲，便見那怪客與程陸二人先後走入了桑樹叢後。

那怪客走得甚快，見程陸二人腳步小跟隨不上，先還停步等了幾次，到後來不耐煩起來，突然轉身，長臂伸處，一手一個，將兩個女孩兒夾在腋下，飛步而行。二女只聽耳邊風聲颯然，路上的石塊青草不住在眼前移動。陸無雙害怕起來，叫道：「放下我，放下我！」那怪客那裏理她，反走得更加快了。陸無雙仰起頭來，張口往他手掌緣上猛力咬去。那怪客手掌一碰，只把她牙齒撞得隱隱生痛。陸無雙只得鬆開牙齒，一張嘴可不閒著，拚命的大叫大嚷。程英卻默不作聲。

那怪客又奔一陣，將二人放下地來。當地是個墳場。程英的小臉嚇成慘白，陸無雙卻脹得滿臉通紅。程英道：「老伯伯，我們要回家了，不跟你玩啦！」

那怪客兩眼瞪視著她，一言不發。程英見他目光之中流露出一股哀愁悽惋、自憐自傷的神色，不自禁的起了同情之心，輕聲道：「要是沒人陪你玩，明天你再到湖邊來，我剝蓮子給你吃。」那怪客嘆道：「是啊，十年啦，十年來都沒人陪我玩。」突然間目現兇光，惡狠狠的道：「何沅君呢？何沅君到那裏去了？」

程英見他突然間聲色俱厲，心裏害怕，低聲道：「我……我……我不知道。」那怪客抓住她手臂，將她身子搖了幾搖，低沉著嗓子道：「何沅君呢？」程英給他嚇得幾欲哭了出來，淚水在眼眶中滾來滾去，卻始終沒流下。那怪客咬牙切齒的道：「哭啊，哭啊！你幹麼不哭？哼，你在十年前就這樣。我不准你嫁給他，你說不捨得離開我，可是非跟他走不可。你說感激我對你的恩情，離開我心裏很難過，呸！都是騙人的鬼話。你要是眞傷心，又怎麼不哭？」

他狠狠的凝視著程英。程英早給嚇得臉無人色，但淚水總沒掉下來。那怪客出力搖晃她身子。程英牙齒咬住嘴唇，心中只說：「我不哭，我不哭！」那怪客道：「哼，你不肯爲我掉一滴眼淚，連一滴眼淚也捨不得，我活著還有甚麼用？」猛然放脫程英，雙腿一彎，矮著身子，往身旁一塊墓碑上撞去，砰的一聲，登時暈了過去，倒在地下。

陸無雙叫道：「表姊，快逃。」拉著程英的手轉身便走。程英奔出了幾步，見怪客頭上汩汩冒血，心中不忍，道：「老伯伯別撞死啦，瞧瞧他去。」陸無雙道：「死了，那不變了鬼麼？」程英吃了一驚，既怕他變鬼，又怕他忽然醒轉，再抓住自己說些古裏古怪的瘋話，但見他滿臉鮮血，甚爲可憐，自己安慰自己：「老伯伯不是鬼，我不怕，他不會再抓我。」一步步的緩緩走近，叫道：「老伯伯，你痛麼？」

怪客呻吟了一聲，卻不回答。程英膽子大了些，取手帕給他按住傷口。但他這一撞之勢著實猛惡，頭上傷得好生厲害，轉瞬之間，一條手帕就給鮮血浸透。她用左手緊緊按住傷口，過了一會，鮮血不再流出。怪客微微睜眼，見程英坐在身旁，嘆道：「你又救我作甚？還不如讓我死了乾淨。」程英見他醒轉，很是高興，柔聲道：「你頭上痛不痛？」怪客搖搖頭，淒然道：「頭上不痛，心裏痛。」程英聽得奇怪，心想：「怎麼頭上破了這麼一大塊，反而頭上不痛心裏痛？」當下也不多問，解下腰帶，給他包紮好了傷處。

怪客嘆了口氣，站起身來，道：「你是永不肯再見我的了，咱們就這麼分手了麼？你一滴眼淚也不肯爲我流麼？」程英聽他這話說得傷心，又見他一張醜臉雖鮮血斑斑的甚是怕人，眼中卻滿是求懇之色，不禁心中酸楚，兩道淚水奪眶而出。怪客見到她的眼淚，臉上神色又是歡喜，又是淒苦，哇的一聲哭了出來。

程英見他哭得心酸，自己眼淚更如珍珠斷線般從臉頰上滾將下來，輕輕伸出雙手，摟住了他脖子。陸無雙見他二人莫名其妙的摟著痛哭，一股笑意竟從心底直透上來，再也忍耐不住，縱聲哈哈大笑。

那怪客聽到笑聲，仰天嘆道：「是啊，嘴裏說永遠不離開我，年紀一大，便將過去的說話都忘了，只記著這個新相識的小白臉。你笑得可眞開心啊！」低頭仔細再瞧程英，說道：「是的，是的，你是阿沅，是我的小阿沅。我不許你走，不許你跟那小白臉畜生走。」說著緊緊抱住了程英。

陸無雙見他神情激動，卻也不敢再笑了。

怪客道：「阿沅，我找到你啦。咱們回家去罷，你從今以後，永遠跟著爹爹在一起。」程英道：「老伯伯，我爹爹早死了。」怪客道：「我知道，我知道。我是你的義父啊，你不認得了嗎？」程英微微搖頭，道：「我沒義父。」怪客大叫一聲，狠狠將她推開，喝道：「阿沅，你連義父也不認了？」程英道：「老伯伯，我叫程英，不是你的阿沅。」

那怪客喃喃的道：「你不是阿沅？不是我的阿沅？」呆了半晌，說道：「嗯，二十年之前，阿沅才似你這般大。如今阿沅早長大啦，大得不要爹爹啦。她心眼兒中，就只陸展元那小畜生一個。」陸無雙「啊」的一聲，問道：「陸展元？」

怪客雙目瞪視著她，問道：「你認得陸展元，是不是？」陸無雙微微笑道：「我自然認得，他是我大伯。」那怪客突然滿臉都是狠戾之色，伸手抓住陸無雙兩臂，問道：「他……他……這小畜生在那裏？快帶我去找他。」陸無雙很害怕，臉上卻仍帶著微笑，顫聲道：「我大伯住得很近，你眞的要去找他？嘻嘻！」怪客道：「是，是！我在嘉興已整整找了三天，就是要找這小畜生算帳。小娃娃，你帶我去，老伯伯不難爲你。」語氣漸轉柔和，說著放開了手掌。陸無雙右手撫摸左臂，道：「我給你抓得好痛，我大伯住在那裏，忽然忘記了。」

那怪客雙眉直豎，便欲發作，隨即想到欺侮這樣個小女孩甚爲不該，醜陋的臉上露出了笑容，伸手入懷，道：「是公公不好，給你陪不是啦。公公給糖糖你吃。」可是一隻手在懷裏伸不出來，顯是摸不到甚麼糖果。

陸無雙拍手笑道：「你沒糖，說話騙人，也不害羞。好罷，我跟你說，我大伯就住在那邊。」手指遠處兩株高聳的槐樹，道：「就在那邊。」

怪客長臂伸出，又將兩人夾在腋下，飛步向雙槐樹奔去。他急衝直行，遇到小溪阻路，縱躍即過。片刻之間，三人已到了雙槐之旁。那怪客放下兩人，卻見槐樹下赫然並列著兩座墳墓，一座墓碑上寫著「陸公展元之墓」六字，另一碑上則是「陸門何夫人之墓」七字。墓畔青草齊膝，顯是安葬已久。

怪客呆呆瞪著墓碑，自言自語：「陸展元這小畜生死了？幾時死的？」陸無雙笑嘻嘻的道：「死了有三年啦。」

那怪客冷笑道：「死得好，死得好，只可惜我不能親手取他狗命。」說著仰天哈哈大笑。笑聲遠遠傳了出去，聲音中充滿哀愁憤懣，殊無歡樂之意。

此時天色向晚，綠楊青草間已籠上淡淡煙霧。陸無雙拉拉表姊的衣袖，低聲道：「咱們回去罷。」那怪客道：「小白臉死了，阿沅還在這裏幹麼？我要接她回大理去。喂，小娃娃，你帶我去找你……找你那個死大伯的老婆去。」陸無雙向墓碑一指，道：「你不見嗎？我大媽也死了。」

怪客縱身躍起，叫聲如雷，猛喝：「你這話是眞是假？她，她也死了？」陸無雙臉色蒼白，顫聲道：「爹爹說的，我大伯死了之後，大媽跟著也死了。我不知道，我不知道。你別嚇我，我怕！」怪客搥胸大叫：「她死了，她死了？不會的，你還沒見我面，決不能死。我跟你說過的，十年之後我定要來見你。你……你怎麼不等我？」

他狂叫猛跳，勢若瘋虎，突然橫腿掃出，喀的一聲，將右首那株槐樹只踢得不住搖晃，枝葉簌簌作響。程英和陸無雙手拉著手，退得遠遠的，那敢近前？只見他忽地抱住槐樹用力搖晃，似要拔將起來。那槐樹雖非十分粗大，卻那裏拔得它起？他高聲大叫：「你親口答應的，難道就忘了嗎？你說定要和我再見一面。怎麼答應了的事不算數？」喊到後來，聲音漸漸嘶啞。他蹲下身子，雙手運勁，頭上熱氣緩緩冒起，有如蒸籠，手臂上肌肉虬結，弓身拔背，猛喊一聲：「起！」那槐樹始終未能拔起，可是喀喇一聲巨響，竟爾從中斷爲兩截。他抱著半截槐樹發了一陣呆，輕聲道：「死了，死了！」舉起來奮力擲出，半截槐樹遠遠飛了出去，有如在半空張了柄傘。

他呆立墓前，喃喃的道：「不錯，陸門何夫人，那就是阿沅了。」眼睛一花，兩塊石碑幻成了兩個人影。一個是拈花微笑、明眸流盼的少女，另一個卻是長身玉立、神情瀟洒的少年。兩人並肩而立。

那怪客睜眼罵道：「你誘拐我的乖女兒，我一指點死你。」伸出右手食指，欺身直進，猛往那少年胸口點去，突覺食指劇痛，幾欲折斷，原來這一指點中了石碑，那少年的身影卻隱沒不見了。怪客大怒，罵道：「你逃到那裏去？」左掌隨著擊出，雙掌連發，啪啪兩響，都擊在碑上。他愈打愈怒，掌力也愈來愈凌厲，打得十餘掌，手掌上已鮮血淋漓。

程英心中不忍，勸道：「老伯伯，別打了，你打痛了自己的手。」那怪客哈哈大笑，叫道：「我不痛，我要打死陸展元這小畜生。」

他正自縱聲大笑，笑聲忽爾中止，呆了一呆，叫道：「我非見你的面不可，非見你的面不可。」雙手猛力探出，十根手指如錐子般插入了那座「陸門何夫人」墳墓的墳土之中，待得手臂縮回，已將墳土抓起了兩大塊。只見他兩隻手掌有如鐵鏟，隨起隨落，將墳土一大塊一大塊的鏟起。

程陸二人嚇得臉無人色，不約而同的轉身便逃。那怪客全神貫注的挖墳，渾沒留意。二人急奔一陣，直到轉了好幾個彎，不見怪客追來，這才稍稍放心。二人不識途徑，沿路向鄉人打聽，直到天色已黑，方進陸家莊大門。

陸無雙張口直嚷：「不好啦，不好啦！爸爸、媽媽快來，那瘋子在挖大伯大媽的墳！」飛跑著闖進大廳，只見父親陸立鼎正抬起了頭，呆呆的望著牆壁。

程英跟著進廳，和陸無雙順著他眼光瞧去，卻見牆上印著三排手掌印，上面兩個，中間兩個，下面五個，共是九個。每個掌印都殷紅如血。

陸立鼎聽到女兒叫嚷，忙問：「你說甚麼？」陸無雙叫道：「那個瘋子在挖大伯大媽的墳。」陸立鼎一驚，站起身來，喝道：「胡說！」程英道：「姨丈，是眞的啊。」陸立鼎知道自己女兒刁鑽頑皮，精靈古怪，但程英卻從不說謊，問道：「甚麼事？」陸無雙咭咭咯咯的將適才的事說了。

陸立鼎心知不妙，不待她說完，從壁上摘下單刀，朝兄嫂墳墓急奔而去。奔到墳前，只見不但兄嫂的墳墓已給挖破，連二人的棺木也都打開了。當他聽到女兒說起有人挖墳，此事原在意料之中，但親眼見到，仍不禁心中怦怦亂跳。棺中屍首卻已蹤影全無，棺木中的石灰、紙筋、棉墊等已凌亂不堪。他定了定神，只見兩具棺木的蓋上留著不少鐵器的斬鑿印痕，不由得既悲且憤，又驚又疑，剛才沒細問女兒，不知這盜墓惡賊跟兄嫂有何深仇大怨，在他們死後尚來毀屍洩憤？當即提刀追趕。

他一身武功都是兄長陸展元所傳，生性淡泊，兼之家道殷實，一生席豐履厚，從不到江湖上行走，可說是全無閱歷，又乏應變之才，不會找尋盜屍賊的蹤跡，兜了個圈子後又回到墳前，更沒半點主意，呆了半晌，只得回家。

他走進大廳，坐在椅中，順手將單刀拄在椅邊，瞧著牆上的九個血手印呆呆出神。心中只想：「哥哥臨死之時曾說道，他有個仇家，是個道姑，名叫李莫愁，外號『赤練仙子』，武功既高，行事又心狠手辣。預料在他成親之後十年要來找他夫妻報仇。那時他說：『我此病已好不了，這場冤仇，那赤練仙子是報不成的了。再過三年，便是她來報仇之期，你無論如何要勸你嫂子遠遠避開。』我當時含淚答應，不料嫂子在我哥哥逝世的當晚便即自刎殉夫。哥哥已去世三年，算來正是那道姑前來報仇之期，可是我兄嫂既已去世，冤仇甚麼的自也一筆勾銷，那道姑又來幹甚麼？哥哥又說，那道姑殺人之前，往往先在那人家中牆上或是門上印上血手印，一個手印便殺一人。我家連長工婢女總共也不過七人，怎地她印上了九個手印？啊，是了，她先印上血手印，才得知我兄嫂已死，便再派人去掘墳盜屍？這……這女魔頭當眞惡毒……我今日一直在家，這九個血手印卻是幾時印下的？如此神不知鬼不覺的下手，此人……此人……」想到此處，不由得打了個寒噤。

背後腳步細碎，一雙柔軟的小手蒙住了他雙眼，聽得女兒的聲音說道：「爹爹，你猜我是誰？」這是陸無雙自小跟父親玩慣了的玩意，她三歲時伸手蒙住父親雙目，說：「爹爹，你猜我是誰？」令父母大笑了一場，自此而後，每當父親悶悶不樂，她總是使這法兒引他高興。陸立鼎縱在盛怒之時，讓愛女這麼一逗，也必怒氣盡消。但今日他卻再無心思與愛女戲耍，拂開她雙手，道：「爹爹沒空，你到裏面玩去！」

陸無雙一呆，她自小得父母愛寵，難得見他如此不理睬自己，小嘴一撅，要待撒嬌跟父親不依，只見男僕阿根匆匆進來，垂手稟道：「少爺，外面來了客人。」陸立鼎揮手道：「你說我不在家。」阿根道：「少爺，那大娘不是要見你，是過路人要借宿一晚。」陸立鼎驚道：「甚麼？是娘們？」阿根道：「是啊，那大娘還帶了兩個孩子，長得怪俊的。」陸立鼎聽說那女客還帶著兩個孩子，稍稍放心，道：「她不是道姑？」阿根搖搖頭道：「不是。穿得乾乾淨淨的，瞧上去倒是好人家的大娘。」陸立鼎道：「好罷，你招呼她到客房安息，飯菜相待就是。」阿根答應著去了。陸無雙道：「我也瞧瞧去。」隨後奔出。

陸立鼎站起身來，正要入內與娘子商議如何應敵，陸二娘已走到廳上。陸立鼎將血手印指給她看，又說了墳破屍失之事。陸二娘皺眉道：「兩個孩子送到那裏去躲避？」

陸立鼎指著牆上血手印道：「兩個孩子也在數內，這魔頭既按下了血手印，只怕輕易躲避不了。嘿，咱兩個枉自練了這些年武功，這人進出我家，我們沒半點知覺，這……這……」陸二娘望著白牆，抓住椅背，道：「為甚麼九個手印？咱們家裏可只有七口。」

她兩句話出口，手足酸軟，怔怔的瞧著丈夫，竟要流下淚來。陸立鼎伸手扶住她臂膀，道：「娘子，事到臨頭，也不必害怕。上面這兩個手印是要給哥哥和嫂子的，下面兩個自然是打在你我身上了。第三排的兩個，是對付無雙和小英。最後三個，打的是阿根和兩名丫頭。嘿嘿，這才叫血濺滿門啊。」陸二娘顫聲道：「哥哥嫂子？」陸立鼎道：「不知這魔頭跟哥哥嫂子有甚大仇，兄嫂死了，她仍要派人從墳裏掘出他們遺體來折辱。」陸二娘道：「你說那瘋子是她派來的？」陸立鼎道：「這個自然。」陸二娘見他滿臉汗水塵土，柔聲道：「回房去擦個臉，換件衣衫，好好休息一下再說。」

陸立鼎站起身來，和她並肩回房，說道：「娘子，陸家滿門今日倘若難逃一死，也讓咱們死得不墮了兄嫂的威名。」陸二娘心中一酸，道：「二爺說得是。」兩人均想，陸立鼎雖藉藉無名，他兄長陸展元、何沅君夫婦卻俠名震於江湖，嘉興陸家莊的名頭在武林中向來無人小覷。

二人走到後院，忽聽得東邊壁上喀的一響，高處有人。陸立鼎搶上一步，擋在妻子身前，抬頭看時，卻見牆頭上坐著個男孩，伸手正去摘淩霄花。又聽牆腳邊有人叫道：

「小心啦，莫掉下來。」原來程英、陸無雙和另一個男孩守在牆邊花叢之後。陸立鼎心想：「這兩個孩兒，想是來借宿那家人的，怎地如此頑皮？」

牆頭那男孩摘了一朵花。陸無雙叫道：「給我，給我！」那男孩一笑，卻向程英擲去。程英伸手接過，遞給表妹。陸無雙惱了，拿過花兒丟在地下，踏了幾腳，嗔道：「希罕麼？我才不要呢。」陸氏夫婦見孩兒們玩得起勁，全不知一場血腥大禍已迫在眉睫，嘆了口氣，同進房中。

程英見陸無雙踏壞花朵，道：「表妹，你又生甚麼氣啦？」陸無雙小嘴撅起，道：「我不要他的，我自己採。」說著右足一點，身子躍起，已抓住一根花架上垂下來的紫藤，這麼一借力，又躍高數尺，逕往一株銀桂樹的枝幹上竄去。牆頭那男孩拍手喝采，叫道：「到這裏來！」陸無雙雙手拉著桂花樹枝，在空中盪了幾下，鬆手放樹，向著牆頭撲去。

以她所練過的這一點微末輕功而言，這一撲委實太過危險，但她氣惱那男孩把花朵抛給表姊而不給自己，女孩兒家在生人面前要強好勝，竟不管三七二十一的從空中飛躍過去。那男孩吃了一驚，叫道：「留神！」伸手相接。他若不伸出手去，陸無雙原可攀到牆頭，但在半空中見到男孩要來相拉，叱道：「讓開！」側身要避開他雙手。但空中轉身是極上乘的輕身功夫，她曾見到父親使過，連她母親也不會，她一個小小女孩又怎會使？這一轉身，手指已攀不到牆頭，驚叫一聲「啊喲」，直墮下來。

牆腳下那男孩見她跌落，飛步過來，伸手去接。牆高一丈有餘，陸無雙身子雖輕，這一跌下來可力道甚大，那男孩一把抱住了她腰身，兩人重重的一齊摔倒。只聽喀嚓兩響，陸無雙左腿腿骨折斷，那男孩的額角撞在花壇石上，登時鮮血噴出。

程英與另一個男孩見闖了大禍，忙上前相扶。那男孩慢慢站起身來，按住額上創口，陸無雙卻已暈了過去。程英抱住表妹，大叫：「姨丈，阿姨，快來！」

陸立鼎夫婦聽得叫聲，從房中奔出，見到兩個孩子負傷，又見一個中年婦人從西廂房快步出來，料想是那前來借宿的女子。只見她搶著抱起陸無雙與那男孩走向廳中，她不替孩子止血，卻先給陸無雙接續斷了的腿骨。陸二娘取過布帕，給那男孩頭上包紮了，過去看女兒腿傷。

那婦人在陸無雙斷腿內側的「白海穴」與膝後「委中穴」各點一指，止住她的疼痛，雙手持定斷腿兩邊，待要接骨。陸立鼎見她出手利落，點穴功夫更是到家，心中疑雲大起，叫道：「大娘是誰？光臨舍下有何指教？」那婦人全神貫注的爲陸無雙接骨，只嗯了幾聲，沒答他問話。

就在此時，忽然屋頂上有人哈哈一笑，一個女子聲音叫道：「但取陸家一門七口性命，餘人快快出去。」那婦人正在接骨，猛聽得屋頂上呼喝之聲，吃了一驚，不自禁的雙手一扭，喀的一聲，斷骨又扭歪了，陸無雙劇痛之下，大叫一聲，又暈了過去。

各人一齊抬頭，只見屋簷邊站著個少年道姑，其時月亮初升，月光映在她臉上，看來只十五六歲年紀，背插長劍，血紅的劍絛在風中獵獵作響。陸立鼎朗聲道：「在下陸立鼎。你是李仙姑的門下麼？」

那小道姑嘴角一歪，說道：「你知道就好啦！快把你妻子、女兒、婢僕盡都殺了，然後自盡，免得我多費一番手腳。」這幾句話說得輕描淡寫，不徐不疾，竟將對方半點沒放在眼裏。

陸立鼎聽了這幾句話只氣得全身發顫，說道：「你……你……」一時不知如何應付，待要躍上廝拚，卻想對方年幼，又是女子，可不便當眞跟她動手，正躊躇間，忽覺身旁有人掠過，那前來借宿的婦人已縱身上屋，手挺長劍，跟那小道姑鬥在一起。

那婦人身穿灰色衫裙，小道姑穿的是杏黃道袍，月光下只見灰影與黃影盤旋飛舞，夾雜著三道寒光，偶而發出幾下兵刃碰撞之聲。陸立鼎武功得自兄長親傳，雖從無臨敵經歷，眼光卻是不弱，於兩人劍招瞧得淸淸楚楚。見小道姑手中一柄長劍已轉守爲攻，攻守倏變，劍法凌厲。那婦人凝神應敵，乘隙遞出招數。斗然間聽得錚的一聲，雙劍相交，小道姑手中長劍飛向半空。她急躍退後，俏臉生暈，叱道：「我奉師命來殺陸家滿門，你是甚麼人，卻來多管閒事？」

那婦人冷笑道：「你師父如有本事，就該早尋陸展元算帳，現下明知他死了，卻來找旁人晦氣，羞也不羞？」小道姑右手一揮，三枚銀針激射而出，兩枚打向那婦人，第三枚卻射向站在天井中的陸立鼎。這一下陡然而發，出人意外，那婦人揮劍擊開，陸立鼎低聲怒叱，伸兩指鉗住了銀針。

小道姑微微冷笑，翻身下屋，只聽得步聲細碎，飛快去了。那婦人躍回庭中，見陸立鼎手中拿著銀針，忙道：「快放下！」陸立鼎依言擲下。那婦人揮劍割斷自己一截衣帶，立即將他右手手腕牢牢縛住。

陸立鼎嚇了一跳，道：「針上有毒？」那婦人道：「劇毒無比。」當即取出一粒藥丸給他服下。陸立鼎只覺食中兩指痲木不仁，隨即腫大。那婦人忙用劍尖劃破他兩根手指的指心，但見一滴滴的黑血滲了出來。陸立鼎大駭，心道：「我手指又沒破損，只碰了一下銀針就這等厲害，倘若給針尖刺破一點，又怎有命在？」向那婦人施了一禮，道：「在下有眼不識泰山，不敢請問大娘高姓。」

那婦人道：「我家官人姓武，叫作武三通。」陸立鼎一凜，說道：「原來是武家娘子。聽說武前輩是雲南大理一燈大師的門下，不知是否？」武娘子道：「正是。一燈大師是我家官人的師父。小婦人從官人手裏學得一些粗淺武藝，當眞班門弄斧，可教陸爺見笑了。」陸立鼎連聲稱謝援手之德。他曾聽兄長說起，生平所見武學高手，以大理一燈大師門下的最是了得；一燈大師原爲大理的國君，避位爲僧後有「漁樵耕讀」四大弟子隨侍，其中那農夫名叫武三通，與他兄長生有嫌隙，至於如何結怨，則未曾明言。可是武娘子不與己爲敵，反而出手逐走赤練仙子的弟子，此中緣由實難索解。

各人回進廳堂。陸立鼎將女兒抱在懷內，見她已然醒轉，臉色慘白，但強自忍痛，竟不哭泣，心中甚是憐惜。武娘子嘆道：「這女魔頭的徒兒一去，那魔頭便即親至。陸爺，不是我小看於你，憑你夫婦兩人，再加上我，決不是那魔頭的對手。但我瞧逃也無益，咱們聽天由命，便在這兒等她來罷！」

陸二娘問道：「這魔頭到底是何等樣人？和咱家又有甚深仇大怨？」武娘子向陸立鼎望了一眼，道：「難道陸爺沒跟你說過？」陸二娘道：「他說只知此事與他兄嫂有關，其中牽涉到男女情愛，他也並不十分明白。」

武娘子嘆了口氣道：「這就是了。我是外人，說一下不妨。令兄陸大爺十餘年前曾去大理。那魔頭赤練仙子李莫愁現下武林中人聞名喪膽，可是十多年前卻是個美貌溫柔的好女子，那時也並未出家。也是前生的冤孽，她與令兄相見之後，就種下了情苗。後來經過許多糾葛變故，令兄與令嫂何沅君成了親。說到令嫂，卻又不得不提拙夫之事。此事言之有愧，但今日情勢緊迫，我也只好說了。這個何沅君，本來是我們的義女。」

陸立鼎夫婦同時「啊」的一聲。

武娘子輕撫那受傷男孩的肩膀，眼望燭火，說道：「令嫂何沅君自幼孤苦，我夫婦收養在家，認作義女，對她甚是憐愛。後來她結識了令兄，雙方情投意合，要結爲夫婦。拙夫一來不願她遠嫁，二來又偏見甚深，說江南人狡猾多詐，十分靠不住，無論如何不肯答允。阿沅卻悄悄跟著令兄走了。成親之日，拙夫和李莫愁同時去跟新夫婦爲難。喜宴座中有一位大理天龍寺的高僧，出手鎮住兩人，要他們衝著他的面子，保新夫婦十年平安。拙夫與李莫愁當時被迫應承十年內不跟新夫婦爲難。拙夫憤激過甚，此後就一直瘋瘋顛顛，不論他的師友和我如何相勸，總不能開解，老是算著這十年的日子。屈指算來，今日正是十年之期，想不到令兄跟阿沅……唉，卻連十年的福也享不到。」說著垂下頭來，神色淒然。

陸立鼎道：「如此說來，掘墳盜我兄嫂遺體的，便是尊夫了。」武娘子臉有慚色，道：「剛才聽府上兩位小姐說起，那確是拙夫。」陸立鼎怫然道：「尊夫這等行逕，可大大的不是了。這本來也不是甚麼怨仇，何況我兄嫂已死，就算眞有深仇大怨，也是一了百了，卻何以來損傷他遺體，這算甚麼英雄好漢？」論到輩份，武氏夫婦該是尊長，但陸立鼎心下憤怒，說話間便不敘尊卑之禮。武娘子嘆道：「陸爺責備得是，拙夫心智失常，言語舉止，往往不通情理。我今日攜這兩個孩兒來此，原是防備拙夫到這裏來胡作非爲。當今之世，只怕也只有我一人，他才忌憚三分了。」說到這裏，向兩個孩子道：「向陸爺陸二娘叩頭，代你爹爹謝罪。」兩個孩子拜了下去。

陸二娘忙伸手扶起，問起名字，那摔破額角的叫做武敦儒，是哥哥，弟弟叫做武修文。兩人相差一歲，一個十二，一個十一，武學名家的兩個兒子，卻都取了個斯文名字。武娘子言道，他夫婦中年得子，深知武林中的險惡，盼望兒子棄武學文，可是兩個孩兒還是好武，跟他們的名字沾不上邊兒。

武娘子說了情由，黯然嘆息，心想：「這番話只能說到這裏為止，別的言語卻不足為外人道了。」原來何沅君長到十七八歲時，亭亭玉立，嬌美可愛，武三通對她似乎已不純是義父義女之情。以他武林豪俠的身分，自不能有何逾份的言行，本已內心鬱結，突然見她愛上了個江南少年，竟狂怒不能自已。至於他說「江南人狡猾多詐，十分靠不住」，除了敵視何沅君的意中人外，也因當年欺騙郭靖、卻遭黃蓉反欺，為郭靖托下壓在肩頭的黃牛、大石，弄得不能脫身，雖後來與靖蓉二人和解結交，但「江南人狡猾多詐」一節，卻深印腦中。

武娘子又道：「萬想不到拙夫沒來，那赤練仙子卻來尋府上的晦氣……」說到此處，忽聽屋上有人叫道：「儒兒，文兒，給我出來！」這聲音來得甚是突然，絲毫不聞屋瓦上有腳步之聲，便忽然有人呼叫。陸氏夫婦同時一驚，知是武三通到了。程英與陸無雙也認出是吃蓮蓬怪客的聲音。

忽然人影晃動，武三通飛身下屋，一手一個，提了兩個兒子上屋而去。武娘子大叫：「喂，喂，你來見過陸爺、陸二娘，你拿去的那兩具屍體呢？快送回來……」武三通全不理會，早去得遠了。

武三通亂跑一陣，奔進一座樹林，忽然放下修文，單單抱著頭上有傷的敦儒，走得影蹤不見，竟把小兒子留在樹林之中。

武修文大叫：「爸爸，爸爸！」見父親抱著哥哥，早已奔出數十丈外，只聽得他遠遠叫道：「你等著，我回頭再來抱你。」武修文知道父親行事向來顚三倒四，倒也不以爲異。黑夜之中一個人在森林裏雖然害怕，但想父親不久回來，當下坐在樹邊等待。過得良久，父親始終不來，靠在樹幹之上，過了一會，終於合眼睡著了。

睡到天明，迷糊中聽得頭頂幾下清亮高亢的啼聲，他睜開眼來，抬頭望去，只見兩隻極大的白色大鷹正在天空盤旋翺翔，雙翅橫展，竟達丈許。他從未見過這般大鷹，凝目注視，又感奇怪，又覺好玩，叫道：「哥哥，快來看大鷹！」一時沒想到只自己孤身一人，自來形影不離的哥哥卻已不在身邊。

忽聽得背後兩聲低嘯，聲音嬌柔淸脆，似出於女孩子之口。兩隻大鷹又盤旋了幾個圈子，緩緩下降。武修文回過頭來，見樹後走出一個女孩，向天空招手，兩隻大鷹歛翅飛落，站在她身畔。那女孩向武修文望了一眼，撫摸兩隻大鷹之背，說道：「好鵰兒，乖鵰兒。」武修文心想：「原來這兩隻大鷹是鵰兒。」但見雙鵰昂首顧盼，神駿非常，站在地下比那女孩還高。

武修文走近說道：「這兩隻鵰兒是你家養的麼？」那女孩小嘴微撇，做了個輕蔑神色，道：「我不認得你，不跟你玩。」武修文也不以爲忤，伸手去摸鵰背。那女孩一聲輕哨，那鵰兒左翅突然掃出，勁力竟然極大，武修文沒提防，登時給掃得摔了個觔斗。

武修文打了個滾站起，望著雙鵰，心下好生羡慕，說道：「這對鵰兒眞好，肯聽你話。我回頭要爹爹也去捉一對來養了玩。」那女孩道：「哼，你爹爹捉得著麼？」武修文連討三個沒趣，訕訕的很不好意思，定睛瞧時，只見她身穿淡綠羅衣，頸中掛著串明珠，臉色白嫩無比，猶如奶油一般，似乎要滴出水來，雙目流動，秀眉纖長。武修文雖是小童，也覺她秀麗之極，不由自主的心生親近之意，但見她神色凜然，卻又不禁感到畏縮。

那女孩右手撫摸鵰背，一雙眼珠在武修文身上滾了一轉，問道：「你叫甚麼名字？怎麼一個兒出來玩？」武修文道：「我叫武修文，我在等我爹爹啊。你呢？你叫甚麼？」那女孩扁了扁小嘴，哼的一聲，道：「我不跟野孩子玩。」說著轉身便走。武修文呆了一呆，叫道：「我不是野孩子。」一邊叫，一邊隨後跟去。

他見那女孩約莫比自己小著兩三歲，人矮腿短，自己一發足便可追上，那知他剛展開輕功，那女孩腳步好快，片刻間已奔出數丈，竟把他遠遠拋在後面。她再奔幾步，站定身子，回頭叫道：「哼，你追得著我麼？」武修文道：「自然追得著。」立即提氣急追。

那女孩回頭又跑，忽然向前疾衝，躲在一株松樹後面。武修文隨後跟來，那女孩瞧他跑得近了，斗然間伸出左足，往他小腿上絆去。武修文全沒料到，登時向前跌出。他忙使個「鐵樹樁」想定住身子，那女孩右足又出，向他臀部猛力踢去。武修文一交直摔下去，鼻子剛好撞在一塊小尖石上，鼻血流出，衣上點點斑斑的盡是鮮血。

那女孩見血，不禁慌了，登時沒做理會處，只想拔足逃走，忽然身後有人喝道：「芙兒，你又在欺侮人了，是不是？」那女孩並不回頭，辯道：「誰說的？他自己摔交，管我甚麼事？你可別跟我爹亂說。」武修文按住鼻子，其實也不很疼，但見到滿手鮮血，心下驚慌。他聽得女孩與人說話，轉過身來，見是個撐著鐵拐的跛足老者。那人兩鬢如霜，形容枯槁，雙眼翻白，是個瞎子。

只聽他冷笑道：「你別欺我瞧不見，我甚麼都聽得清清楚楚。你這小妞兒啊，現下已這樣壞，大了瞧你怎麼得了？」那女孩過去挽住他手臂，央求道：「大公公，你別跟我爹爹說，好不好？他摔出了鼻血，你給他治治啊！」

那老者踏上一步，左手抓住武修文手臂，右手伸指在他鼻旁「聞香穴」按了幾下。武修文鼻血本已漸止，這麼幾揿，就全然不流了，只覺那老者五根手指有如鐵鉗，又長又硬，緊緊抓著自己手臂，心中害怕起來，微微一掙，竟動也不動，當下手臂一縮一圈，使出母親所授的小擒拿手功夫，手掌打個半圈，向外逆翻。那老者沒料到這小小孩童竟有如此巧妙手法，給他一翻之下，竟爾脫手，「噫」的一聲輕呼，隨即又抓住了他手腕。武修文運勁欲再掙扎，卻怎麼也掙不脫了。

那老者道：「小兄弟別怕，你姓甚麼？」武修文道：「我姓武。」那老者道：「你說話不是本地口音，從那裏來的？你爹媽呢？」說著放鬆了他手腕。武修文想起一晚沒見爹娘，不知他兩人怎樣了，聽他問起，險些兒便要哭出來。那女孩刮臉羞他，唱道：「羞羞羞，小花狗，眼圈兒紅，要漏油！」

武修文昂然道：「哼，我才不哭呢！」將母親在陸家莊等候敵人、父親抱了哥哥不知去了那裏、自己黑夜中等待父兄不見、在樹下睡著等情說了。他心情激動，說得大爲顛三倒四，但那老者也聽出了七八成，又問知他們是從大理國來，父親叫作武三通，最擅長的武功是「一陽指」。那老者道：「你爹爹是一燈大師門下，是不是？」武修文喜道：「是啊，你認識咱們皇爺嗎？你見過他沒有？我可沒見過。」武三通當年在大理國功極帝段智興手下當御林軍總管，後來段智興出家，法名一燈，但武三通與兩個孩子說起往事之時，仍是「咱們皇爺怎樣怎樣」，是以武修文也叫他「咱們皇爺」。

那老者道：「我也沒機緣拜見過他老人家，久仰『南帝』的大名，好生欽羨。這女孩兒的爹娘曾受過他老人家極大的恩惠。如此說來，大家不是外人，你可知道你媽等的敵人是誰？」武修文道：「我聽媽跟陸爺說話，那敵人好像是甚麼赤練蛇、甚麼愁的。」那老者抬起了頭，喃喃的道：「甚麼赤練蛇？」突然一頓鐵杖，大聲叫道：「是赤練仙子李莫愁？」武修文喜道：「對對！正是赤練仙子！」

那老者登時神色甚是鄭重，說道：「你們兩個在這裏玩，一步也別離開。我瞧瞧去。」那女孩道：「大公公，我也去。」武修文也道：「我也去。」那老者急道：「唉，唉！萬萬去不得。那女魔頭兇惡得緊，我打不過她。不過既知朋友有難，可不能不去。你們要聽話。」說著拄起鐵杖，一蹺一拐的疾行而去。

武修文好生佩服，說道：「這老公公又瞎又跛，卻奔得這麼快。」那女孩小嘴一扁，道：「這有甚麼稀奇？我爹爹媽媽的輕功，你見了才嚇一大跳呢。」武修文道：「你爹爹媽媽也又瞎又跛的嗎？」那女孩大怒，道：「呸！你爹爹媽媽才又瞎又跛！」

此時天色大明，田間農夫已在耕作，男男女女唱著山歌。那老者是本地土著，雙目雖盲，但熟悉道路，隨行隨問，不久即來到陸家莊前。遠遠便聽得乒刃相交，乒乒乓乓的打得極是猛烈。陸展元一家是本地的官宦世家，那老者卻是市井之徒，雖同是嘉興有名的武學之士，卻向無往來；又知自己武功不及赤練仙子，這番趕去只是多陪上一條老命，但想到此事牽涉一燈大師的弟子在內，大夥兒欠一燈大師的情太多，決不能袖手不理，便即足下加勁，搶到莊前。只聽得屋頂上有四人正自激烈相鬥，他側耳靜聽，從呼喝與兵刃相交聲中，聽出一邊三個，另一邊只有一人，可是竟衆不敵寡，那三個已全然落在下風。

上晚武三通抱走了兩個兒子，陸立鼎夫婦甚為訝異，不知他是何用意。武娘子卻臉有喜色，笑道：「拙夫平日瘋瘋顛顛，這回卻難得通達事理。」陸二娘問起原因，武娘子笑而不答，只道：「我也不知所料對不對，待會兒便有分曉。」這時夜已漸深，陸無雙伏在父親懷中沉沉睡去。程英也迷迷糊糊的睜不開眼來。陸二娘抱了兩個孩子要送她們入房安睡。武娘子道：「且稍待片刻。」忽聽得屋頂有人叫道：「拋上來。」正是武三通的聲音。他輕功了得，來到屋頂，陸氏夫婦事先仍全沒察覺。

武娘子接過程英，走到廳口向上拋去，武三通伸臂抱去。陸氏夫婦正驚異間，武娘子又抱過陸無雙擲了上去。

陸立鼎大驚，叫道：「幹甚麼？」躍上屋頂，四下裏黑沉沉地，已不見武三通與二女的影蹤。他拔足欲追，武娘子叫道：「陸爺不須追趕，他是好意。」陸立鼎將信將疑，跳回庭中，顫聲問道：「甚麼好意？」此時陸二娘卻已會意，道：「武三爺怕那魔頭害了孩兒們，當是將他們藏到了穩妥之處。」陸立鼎當局者迷，爲娘子一語點醒，連道：「正是，正是。」但想到武三通盜去自己兄嫂屍體，卻又甚不放心。

武娘子嘆道：「拙夫自從阿沅嫁了令兄之後，見到女孩子就會生氣，不知怎的，竟會眷顧府上兩位千金，實非我意料所及。他第一次來帶走儒兒、文兒之時，我見他對兩位小姐連望幾眼，神色間甚爲憐愛，頗有關懷之意。他從前對著阿沅，也總是這般模樣的。果然他又來抱去了兩位小姐。唉，但願他從此轉性，不再胡塗！」說著連嘆了兩口長氣。

陸氏夫婦初時顧念女兒與姨姪女的安危，心中栗六，舉止失措，此時去了後顧之憂，恐懼之心漸減，敵愾之意大增，兩人身上帶齊暗器兵刃，坐在廳上，閉目養神。兩人做了十幾年夫妻，平日爲家務之事不時小有齟齬，此刻想到強敵轉瞬即至，想起陸展元與武娘子所說那魔頭武功高強、行事毒辣，多半劫數難逃，夫婦相偕之時無多，不自禁互相依偎，四手相握。

過了良久，萬籟俱寂之中，忽聽得遠處飄來一陣輕柔的女子歌聲，相隔雖遠，但歌聲吐字清亮，清清楚楚聽得是：「問世間，情是何物，直教生死相許？」每唱一字，便近了不少，那人來得好快，第三句歌聲未歇，已來到門外。

三人愕然相顧，突然砰嘭咯喇數聲響過，大門內門閂木撐齊斷，大門向兩旁飛開，一個美貌道姑微笑著緩步進來，身穿杏黃道袍，自是赤練仙子李莫愁到了。

阿根正在打掃天井，上前喝問：「是誰？」陸立鼎急叫：「阿根退開！」卻那裏還來得及？李莫愁拂塵揮動，阿根登時頭顱碎裂，不聲不響的死了。陸立鼎提刀搶上，李莫愁身子微側，從他身邊掠過，揮拂塵將兩名婢女同時掃死，笑問：「兩個女孩兒呢？」

陸氏夫婦見她一眨眼間便連殺三人，明知無倖，一咬牙，提起刀劍分從左右攻上。李莫愁舉拂塵正要擊落，見武娘子持劍在側，微微一笑，說道：「既有外人插手，就不便在屋中殺人了！」她話聲輕柔婉轉，神態嬌媚，加之明眸皓齒，膚色白膩，實是個出色的美人，也不見她如何提足抬腿，已輕飄飄的上了屋頂。陸氏夫婦與武娘子跟著躍上。

李莫愁先派弟子小道姑洪凌波去查察陸展元家滿門情形，才知陸展元夫婦已於三年前去世，又查知其家現存主僕七人，回報師父。李莫愁氣惱不解，這筆帳便要轉到其弟陸立鼎身上，依據自己一向慣例，在陸家牆上印了九個血手印示警。上面一對手印說明是要殺陸展元夫婦以洩當年怨憤，即便死了，也要將他們拆骨揚灰。下面七個手印，自是指明要殺陸家現存的主僕七人。

李莫愁拂塵輕揮，將三般兵刃一齊掃開，嬌滴滴、軟綿綿的說道：「陸二爺，你哥哥倘若尚在，只要他出口求我，再休了何沅君那小賤人，我未始不可饒了你家一門良賤。如今，唉，你們運氣不好，只怪你哥哥太短命，可怪不得我。」陸立鼎叫道：「誰要你饒！」揮刀砍去，武娘子與陸二娘跟著上前夾攻。李莫愁眼見陸立鼎武功平平，但出刀踢腿、轉身劈掌的架子，宛然便是當年意中人陸展元的模樣，心中酸楚，卻盼多看得一刻是一刻，若舉手間殺了他，在這世上便再也看不到「江南陸家刀法」了，當下隨手揮架，讓這三名敵手在身邊團團而轉，心中情意纏綿，出招也就不如何凌厲。

突然間李莫愁一聲輕嘯，縱下屋去，撲向小河邊一個手持鐵杖的跛足老者，拂塵起處，向他頸口纏了過去。這一招她足未著地，拂塵卻已攻向敵人要害，全未防備自己處處都是空隙，只是她殺著厲害，實要教對方非取守勢不可。

那老者於敵人來招聽得清清楚楚，鐵杖疾橫，斗地點出，逕刺她右腕。鐵杖是極沉重的兵刃，自來用以掃打砸撞，這老者卻運起「刺」字訣，竟使鐵杖如劍，出招輕靈飄逸。李莫愁拂塵微揮，銀絲倒轉，已捲住了鐵杖杖頭，叫一聲：「撒手！」借力使力，拂塵上的千百縷銀絲將鐵杖之力盡數借了過來。那老者雙臂劇震，險些把持不住，危急中乘勢躍起，身子在空中斜斜竄過，才將她一拂的巧勁卸開，心下暗驚：「這魔頭果然名不虛傳。」李莫愁這一招「太公釣魚」，取義於「願者上鉤」，以敵人自身之力奪人兵刃，本來百不失一，豈知竟沒奪下他鐵杖，卻也大出意料之外，暗道：「這跛腳老頭兒是誰？竟有這等功夫？」身形微側，見他雙目翻白，是個瞎子，登時醒悟，叫道：「你是柯鎮惡！」

這盲目跛足老者，正是江南七怪之首的飛天蝙蝠柯鎮惡。

當年郭靖、黃蓉參與華山論劍之後，由黃藥師主持成婚，在桃花島歸隱。黃藥師性情怪僻，不喜熱鬧，與女兒女婿同處數月，不覺厭煩起來，留下一封書信，說要另尋清靜之地閒居，逕自飄然離島。黃蓉知道父親脾氣，雖然不捨，卻也無法可想。初時還道數月之內，父親必有消息帶來，那知一別經年，音訊杳然。黃蓉思念父親和師父洪七公，和郭靖出去尋訪，兩人在江湖上行走數月，不得不重回桃花島，原來黃蓉有了身孕。

她性子向來刁鑽古怪，不肯有片刻安寧，有了身孕，處處不便，不由得甚爲煩惱，推源禍始，自是郭靖不好。有孕之人性子本易暴躁，她對郭靖雖情深愛重，這時卻找些小事，不斷跟他吵鬧。郭靖明白愛妻脾氣，每當她無理取鬧，總笑笑不理。倘若黃蓉惱得狠了，他就溫言慰藉，逗得她開顏爲笑方罷。

不覺十月過去，黃蓉生下一女，取名郭芙。她懷孕時心中不喜，但生下女兒之後，卻異常憐愛，事事縱恣。這女孩不到一歲便已頑皮不堪。郭靖有時看不過眼，管教幾句，黃蓉卻著意護持，郭靖每管一回，結果女兒反而更加放肆一回。到郭芙五歲那年，黃蓉開始授她武藝。這一來，桃花島上的蟲鳥走獸可就遭了殃，不是羽毛給拔得精光，就是尾巴給剪去了一截，昔時淸淸靜靜的隱士養性之所，竟成了鷄飛狗走的頑童肆虐之場。郭靖一來順著愛妻，二來對這頑皮女兒確也甚爲愛憐，每當女兒犯了過錯，要想責打，但見她扮個鬼臉摟著自己脖子軟語央求，只得嘆口長氣，舉起的手又慢慢放了下來。

這些年中，黃藥師與洪七公均全無音訊，靖蓉夫婦雖知二人當世無敵，不致有何意外，但衣食無人侍奉，不免掛念。郭靖又幾次去接大師父柯鎭惡，請他到桃花島來頤養天年。但柯鎭惡愛與市井之徒爲伍，鬧酒賭錢爲樂，不願過桃花島上冷淸淸的日子，始終推辭不來。這一日他卻不待郭靖來接，自行來到島上。原來他近日手氣不佳，連賭連輸，欠下了一身債，無可奈何，只得到徒兒家裏來避債。郭靖、黃蓉見到師父，自是高興異常，留著他在島上長住，無論如何不放他走了。黃蓉慢慢套出眞相，暗地裏派人去爲他還了賭債。柯鎭惡卻不知道，不敢回嘉興去，閒著無事，就做了郭芙的遊伴。

忽忽數年，郭芙已滿九歲了。黃蓉記掛父親，與郭靖要出島尋訪，柯鎭惡說甚麼也要一起去，郭芙自也磨著非同去不可。四人離島之後，談到行程，柯鎭惡說道：「甚麼地方都好，就是嘉興不去。」黃蓉笑道：「大師父，好教你得知，那些債主我早給你打發了。」柯鎭惡大喜之下，首先便要去嘉興。

到得嘉興，四人宿在客店之中。柯鎭惡向故舊打聽，有人說前數日曾見到一個靑袍老人獨自在煙雨樓頭喝酒，說起形貌，似乎便是黃藥師的模樣。郭靖、黃蓉大喜，便在嘉興城鄉到處尋訪。這日清晨，柯鎮惡帶著郭芙，攜了雙鵰到樹林中玩，不意湊巧碰到了武修文。

柯鎮惡與李莫愁交手數合，就知不是她對手，心想：「這女魔頭武功之強，竟似不亞於當年的梅超風。」當下展開伏魔杖法，緊緊守住門戶。李莫愁心中暗讚：「曾聽陸郎這沒良心的小子言道，他嘉興前輩人物江南七怪，武功甚爲不弱，收下一個徒兒大大有名，便是大俠郭靖。這老兒是江南七怪之首，果然名不虛傳。他盲目跛足，年老力衰，居然還接得了我十餘招。」只聽陸氏夫婦大聲呼喝，與武娘子已攻到身後，心中主意已定：「要傷柯老頭不難，但惹得郭氏夫婦找上門來，卻是難鬥，今日放他一馬便了。」拂塵揚動，銀絲鼓勁挺直，就似一柄花槍般向柯鎮惡當胸刺去。這拂塵絲雖是柔軟之物，但藉著一股巧勁，所指處又是要害大穴，這一刺之勢卻也頗爲厲害。

柯鎮惡鐵杖在地下一頓，借勢後躍。李莫愁踏上一步，似是進招追擊，那知斗然間疾向後仰。她腰肢柔軟之極，翻身後仰，肩膀離武娘子已不及二尺。武娘子吃了一驚，急揮左掌向她額頭拍去。李莫愁腰肢輕擺，就如一朵水仙在風中微微一顫，早已避開，啪的一下，陸二娘小腹中掌。

陸二娘向前衝了三步，伏地摔倒。陸立鼎見妻子受傷，右手力揮，將單刀向李莫愁擲去，跟著展開雙臂撲上，要抱住她與之同歸於盡。李莫愁以處女之身，失意情場，變得異樣的厭憎男女之事，見陸立鼎縱身撲來，惱恨之極，轉過拂塵柄打落單刀，拂塵借勢揮出，唰的一聲，正中他天靈蓋。

李莫愁連傷陸氏夫婦，只一瞬間之事，待得柯鎮惡與武娘子趕上相救，已然不及。她笑問：「兩個女孩兒呢？」不等武娘子答話，黃影閃動，已竄入莊中，前後搜尋，竟沒程英與陸無雙的人影。她從灶下取過火種，在柴房裏放了把火，躍出莊來，笑道：「貧道跟桃花島、一燈大師都沒過節，兩位請罷。」

柯鎮惡與武娘子見她兇狠肆暴，氣得目眥欲裂，鐵杖鋼劍，雙雙攻上。李莫愁側身避過鐵杖，拂塵揚出，銀絲早將武娘子長劍捲住。兩股勁力自拂塵傳出，一收一放，喀的一響，長劍斷爲兩截，劍尖刺向武娘子，劍柄卻向柯鎮惡臉上激射過去。

武娘子長劍遭奪，已大吃一驚，更料不到她能用拂塵撕斷長劍，再以斷劍分擊二人，劍頭來得好快，忙低頭閃避，只覺頭頂一涼，劍頭掠頂而過，割斷了一大叢頭髮。柯鎮惡聽到金刃破空之聲，杖頭激起，擊開劍柄，但聽得武娘子驚聲呼叫，當下運杖成風，著著進擊，他左手雖扣了三枚毒蒺，但素聞赤練仙子的冰魄銀針陰毒異常，自己目不見物，別要引出她的厲害暗器來，更難抵擋，是以情勢雖緊，那毒蒺卻一直不敢發射。

李莫愁對他始終手下容情，心道：「若不顯顯手段，你這瞎老頭只怕還不知我有意相讓。」腰肢款擺，拂塵銀絲已捲住杖頭。柯鎮惡只覺一股大力要將他鐵杖奪出手去，忙運勁回奪，那知勁力剛透杖端，突然對方相奪之力已不知到了何處，這一瞬間，但覺四肢百骸都空空蕩蕩的無所著力。李莫愁左手將鐵杖掠過一旁，手掌已輕輕按在柯鎮惡胸口，笑道：「柯老爺子，赤練神掌拍到你胸口啦！」柯鎮惡此時自已無法抵擋，怒道：「賊賤人，你發勁就是，囉唆甚麼？」

武娘子見狀，大驚來救。李莫愁躍起身子，從鐵杖上橫竄而起，身子尚在半空，突然伸掌在武娘子臉上摸了一下，笑道：「你敢逐我徒兒，膽子也算不小。」說著格格嬌笑，幾個起落，早去得遠了。

武娘子只覺她手掌心柔膩溫軟，給她這麼一摸，臉上說不出的舒適受用，眼見她背影在柳樹叢中一晃，隨即不見，自己與她接招雖只數合，但每一招都險死還生，已然使盡了全力，此刻軟癱在地，一時竟動彈不得。柯鎮惡適才胸口也猶如壓了一塊大石，悶惡難言，當下急喘了數口氣，才慢慢調勻呼吸。

過了好一會，武娘子奮力站起，但見黑煙騰空，陸家莊已裹在烈燄之中，火勢逼將過來，炙熱異常，與柯鎮惡分別扶起陸氏夫婦，覺得二人氣息奄奄，已挨不過一時三刻，尋思：「如搬動二人，只怕死得更快，但又不能將他們留在此地，那便如何是好？」

正自為難，忽聽遠處一人大叫：「娘子，你沒事麼？」正是武三通的聲音。

突然間黃影晃動，李莫愁躍上武三通手中所握栗樹的樹梢，揮動拂塵，凌空下擊，不論武三通如何震撞掃打，她始終猶如黏附在栗樹上一般，乘著樹幹抖動之勢，尋隙進攻。

第二回　故人之子

武娘子正沒做理會處，忽聽得丈夫叫喚，又喜又惱，心想你這瘋子不知在胡鬧些甚麼，卻到這時才來，只見他上衣扯得破破爛爛，頸中兀自掛著何沅君兒時所用的那塊圍涎，急奔而至，不住的叫道：「娘子，你沒事麼？」她近十年來從未見丈夫對自己這般關懷，心中甚喜，叫道：「我在這裏。」武三通撲到跟前，將陸氏夫婦一手一個抱起，叫道：「快跟我來。」一言甫畢，便騰身而起。柯鎮惡與武娘子跟隨在後。

武三通東彎西遶，奔行數里，領著二人到了一座破窯之中。這是座燒製酒罈子的陶窯，倒是極大。武娘子走進窯洞，見敦儒、修文兩個孩子安好無恙，當即放心，嘆了口氣。窯洞裏有張小床，似有人居住。

武氏兄弟正與程英、陸無雙坐在地下玩石子。程英與陸無雙見到陸氏夫婦如此模樣，撲在二人身上，又哭又叫。

柯鎮惡聽陸無雙哭叫爸爸媽媽，猛然想起李莫愁之言，驚叫：「啊喲，不好，咱們引鬼上門，那女魔頭跟著就來啦！」武娘子適才這一戰已嚇得心驚膽戰，忙問：「怎麼？」柯鎮惡道：「那魔頭要傷陸家兩個孩子，但不知她們在那裏……」武娘子當即醒悟，驚道：「啊，是了，她有意不傷咱們，卻偷偷的跟來。」武三通大怒，叫道：「這赤練蛇女鬼陰魂不散，讓我來鬥她。」說著挺身站在窯洞之前。

陸立鼎頭骨已碎，但尚有一件心事未了，強自忍著一口氣，向程英道：「阿英，你把我……我……胸口……胸口一塊手帕拿出來。」程英抹了抹眼淚，伸手到他胸衣內取出一塊錦帕。手帕是塊白緞子，四角都繡著朵紅花。花紅欲滴，每朵花旁都襯著一張翠綠色葉子，白緞子已舊得發黃，花葉卻兀自嬌艷可愛，便如眞花眞葉一般。陸立鼎道：「阿英，你把手帕縛在頸中，千萬不可解脫，知道麼？」程英不明他用意，但既為姨父吩咐，當即接過，點頭答應。

陸二娘本已痛得神智迷糊，聽到丈夫說話，睜開眼來，說道：「為甚麼不給雙兒？你給雙兒啊！」陸立鼎道：「不，我怎能負了她父母之託？」陸二娘急道：「你……你好狠心，你自己女兒也不顧了？」說著雙眼翻白，聲音都啞了。陸無雙不知父母吵些甚麼，只哭叫：「媽媽，爸爸！」陸立鼎柔聲道：「娘子，你疼雙兒，讓她跟著咱們去不好麼？」

原來這塊紅花綠葉錦帕，是當年李莫愁贈給陸展元的定情之物。紅花是大理國最著名的曼陀羅花，李莫愁比作自己，「綠」「陸」音同，綠葉就是比作她心愛的陸郎了，取義於「紅花綠葉，相偎相倚」。陸展元臨死之時，料知十年之期一屆，李莫愁、武三通二人必來生事，自己原有應付之策，不料忽染急病；兄弟武藝平平，到時定然抵擋不了，無可奈何之中，便將這錦帕交給兄弟，叮囑明白，如武三通前來尋仇，能避則避，如不能避，動手自然必輸，卻也不致有性命之憂；但李莫愁近年來心狠手辣之名播於江湖，遇上了勢必無倖，危急之際將錦帕纏在頸中，只盼這女魔頭顧念舊情，或能忍手不予加害。但陸立鼎心高氣傲，始終不肯取出錦帕向這女魔頭乞命。

程英是陸立鼎襟兄之女。她父母生前將女兒託付於他撫養。他受人重託，責任未盡，此時大難臨頭，便將這塊救命的錦帕給了她。陸二娘舐犢情深，見丈夫不顧親生女兒，惶急中傷處劇痛，暈了過去。

程英見姨母爲錦帕之事煩惱，忙將錦帕遞給表妹，道：「姨媽說給你，你拿著罷！」陸立鼎喝道：「雙兒，是表姊的，別接。」武娘子瞧出其中蹊蹺，說道：「我將帕兒撕成兩半，一人半塊，好不好？」陸立鼎欲待再說，一口氣接不上來，那能出聲，只有點頭。武娘子將錦帕撕成兩半，分給了程陸二女。

武三通站在洞口，聽到背後又哭又叫，不知出了甚麼事，回過頭來，驀見妻子左頰漆黑，右臉卻無異狀，不禁駭異，指著她臉問道：「為……為甚麼這樣？」武娘子伸手在臉上一摸，道：「甚麼？」只覺左邊臉頰木木的無甚知覺，心中一驚，想起李莫愁臨去時曾在自己臉上摸了一下，難道這隻柔膩溫香的手掌輕撫而過，竟就此下了毒手？

武三通欲待再問，忽聽窯洞外有人笑道：「兩個女娃娃在這裏，是不是？不論死活，都給拋出來罷。否則的話，我一把火將你們都燒成了酒罈子。」聲若銀鈴，既脆且柔。

武三通急躍出洞，見李莫愁俏生生的站在當地，不由得大感詫異：「怎麼十年不見，她仍這等年輕貌美？」當年在陸展元的喜筵上相見，李莫愁方當妙齡，未逾二十，此時已過十年，但眼前此人除改穿道裝外，仍然肌膚嬌嫩，宛如昔日好女。她手中拂塵輕輕揮動，神態悠閒，美目流盼，桃腮帶暈，若非素知她殺人不眨眼，定道是位帶髮修行的富家小姐。武三通見她拂塵一動，猛想起自己兵刃留在窯洞之中，若再回洞，只怕她乘機闖進去傷害了眾小兒，見洞邊長著棵碗口粗細的栗樹，當即雙掌齊向栗樹推去，吆喝聲中，將樹幹從中擊斷。

李莫愁微微一笑，道：「好力氣。」武三通橫持樹幹，說道：「李姑娘，十年不見，你好啊。」他從前叫她李姑娘，現下她出了家，他並沒改口，依然舊時稱呼。這十年來，李莫愁從未聽人叫過自己作「李姑娘」，忽然聽到這三字，心中一動，少女時種種溫馨旖旎的風光突然湧向胸間，但隨即想起，自己本可與意中人一生廝守，那知這世上另外有個何沅君在，竟令自己傷心失意，一世孤單淒涼，想到此處，心中一瞬間湧現的柔情密意，登時盡化爲無窮怨毒。

武三通也心碎於所愛之人棄己而去，雖和李莫愁其情有別，卻也算得同病相憐，但那日自陸展元的酒筵上出來，親眼見到她手刃何老拳師一家二十餘口男女老幼，下手之狠，此時思之猶有餘悸。何老拳師與她素不相識，無怨無仇，跟何沅君也毫不相干，只因大家姓了個「何」字，她傷心之餘，竟去將何家滿門殺了個乾乾淨淨。何家老幼直到臨死，始終沒一個知道到底爲了何事。其時武三通不明其故，未曾出手干預，事後才得悉李莫愁純爲遷怒，只不過發洩心中的失望與怨毒，從此對這女子便既恨且懼，這時見她臉上微現溫柔之色，頃刻間轉爲冷笑，不禁爲程陸二女躭心。

李莫愁道：「我既在陸家牆上印了九個手印，這兩個小女孩便非殺不可。武三爺，請你讓路罷。」武三通道：「陸展元夫婦已死，他兄弟、弟媳也已中了你毒手，小小兩個女孩兒，就饒了罷。」李莫愁微笑搖首，柔聲道：「武三爺，請你讓路。」武三通將栗樹抓得更加緊了，叫道：「李姑娘，你忒也狠心，阿沅……」「阿沅」兩字一入耳，李莫愁臉色登變，說道：「我曾立過重誓，誰在我面前提起這賤人的名字，不是他死，就是我亡。我曾在沅江上連毀六十三家貨棧船行，只因他們招牌上帶了這個臭字，這件事你可曾聽到了嗎？武三爺，是你自己不好，可怨不得我。」說著拂塵一起，往武三通頭頂拂到。

莫瞧她小小一柄拂塵，這一拂下去既快又勁，只帶得武三通頭上亂髮獵獵飛舞。她知武三通是一燈大師門下高弟，雖然癡癡呆呆，武功卻確有不凡造詣，是以一上來就下殺手。武三通左手挺舉，樹幹猛地伸出，狂掃過去。李莫愁見來勢厲害，身子隨勢飄出，不等他樹幹力道使足，隨即飛躍而前，拂塵攻他面門。武三通見她攻入內圈，右手倏起，伸指向她額上點去，這招一陽指點穴去勢雖不甚快，卻變幻莫測，難閃難擋。李莫愁一招「倒打金鐘」，身子驟然間已躍出丈許之外。

武三通見她忽來忽往，瞬息間進退自如，暗暗驚佩，奮力舞動樹幹，將她逼在丈餘之外。但只要稍露空隙，李莫愁便如閃電般欺近身來，若非他一陽指厲害，早已不敵，饒是如此，那樹幹畢竟沉重，舞到後來漸感吃力，李莫愁卻越欺越近。突然間黃影晃動，她竟躍上武三通手中所握栗樹的樹梢，揮動拂塵，凌空下擊。武三通大驚，倒轉樹梢往地下急撞。李莫愁格格嬌笑，踏著樹幹直奔過來。武三通側身長臂，挺指點出。她纖腰微擺，已退回樹梢。此後數十招中，不論武三通如何震撞掃打，她始終猶如黏附在栗樹上一般，順著樹幹抖動之勢，尋隙進攻。

這一來武三通更感吃力，她身子雖然不重，究是在樹幹上又加了數十斤的份量，何況她站在樹上，樹幹打不著她，她卻可以攻人，立於不敗之地。武三通見漸處下風，心知只要稍有疏忽，自己死了不打緊，滿窯洞老幼要盡喪她手，奮起膂力，將樹幹越舞越急，欲以樹幹猛轉之勢，將她甩下樹來。

又鬥片刻，聽得背後柯鎮惡大叫：「芙兒，你也來啦？快叫鵰兒咬這惡女人。」跟著便有一個女孩聲音連聲呼叱，空中兩團白影撲將下來，卻是兩頭大鵰，左右分擊，攻向李莫愁兩側，正是郭芙攜同雙鵰到了。

李莫愁見雙鵰來勢猛惡，一個觔斗翻下栗樹，左足鉤住了樹幹。雙鵰撲擊不中，振翼高飛。女孩的聲音又唿哨了幾下。雙鵰二次撲落，四隻鋼鉤鐵爪齊向樹底抓去。李莫愁曾聽人說起，桃花島郭靖、黃蓉夫婦養有一對大鵰，頗通靈性，這時斗見雙鵰分進合擊，對鵰兒倒不放在心上，卻怕雙鵰是郭靖夫婦之物，倘若他夫婦就在左近，那可十分棘手。她閃避數次，拂塵啪的一下，打上雌鵰左翼，只痛得牠吱吱急鳴，幾根長長的白羽從空中落了下來。

郭芙見鵰兒受挫，大叫：「鵰兒別怕，咬這惡女人。」李莫愁向她望去，見這女孩兒膚似玉雪，眉目如畫，心裏一動：「聽說郭夫人是當世英俠中的美女，不知比我如何？這小娃兒難道是她女兒嗎？」

她心念微動，手中稍慢。武三通見雖有雙鵰相助，仍戰她不下，焦躁起來，力運雙臂，猛地連人帶樹將她往空中擲去。李莫愁料想不到他竟會出此怪招，雙足離樹，給他擲高數丈。雙鵰見她飛上，撲動翅膀，上前便啄。

李莫愁如腳踏平地，雙鵰原奈何她不得，此時她身在半空，無所借力，如何能與飛禽抵敵？情急之下，揮動拂塵護住頭臉，長袖揮處，三枚冰魄銀針先後急射而出。兩枚分射雙鵰，一枚卻指向武三通胸口。雙鵰忙振翅高飛，但銀針去得快極，嗤嗤作響，從雄鵰腳爪之旁擦過，劃破了爪皮。

武三通正仰頭相望，猛見銀光閃動，忙著地滾開，銀針仍刺中了他左足小腿。武三通一滾站起，左腿竟已不聽使喚，左膝跪倒。他強運功力，待要撐持起身，麻木已擴及全腿，登時俯伏跌倒，雙手撐了幾下，終於伏在地下不動了。

郭芙大叫：「鵰兒，鵰兒，快來！」但雙鵰逃得遠了，並不回頭。李莫愁笑道：「小妹妹，你可是姓郭麼？」郭芙見她容貌美麗，和藹可親，似乎並不是甚麼「惡女人」，便道：「是啊，我姓郭。你姓甚麼？」李莫愁笑道：「來，我帶你去玩。」緩步上前，去攜她手。柯鎮惡鐵棒撐地，急從窯洞中竄出，攔在郭芙面前，叫道：「芙兒，快進去！」李莫愁笑道：「怕我吃了她麼？」

就在這時，一個衣衫襤褸的少年左手提著一隻公鷄，口中唱著俚曲，跳跳蹦蹦的過來，見窯洞前有人，叫道：「喂，你們到我家裏來幹麼？」走到李莫愁和郭芙之前，側頭向兩人瞧瞧，笑道：「嘖嘖，大美人兒好美貌，小美人兒也挺秀氣，兩位姑娘是來找我的嗎？姓楊的可沒這般美人兒朋友啊。」臉上賊忒嘻嘻，說話油腔滑調。

郭芙小嘴一扁，怒道：「小叫化，誰來找你了？」那少年笑道：「你不來找我，怎麼到我家來？」說著向窯洞一指，敢情這座破窯竟是他家。郭芙道：「哼，這般骯髒地方，誰愛來了？」

武娘子見丈夫倒地，不知死活，躭心之極，從窯洞中搶出，俯身叫道：「三哥，你怎麼啦？」武三通哼了一聲，背心擺了幾擺，始終站不起身。郭芙極目遠眺，不見雙鵰，大叫：「鵰兒，鵰兒，快回來！」

李莫愁心想：「夜長夢多，別等郭靖夫婦到來，討不了好去。」微微一笑，逕自闖向窯洞。武娘子忙縱身回轉攔住，揮劍叫道：「別進來！」李莫愁笑道：「這是那個小兄弟的府上，你又作得主了？」左掌對準劍鋒，直按過去，剛要碰到刃鋒，手掌略側，三指推在劍身刃面，劍鋒反向武娘子額頭削去，嚓的一響，削破了她額頭。李莫愁笑道：「得罪！」將拂塵往衣衫後領中一插，低頭進了窯洞，雙手分別將程英與陸無雙提起，竟不轉身，左足輕點，反躍出洞，百忙中還出足踢飛了柯鎮惡手中鐵杖。

那襤褸少年見她傷了武娘子，又擄劫二女，大感不平，耳聽得陸程二女驚呼，當即躍起，往李莫愁身上抱去，叫道：「喂，大美人兒，你到我府上傷人捉人，也不跟主人打個招呼，太不講理，快放下人來。」

李莫愁雙手各抓著一個女孩，沒提防這少年竟會張臂相抱，但覺脅下忽然多了一雙手臂，心中一凜，不知怎的，忽然全身發軟，當即勁透掌心，輕輕一彈，將二女彈開數尺，隨即一把抓住少年後心。她年未逾三十，仍爲處女之身，當年與陸展元痴戀苦纏，始終以禮自持。十年來江湖上有不少漢子見她美貌，不免動情起意，但只要神色間稍露邪念，往往立斃於她赤練神掌之下。那知今日竟會給這少年抱住，她一抓住少年，本欲掌心發力，立時震碎他心肺，但適才聽他稱讚自己美貌，語出誠摯，心下有些歡喜，這話如爲大男人所說，只有惹她厭憎，出於這十二三歲少年之口卻只顯其眞，一時心軟，竟下不了手。

忽聽得空中鵰唳聲急，雙鵰自遠處飛回，又撲下襲擊。李莫愁左袖揮出，兩枚冰魄銀針急射而上。雙鵰先前已在這厲害之極的暗器下吃過苦頭，忙振翅上飛，但銀針去勢勁急，雙鵰飛得雖快，銀針卻射得更快，雙鵰嚇得高聲驚叫。李莫愁見這對惡鳥再也難以逃脫，正自歡喜，猛聽得呼呼聲響，兩枚小小暗器迅速異常的破空而至，剛聽到一點聲息，暗器轉瞬間劃過長空，已將兩枚銀針分別打落。

這暗器先聲奪人，威不可當，李莫愁大吃一驚，隨手放落少年，縱身過去看時，原來只是兩顆尋常的小石子，心想：「發這石子之人武功深不可測，我可不是對手，先避他一避再說。」身隨意轉，右掌拍出，擊向程英後心。她要先傷了程陸二女，再圖後計。

手掌剛要碰到程英後心，一瞥間見她頸中繫著一條錦帕，素底緞子上繡著紅花綠葉，正是當年自己精心繡就、贈給意中人之物，不禁一呆，倏地收回掌力，往日的柔情密意瞬息間在心中滾了幾轉，心想：「他心中始終沒忘了我，這塊帕兒也一直好好收著。他求我饒他後人，卻饒是不饒？」一時猶豫不定，決意先斃了另一個小女孩再說。拂塵抖處，銀絲擊向陸無雙後心，陽光耀眼下，見她頸中也繫著這樣一條錦帕，李莫愁「咦」的一聲，心道：「怎地有兩塊帕兒？定有一塊假的。」拂塵改擊爲捲，裹住陸無雙頭頸，將她倒拉轉來。

就在此時，破空之聲又至，一粒小石子向她後心疾飛而至。李莫愁聽了風聲，知來勢勁急，忙回過拂塵，鋼柄揮出，剛好打中石子，猛地虎口一痛，掌心發熱，全身劇震，拂塵幾乎脫手。她不敢逗留，隨手提起陸無雙，展開輕功，猶如疾風掠地，轉瞬間奔了個無影無蹤。

程英見表妹遭擒，大叫：「表妹，表妹！」隨後跟去。但李莫愁的腳力何等迅捷，程英怎追得上？江南水鄉之地到處河泊縱橫，程英奔了一陣，前面小河攔路，無法再行。她沿岸奔跑叫嚷，忽見左邊小橋上黃影晃動，一人從對岸過橋奔來。程英只一呆，已見李莫愁站在面前，手裏卻沒再抓著陸無雙。

程英見她回轉，甚是害怕，大著膽子問道：「我表妹呢？」李莫愁見她膚色白嫩，容顏秀麗，冷冷的道：「你這等模樣，他日長大了，若非讓別人傷心，便是自己傷心，不如及早死了，世界上少了好些煩惱。」拂塵一起，摟頭拂落，要將她連頭帶胸打得稀爛。

她拂塵揮到背後，正要向前擊出，突然手上一緊，銀絲給甚麼東西拉住了，竟甩不出去。她大吃一驚，轉頭欲看，驀地裏身不由主的騰空而起，給一股大力拉扯向上。這一驚當眞非同小可，順勢朝後高躍丈許，這才落下，左掌護胸，拂塵上內勁貫注，直刺出去，豈知眼前空蕩蕩的竟甚麼也沒有。她生平大小數百戰，從未遇到過這般怪異情景，腦海中一個念頭電閃而過：「妖精？鬼魅？」一招「混元式」，拂塵舞成個圓圈，護住身周五尺之內，這才再行轉身。

只見程英身旁站著一個身材高瘦的青袍怪人，臉上木無神色，似是活人，又似殭屍，一見之下，登時心頭說不出的煩惡，李莫愁不由自主的倒退兩步，一時之間，實想不到武林中有那一個厲害人物是這等模樣，待要出言相詢，只聽那人低頭向程英道：「娃兒，這女人好生兇惡，你去打她。」程英那敢動手，仰起頭道：「我不敢。」那人道：「怕甚麼？只管打。」程英仍然不敢。那人一把抓住程英背心，往李莫愁投去。

李莫愁當此非常之境，便不敢應以常法，料想用拂塵揮打必非善策，當即伸出左手相接，剛要碰到程英腰間，忽聽嗤的一聲，臂彎斗然酸軟，手臂竟抬不起來。程英一頭撞在她胸口，跟著順手揮出，啪的一響，清清脆脆的打了她一記巴掌。

李莫愁生平從未受過如此大辱，狂怒之下，更無顧忌，拂塵倒轉，疾揮而下，擊向程英頭頂，猛覺虎口劇震，拂塵柄飛起，險些脫手，原來那人又彈出一塊小石，打在她拂塵柄上。程英卻已穩穩站立在地。

李莫愁料知今日已討不了好去，若不儘快脫身，大有性命之憂，輕聲一笑，轉身便走，奔出數步，雙袖向後連揮，一陣銀光閃動，十餘枚冰魄銀針齊向青袍怪人射去。她發這暗器，不轉身，不回頭，可是針針指向那人要害。那人出其不意，沒料想她暗器功夫竟這等陰狠厲害，當即飛身向後急躍。銀針來得雖快，他後躍之勢更快，只聽得銀針玎玎錚錚一陣輕響，盡數落在地下。李莫愁明知射他不中，這十餘枚銀針但求將他逼開，一聽到他後躍風聲，袖子又揮，一枚銀針直射程英。她知這一針非中不可，生怕那青袍人上前動手，竟不回頭察看，足底加勁，急奔過橋，穿入了桑林。

那青袍人叫了聲：「啊喲！」上前抱起程英，只見一枚長長的銀針揷在她肩頭，不禁臉上變色，微一沉吟，抱起她快步向西。

柯鎮惡等見李莫愁終於擄了陸無雙而去，都感驚懼。那衣衫襤褸的少年道：「我瞧瞧去。」郭芙道：「有甚麼好瞧的？這惡女人一腳踢死了你。」那少年笑道：「你踢死我？不見得罷。」說著發足便向李莫愁去路急追。郭芙道：「蠢才！又不是說我要踢你。」她可不懂這少年繞彎兒罵她是「惡女人」。

那少年奔了一陣，忽聽得遠處程英高聲叫道：「表妹，表妹！」當即循聲追去。奔出數十丈，聽聲辨向，該已到了程英呼叫之地，可是四下裏卻不見二女影子。

一轉頭，只見地下明晃晃的撒著十幾枚銀針，針身鏤刻花紋，打造得甚爲精致。他俯身一枚枚的拾起，握在左掌，忽見銀針旁一條大蜈蚣肚腹翻轉，死在地下。他覺得有趣，低頭細看，見地下螞蟻死了不少，數步外尚有許多螞蟻正在爬行。他拿一枚銀針去撥弄幾下，那幾隻螞蟻兜了幾個圈子，便即翻身僵斃，連試幾隻小蟲都是如此。

那少年大喜，心想用這些銀針去捉蚊蠅，眞再好不過，突然左手麻麻的似乎不大靈便，猛然驚覺：「針上有毒！拿在手中，豈不危險？」忙張開手掌拋下銀針，只見兩張手掌心已全成黑色，左掌尤其深黑如墨。他心裏害怕，伸手在大腿旁用力摩擦，但覺左臂麻木漸漸上升，片刻間便麻到臂彎。他幼時曾給毒蛇咬過，險些送命，當時受咬處附近就這般麻木不仁，知道凶險，忍不住哇的一聲哭了出來。

忽聽背後一人說道：「小娃娃，知道厲害了罷？」這聲音鏗鏘刺耳，似從地底下鑽出來一般。那少年急忙轉身，不覺吃了一驚，只見一人雙手各持一塊木塊，撐在地下，頭下腳上的倒立，雙腳併攏，撐向天空。他退開幾步，叫道：「你……你是誰？」

那人雙手在地下一撐，身子忽地拔起，一躍三尺，落在少年的面前，說道：「我……我是誰？我知道我是誰就好啦。」那少年更加驚駭，發足狂奔。只聽得身後篤、篤、篤的一聲聲響亮，回頭望去，不禁嚇得魂不附體，原來那人以手為足，雙手將硬木塊拍在地下，倒轉身子而行，竟快速無比，離自己背後已不過數尺。

他加快腳步，拚命急奔，忽聽呼的一聲響，那人從他頭頂躍過，落在他身前。那少年叫道：「媽啊！」轉身便逃，可是不論他奔向何處，那怪人總是呼的一聲躍起，落在他身前。他枉有雙腳，卻賽不過一個以手行走之人。他轉了幾個方向，那怪人越逼越近，當下伸手發掌，想去推他，那知手臂痲木，早不聽使喚，只急得他大汗淋漓，不知如何是好，雙腿一軟，坐倒在地。

那怪人道：「你越東奔西跑，身上的毒越加發作得快。」那少年福至心靈，雙膝跪倒，叫道：「求公公救我性命。」那怪人搖頭道：「難救，難救！」那少年道：「你本事這麼大，定能救我。」這一句奉承之言，登教那怪人聽得甚是高興，微微一笑，道：「你怎知我本事大？」那少年聽他語氣溫和，似有轉機，忙道：「你倒轉了身子還跑得這麼快，天下再沒第二個及得上你。」他隨口捧上一句，豈知「天下再沒第二個及得上你」這話，正好打中了那怪人心窩。他哈哈大笑，聲震林梢，叫道：「倒過身來，讓我瞧瞧。」

那少年心想不錯，自己直立而他倒豎，確是瞧不清楚，他既不願順立，只有自己倒豎了，當下倒轉身子，將頭頂在地下，右手尙有知覺，牢牢的在旁撐住。那怪人向他細看了幾眼，皺眉沉吟。

那少年此時身子倒轉，也看清楚了怪人的面貌，但見他高鼻深目，滿臉花白短鬚，如銀似鐵，又聽他喃喃自語，說著嘰哩咕嚕的怪話，甚爲難聽。少年怕他不肯相救，求道：「好公公，你救救我。」那怪人見他眉目清秀，心中也有幾分歡喜，道：「好，救你不難，但你須得答允我一件事。」少年道：「你說甚麼，我都聽你的。公公，你要我答允甚麼事？」怪人咧嘴一笑，道：「我正要你答允這件事。我說甚麼，你都得聽我的。」少年心下遲疑：「甚麼話都聽？難道叫我扮狗吃屎也得聽？」

怪人見他猶豫，怒道：「好，你死你的罷！」說著雙手一縮一挺，身子飛起，向旁躍開數尺。那少年怕他遠去，忙要追去求懇，但不能學他這般用手走路，翻身站起，追上幾步，叫道：「公公，我答允啦，你不論說甚麼，我都聽你的。」怪人轉過身來，說道：「好，你罰個重誓來。」少年此時左臂麻木已延至肩頭，心裏越來越怕，只得罰誓道：「公公如救了我性命，去了我身上惡毒，我一定聽你的話。倘若不聽，惡毒便又再回到我身上。」心想：「以後我永遠不再去碰銀針，惡毒如何回到身上？但不知我罰這樣一個誓，這怪人肯不肯算數？」

斜眼瞧他時，卻見他臉有喜色，顯得甚爲滿意，那少年暗喜：「老傢伙信了我啦。」怪人點點頭，忽地翻過身子，揑住少年手臂推拿幾下，說道：「好，好，你是個好娃娃。」少年只覺經他一揑，手臂上痳木之感立時減輕，叫道：「公公，你再給我揑啊！」怪人皺眉道：「你別叫我公公，要叫爸爸！」少年道：「我爸爸早死了，我沒爸爸。」怪人喝道：「我第一句話你就不聽，要你這兒子何用？」

那少年心想：「原來他要收我爲兒。」他一生從未見過父親之面，聽母親說，他父親在他出世之前就已死了，自幼見到別的孩子有父親疼愛，心下常自羨慕，只是見這怪人舉止怪異，瘋瘋顛顛，卻老大不願意認他爲義父。那怪人喝道：「你不肯叫我爸爸，好罷，別人叫我爸爸，我還不肯答應呢。」那少年尋思怎生想個法兒騙得他醫好自己。那怪人口中忽然發出一連串古怪聲音，似是念咒，發足便行。那少年急叫：「爸爸，爸爸，你到那裏去？」

怪人哈哈大笑，說道：「乖兒子，來，我教你除去身上毒氣的法兒。」少年走近身去。怪人道：「你中的是李莫愁那女娃娃的冰魄銀針之毒，治起來可著實不容易。」當下傳了口訣和行功之法，說道此法乃倒運氣息，須得頭下腳上，氣血逆行，毒氣就會從進入身子之處回出。不過他新學乍練，氣息逆行有限，每日只能逼出少許，須得一月以上，方能驅盡毒性。

那少年甚為聰明，一點便透，入耳即記，依法施為，果然麻木略減。他運了一陣氣，雙手手指尖流出幾滴黑汁。怪人喜道：「好啦！今天不用再練，明日我再教你新的法兒。咱們走罷。」少年一愕，道：「那裏去？」怪人道：「你是我兒，爸爸去那裏，兒子自然跟著去那裏。」

正說到此處，空中忽然幾聲鵰唳，兩頭大鵰在半空飛掠而過。那怪人向雙鵰呆望，以手擊額，皺眉苦苦思索，突然間似乎想起了甚麼，登時臉色大變，叫道：「我不要見他們，不要見他們。」說著伸臂向前，一步跨了出去。他雙臂交互伸展，第一步邁得好大，第二步連跨帶躍，人已在丈許之外，連跨得十來步，身子早在桑樹林後隱沒。

那少年叫道：「爸爸，爸爸！」隨後趕去。繞過一株大柳樹，驀覺腦後一陣疾風掠過，卻是那對大鵰從身後撲過，向前飛落。柳樹林後轉出一男一女，雙鵰分別停在二人肩頭。

那男的濃眉大眼，胸寬腰挺，三十來歲年紀，上唇微留髭鬚。那女的看來不到三十歲，容貌秀麗，一雙眼睛靈活之極，在少年身上轉了幾眼，向那男子道：「你說這人像誰？」那男子向少年凝視半晌，道：「你說是像……」只說了四個字，卻不接下去了。

這二人正是郭靖、黃蓉夫婦。這日兩人正在一家茶館中打聽黃藥師的消息，忽見遠處烈燄沖天而起，過了一會，街上有人奔走相告：「陸家莊失火！」黃蓉心中一凜，想起嘉興陸家莊的主人陸展元是武林中一號人物，雖向未謀面，卻也久慕其名，江湖上多說「江南兩個陸家莊」。江南陸家莊何止千百，武學之士所說兩個陸家莊，卻是指太湖陸家莊與嘉興陸家莊而言。陸展元能與陸乘風相提並論，自非泛泛之士。一問之下，失火的竟就是陸展元之家。兩人當即趕去，待得到達，見火勢漸小，莊子卻已燒成一個火窟，火場中幾具焦屍全身似炭，面目已不可辨。

黃蓉道：「這中間可有古怪。」郭靖道：「怎麼？」黃蓉道：「那陸展元在武林中名頭不小，他夫人何沅君也是當代女俠。若為尋常火燭，他家中怎能有人逃不出來？定是仇家來放的火。」郭靖一想不錯，說道：「對，咱們搜搜，瞧是誰放的火，怎麼下這等毒手？」

二人繞著莊子走了一遍，不見有何痕跡。黃蓉忽然指著半壁殘牆，叫道：「你瞧，那是甚麼？」郭靖一抬頭，見牆上印著幾個血手印，給煙一薰，更加顯得可怖。牆壁倒塌，有兩個血手印只賸下半截。郭靖心中一驚，脫口而出：「赤練仙子！」黃蓉道：「一定是她。早就聽說赤練仙子李莫愁武功高強，陰毒無比，不亞於當年的西毒。她駕臨江南，咱們正好跟她鬥鬥。」郭靖點點頭，道：「武林朋友都說這女魔頭難纏得緊，咱們如能找到岳父，請他老人家主持，那就好了。」黃蓉笑道：「年紀越大，膽子越小。」郭靖道：「這話不錯。越是練武，越知道自己不行。」黃蓉笑道：「郭大爺好謙！我卻覺得自己越練越了不起呢。」

二人嘴裏說笑，心中卻暗自提防，四下裏巡視，在一個池塘旁見到兩枚冰魄銀針。一枚銀針半截浸在水中，塘裏幾十條金魚盡皆肚皮翻白，此針之毒，委實可怖可畏。黃蓉伸了伸舌頭，拾兩段斷截樹枝夾起銀針，取出手帕重重包裹了，放入衣囊。二人又到遠處搜尋，卻見到了雙鵰，又遇上了那少年。

郭靖眼見那少年有些面善，一時卻想不起像誰，鼻中忽然聞到一陣怪臭，嗅了幾下，只覺頭腦中微微發悶。黃蓉也早聞到了，臭味似乎出自近處，轉頭尋找，見雄鵰左足上有破損傷口，湊近一聞，臭味果然便從傷口發出。二人吃了一驚，細看傷口，雖只擦破一層油皮，但傷足腫得不止一倍，皮肉已在腐爛。郭靖尋思：「甚麼傷，這等厲害？」忽見那少年左手全成黑色，驚道：「你也中了這毒？」

黃蓉搶過去拿起他手掌一看，忙捋高他衣袖，取出小刀割破他手腕，推擠毒血。只見少年手上流出來的血顏色鮮紅，微感奇怪：他手掌明明全成黑色，怎麼血中卻又無毒？她不知那少年經怪人傳授，已將毒血逼向指尖，一時不再上升。她從囊中取出一顆九花玉露丸，道：「嚼碎呑下。」少年接在手裏，先自聞到一陣淸香，隨口謝了一聲，放入口中嚼碎，但覺滿嘴馨芳，甘美無比，一股淸涼之氣直透丹田。黃蓉又取兩粒藥丸，餵雙鵰各服一丸。

郭靖沉思半晌，忽然張口長嘯。那少年耳畔異聲陡發，出其不意，嚇了一跳，嘯聲遠遠傳送出去，只驚得雀鳥四下亂飛，身旁柳枝垂條震動不已。他一嘯未已，第二嘯跟著送出，嘯上加嘯，聲音振盪重疊，猶如千軍萬馬，奔騰遠去。

黃蓉知丈夫發聲向李莫愁挑戰，聽他第三下嘯聲又出，便也氣湧丹田，縱聲長嘯。郭靖的嘯聲雄壯宏大，黃蓉的卻淸亮高昂。兩人的嘯聲交織在一起，有如一隻大鵬、一隻小鳥並肩齊飛，越飛越高，小鳥始終不落於大鵬之後。兩人在桃花島潛心苦修，內力漸臻化境，雙嘯齊作，當眞是迴翔九天，聲聞數里。

那倒行的怪人聽到嘯聲，足步加快，疾行而避。

抱著程英的靑袍客聽到嘯聲，哈哈一笑，說道：「他們也來啦，老夫走遠些，免得囉唆。」

李莫愁將陸無雙夾在脅下，奔行正急，突然聽到嘯聲，猛地停步，拂塵一揮，轉過身來，冷笑道：「郭大俠名震武林，倒要瞧瞧他是不是果有眞才實學。」忽聽得一陣淸亮的嘯聲跟著響起，兩股嘯聲呼應相和，剛柔相濟，更增威勢。李莫愁心中一凜，自知難敵，又想他夫婦同闖江湖，互相扶持，自己卻孤另另一人，登覺萬念俱灰，嘆了口長氣，待要拋下陸無雙不理，卻見到她頸中半塊錦帕，心中一酸，抓著她的背心，快步而去。

此時武娘子已扶著丈夫，帶同兩個兒子與柯鎮惡作別離去。柯鎮惡適才一番劇戰，生怕李莫愁去而復返傷害郭芙，帶著她正想找個隱蔽所在躲了起來，忽聽到郭黃二人嘯聲，心中大喜。郭芙叫道：「爹爹，媽媽！」發足便跑。

一老一小循著嘯聲奔到郭靖夫婦跟前。郭芙投入黃蓉懷裏，笑道：「媽，大公公剛才打跑了一個惡女人，他老人家本事可大得很哩。」黃蓉自然知她撒謊，卻只笑了笑。郭靖斥道：「小孩子家，說話可要老老實實。」郭芙伸了伸舌頭，笑道：「大公公本事不大嗎？他怎麼能做你師父？這可奇了！」生怕父親又再責罵，當即遠遠走開，向那少年招手，說道：「你去摘些花兒，編了花冠給我戴！」

那少年跟了她過去。郭芙瞥見他手掌漆黑，便道：「你手這麼髒，身上還要髒，我不跟你玩。你摘的花兒也給你弄臭啦。」那少年冷然道：「誰愛跟你玩了？」大踏步便走。

郭靖叫道：「小兄弟，別忙走。你身上餘毒未去，發作出來可了不得。」那少年最惱給別人小看了，給郭芙這兩句話刺痛了心，當下昂首直行，對郭靖的叫喊只如不聞。郭靖搶步上前，說道：「你怎麼中了毒？我們給你治了，再走不遲。」那少年道：「我又不識得你，關你甚麼事？」足下加快，想從郭靖身旁穿過。郭靖見他臉上悻悻之色，眉目間甚似一個故人，心念一動，說道：「小兄弟，你姓甚麼？」那少年向他白了一眼，側過身子，意欲急衝而過。郭靖翻掌抓住他手腕。那少年幾下掙不脫，左手出拳，重重打在郭靖腹上。

郭靖微微一笑，也不理會。那少年想縮回手臂再打，那知拳頭深陷在他小腹之中，竟然拔不出來。他小臉脹得通紅，用力後拔，只拔得手臂發疼，卻始終掙不脫他小腹的吸力。郭靖笑道：「你跟我說你姓甚麼，我就放你。」那少年道：「我姓倪，名字叫作牢子，你快放我。」郭靖聽了好生失望，腹肌鬆開，他可不知那少年其實說自己名叫「你老子」，在討他的便宜。那少年拳頭脫縛，望著郭靖，心道：「你本事好大，你老子不及乖兒子。」

黃蓉見了他臉上的狡猾憊懶神情，總覺他跟那人甚為相似，忍不住要再試他一試，笑道：「小兄弟，你想做我丈夫的老子，可不成了我的公公嗎？」左手揮出，已按住他右肩。那少年覺到按來的力道甚為強勁，忙運力相抗。黃蓉手上勁力忽鬆，那少年不由自主的向前俯跌，砰的一聲，額頭重重撞在地下。郭芙拍手大笑。那少年大怒，跳起身來，滿身塵土，退後幾步，正要污言穢語的罵人，黃蓉已搶上前去，雙手按住他肩頭，凝視著他雙眼，緩緩的道：「你姓楊名過，你媽媽姓穆，是不是？」

那少年正是姓楊名過，突然為黃蓉說了出來，不由得驚駭無比，胸間氣血上湧，手上毒氣突然回沖，腦中一陣胡塗，登時暈倒。

黃蓉一驚，扶住他身子。郭靖給他推拿了幾下，見他雙目緩緩睜開，牙齒咬破了舌頭，滿嘴鮮血。郭靖又驚又喜，道：「他……他原來是楊康兄弟的孩子。」黃蓉見楊過中毒甚深，低聲道：「咱們先投客店，到城裏配幾味藥。」楊過問道：「你……你們怎麼認得我？」郭靖道：「我們是你媽媽的朋友，你媽媽呢？」楊過道：「我媽媽死啦，死了很久啦！」郭靖聞言震動，手上用力稍大，楊過又昏了過去。

原來黃蓉見這少年容貌與楊康頗為相像，想起當年王處一在中都客店中相試穆念慈的武功師承，伸手按她肩頭，穆念慈不向後仰，反而前跌，這正是洪七公獨門的運氣練功法門。這少年如是穆念慈的兒子，所練武功也必是一路。黃蓉是洪七公的弟子，自深知本門練功的訣竅，一試之下，果然便揭穿了他眞相。

當下郭靖抱了楊過，與柯鎭惡、黃蓉、郭芙三人攜同雙鵰，回到客店。黃蓉寫下藥方，店小二去藥店配藥，她用的藥大都是偏門僻藥，嘉興雖是通都大邑，一時卻也配不齊全。郭靖見楊過身上劇痛不除，甚是憂慮。黃蓉知丈夫自義弟楊康死後，常自耿耿於懷，今日斗然遇上他子嗣，自是歡喜無限，偏生他又中了劇毒，生死難料，說道：「咱們自己出去採藥。」郭靖心知只要稍有治愈之望，她必出言安慰，卻見她神色間亦甚鄭重，更惴惴不安，於是囑咐郭芙不得隨便亂走，夫妻倆出去找尋藥草。

楊過昏昏沉沉的睡著，直到天黑，並無好轉。柯鎭惡進來看了他幾次，束手無策，他毒蔆的毒性與冰魄銀針全然不同，兩者的解藥不能混用，又怕郭芙溜出，不住哄著她睡覺。

楊過昏迷中也不知過了多少時候，忽覺有人在他胸口推拿，慢慢醒轉，睜開眼來，但見黑影閃動，有人從窗中竄了出去。他勉力站起，扶著桌子走到窗口張望，見屋簷上倒立著一人，頭下腳上，正是日間要他叫爸爸的那怪人，身子搖搖晃晃，似乎隨時都能摔下屋頂。

楊過驚喜交集，叫道：「是你。」那怪人道：「怎麼不叫爸爸？」楊過叫了聲：「爸爸！」心中卻道：「你是我兒子，老子變大爲小，叫你爸爸便了。」那怪人很是歡喜，說道：「你上來。」楊過爬上窗檻，躍上屋頂。可是他中毒後身子虛弱，力道不夠，手指沒攀到屋簷，竟掉了下去，不由得失聲驚呼：「啊喲！」

那怪人伸手抓住他背心，將他輕輕放在屋頂，倒轉來站直了身子，正要說話，聽得西邊房裏窗格子喀的一聲輕響，料知已有人發現自己蹤跡，抱著楊過疾奔而去。待得柯鎮惡躍上屋時，四下裏早無聲無息。

那怪人抱著楊過奔到鎮外荒地，將他放下，說道：「你用我教你的法兒，再把毒氣逼些兒出來。」楊過依言而行，約莫一盞茶時分，手指上滴出幾點黑血，胸臆間登覺大為舒暢。那怪人道：「你這孩兒甚是聰明，一教便會，比我當年親生的兒子還要伶俐。唉！孩兒啊！」想到亡故了的兒子，眼中不禁濕潤，撫摸楊過的頭，微微嘆息。

楊過自幼沒父親，母親也在他十一歲那年染病身亡。穆念慈臨死之時，說他父親死在嘉興鐵槍廟裏，要他將她遺體火化了，去葬在嘉興鐵槍廟外，又要他去投奔師父郭靖。楊過遵奉母親遺命辦理，從太湖邊的長興來到嘉興，路程不遠，葬了母親後，從此流落嘉興，住在這破窯之中，偷鷄摸狗的混日子。楊過年雖幼小，卻生來倔強，頗有傲氣，不願去桃花島投奔於人，寄食過活。穆念慈雖曾傳過他一些武功的入門功夫，但她自己本就苦不甚高，去世時楊過又尚幼小，實沒能教得了多少。這幾年來，楊過到處遭人白眼，受人欺辱，那怪人與他素不相識，居然對他這等好法，眼見他對自己眞情流露，心中感動，縱身躍過，抱住了他脖子，叫道：「爸爸，爸爸！」他從兩三歲起就盼望有個愛憐他、保護他的父親。有時睡夢之中，突然有了個慈愛的英雄父親，但一覺醒來，這父親卻又不知去向，常常因此而大哭一場。此刻多年心願忽而得償，於這兩聲

「爸爸」之中，滿腔孺慕之意盡情發洩了出來，再也不想在心中討還便宜了。

楊過固大爲激動，那怪人察覺他叫聲出於眞情，卻只有比他更加歡喜。兩人初遇之時，楊過被逼認他爲父，實一百個不願意，此時兩人心靈交通，當眞親若父子，但覺對方若有危難，自己就爲他死了也所甘願。那怪人大叫大笑，說道：「好孩子，好孩子，乖兒子，再叫一聲爸爸。」楊過依言叫了兩聲，靠在他身上。

那怪人笑道：「乖兒子，來，我把生平最得意的武功傳給你。」說著蹲低身子，口中咕咕咕的叫了三聲，雙手推出，轟的一聲巨響，面前半堵土牆應手而倒，只激得灰泥瀰漫，塵土飛揚。楊過瞧得目瞪口呆，伸出了舌頭，驚喜交集，問道：「那是甚麼功夫，我學得會嗎？」怪人道：「這叫做蛤蟆功，只要你肯下苦功，自然學得會。」楊過道：「我學會之後，再沒人欺侮我了麼？」那怪人雙眉上揚，叫道：「誰敢欺侮我兒子，我抽他的筋，剝他的皮。你只須這麼一推，不管多少惡人，都給你推得摔倒了爬不起身。」

這個怪人，自然便是西毒歐陽鋒了。

他自於華山論劍之役給黃蓉使計逼瘋，十餘年來走遍天涯海角，不住思索：「我到底是誰？」凡景物依稀熟稔之地，他必多所逗留，只盼能找到自己，這幾個月來他一直躭在嘉興，便是由此。近年來他逆練九陰眞經，內力大有進境，腦子也已清醒得多，雖仍瘋瘋顛顛，許多舊事卻已逐漸記起，只自己到底是誰，卻始終想不起來。

當下歐陽鋒將修習蛤蟆功的入門心法傳授了楊過，他這蛤蟆功是天下武學中的一門絕頂功夫。蛤蟆之為物，先在土中久藏，積蓄精力，出土後不須多食。蛤蟆功也講究積勁蓄力之道，是以內功的修習艱難無比，練得稍有不對，不免身受重傷，甚或吐血身亡，以致當年連親生兒子歐陽克亦未傳授。此時他心情激動，加之神智迷糊，不分輕重，竟毫不顧忌的教了這新收的義子。楊過武功並無根柢，雖牢牢記住了入門口訣，卻又怎能領會得其中要緊意思？偏生他聰明伶俐，於不明白處自出心裁的強作解人。歐陽鋒教了半天，聽他瞎纏歪扯，說得牛頭不對馬嘴，惱將起來，伸手要打他耳光，月光下見他面貌俊美，甚是可愛，尤勝當年歐陽克少年之時，這一掌便打不下去了，嘆道：「你累啦，回去歇歇，明兒我再教你。」

楊過自給郭芙說他手髒身髒，對她一家都生了厭憎之心，說道：「我跟著爸爸，不回去啦。」歐陽鋒只對自己的事才想不明白，於其餘世事卻並不胡塗，說道：「我的腦子有些不大對頭，只怕帶累了你。你先回去，待我把一件事想通了，咱爺兒倆再廝守一起，永不分離，好不好？」楊過自喪母之後，一生從未有人對他說過這等親切言語，上前拉住了他手，哽咽道：「那你早些來接我。」歐陽鋒點頭道：「我暗中跟著你，不論你到那裏，我都知道。要是有人欺侮你，我打得他肋骨斷成七八十截。」抱起楊過，將他送回客店。

柯鎮惡曾來找過楊過，在床上摸不到他身子，到客店四周尋了一遍，也是不見，甚爲焦急；二次來尋時，楊過已經回來，正要問他剛才到了那裏，忽聽屋頂上風聲颯然，有人縱越而過。他知有兩個武功極強之人在屋面經過，忙將郭芙抱來，放在床上楊過的身邊，持鐵杖守在窗口，只怕二人是敵，去而復回，果然風聲自遠而近，倏忽間到了屋頂。一人道：「你瞧那是誰？」另一人道：「奇怪，奇怪，當眞是他？」原來是郭靖、黃蓉夫婦。

柯鎮惡這才放心，開門讓二人進來。黃蓉道：「大師父，這裏沒事麼？」柯鎮惡道：「沒事。」黃蓉向郭靖道：「難道咱們竟看錯了人？」郭靖搖頭道：「不會，九成是他。」柯鎮惡道：「誰啊？」黃蓉一扯郭靖衣襟，要他莫說。但郭靖對恩師不敢相瞞，便道：「歐陽鋒。」柯鎮惡生平恨極此人，一聽到他名字便不禁臉上變色，低聲道：「歐陽鋒？他還沒死？」郭靖道：「適才我們採藥回來，見到屋邊人影一晃，身法又快又怪，當即追去，卻已不見了蹤影。瞧來很像歐陽鋒。」柯鎮惡知他向來穩重篤實，言不輕發，他說是歐陽鋒，就決不能是旁人。

郭靖掛念楊過，拿了燭台，走到床邊察看，但見他臉色紅潤，呼吸調勻，睡得正沉，不禁大喜，叫道：「蓉兒，他好啦！」楊過其實是假睡，閉了眼偷聽三人說話。他隱約聽到義父名叫「歐陽鋒」，而這三人顯然對他甚爲忌憚，不由得暗暗歡喜。

黃蓉過來看他，大感奇怪，先前明明見他手臂上毒氣上延，過了這幾個時辰，料必更加瘀黑腫脹，豈知毒氣反而消退，當眞奇怪之極。她與郭靖出去找了半天，草藥始終沒能採齊，便將採到的幾味藥搗爛了，擠汁給他服下，也餵了雄鵰幾匙藥汁。

次日淸晨，郭靖夫婦見楊過較爲淸醒健旺，手掌上黑氣也已大褪，很是高興，問起他母親去世的情形。楊過道：「我媽一連咳嗽了幾個月，抓了藥吃了，也不見好，後來又吐血，我急得很，只是哭，我媽說她好不了啦，等她死了之後，叫我把她屍身火化了，去葬在嘉興城外王鐵槍廟旁邊，說那是埋葬我爸爸的地方……」郭靖心下憮然，嘆了口氣。楊過道：「過了幾天，我媽終於死了，我把她屍身燒成了灰，包了一包，一路問人，找到了嘉興王鐵槍廟，在廟外挖了個坑，葬了我媽骨灰。我媽死的時候，叫我找到桃花島，去尋郭伯伯、郭伯母……」

郭靖道：「我就是你郭伯伯。」指著黃蓉道：「她是你郭伯母。」楊過叫道：「郭伯伯、郭伯母！」他也不知應當磕頭跪拜。郭靖、黃蓉應了，想起桃花島與穆念慈所居的長興相去雖不甚近，卻也不算甚遠，只因不願出島重闖江湖，一直沒去探望照顧故人，頗感內咎，好在遇到故人之子，以後自當好好照料，教養他成人。黃蓉道：「你怎麼不來桃花島找我們？」楊過道：「媽吩咐我，到了桃花島後要事事小心，聽管聽教，不可得罪人……我想反正我在這裏也餓不死，所以……嘻嘻……所以就不來啦！」郭靖只是傷感，黃蓉聽了，卻知道他是不想事事小心、聽管聽教，這才不到桃花島來。

當日郭靖夫婦與柯鎮惡攜了兩小離嘉興向東南行，決定回桃花島，首先得治好楊過的毒傷。這晚投了客店，柯鎮惡與楊過住一房，郭靖夫婦與女兒住一房。

郭靖夫婦睡到中夜，忽聽屋頂上喀的一聲響，接著隔壁房中柯鎮惡大聲呼喝，破窗躍出。郭靖與黃蓉急忙躍起，縱到窗邊，見屋頂上柯鎮惡正空手和人激鬥，對手身高手長，赫然便是歐陽鋒。郭靖大驚，只怕歐陽鋒一招之間便傷了大師父性命，正欲躍上相助，卻見柯鎮惡縱聲大叫，從屋頂摔落。郭靖飛身搶上，就在柯鎮惡的腦袋將要碰到地面之時，輕輕拉住他後領向上提起，然後再輕輕放下，問道：「大師父，沒受傷嗎？」柯鎮惡道：「死不了。快去截下歐陽鋒。」郭靖道：「是。」躍上屋頂。

這時屋頂上黃蓉雙掌飛舞，已與這十餘年不見的老對頭鬥得甚是激烈。她這些年來武功大進，內力增強，出掌更變化奧妙，十餘招中，歐陽鋒竟爾佔不到便宜。

郭靖叫道：「歐陽先生，別來無恙啊。」歐陽鋒道：「你說甚麼？你叫我甚麼？」臉上一片茫然，當下對黃蓉來招只守不攻，隱約覺得「歐陽」二字似與自己有極密切的關係。郭靖待要再說，黃蓉已看出歐陽鋒瘋病未愈，忙叫道：「你叫做趙錢孫李、周吳陳王！」歐陽鋒一怔，道：「我叫做趙錢孫李、周吳陳王？」黃蓉道：「不錯，你的名字叫作馮鄭褚衛、蔣沈韓楊。」她說的是「百家姓」上的姓氏。歐陽鋒心中本就胡塗，給她一口氣背了幾十個姓氏，將信將疑，更加摸不著頭腦，問道：「你是誰？我是誰？」

忽聽身後一人大喝：「你是殺害我五個好兄弟的老毒物。」歐陽鋒聽到「老毒物」三字，略有所悟，正待細思，鐵杖已至，正是柯鎮惡。他適才為歐陽鋒掌力逼下，未曾受傷，到房中取了鐵杖上來再鬥。郭靖大叫：「師父小心！」柯鎮惡鐵杖砸出，和歐陽鋒背心相距已不到一尺，卻聽呼的一聲響，鐵杖反激出去，柯鎮惡把持不住，鐵杖撒手，跟著身子也摔入了天井。

郭靖知道師父雖然摔下，並不礙事，但歐陽鋒若乘勢追擊，後著可凌厲之極，叫道：「看招！」左腿微屈，右掌劃了個圓圈，平推出去，正是降龍十八掌中的「亢龍有悔」。這一招他日夕勤練不輟，初學時便已非同小可，加上這十餘年苦功，實已臻爐火純青之境，初推出去時看似輕描淡寫，但一遇阻力，能在剎時之間連加一十三道後勁，一道強似一道，重重疊疊，簡直無堅不摧、無強不破。這是他從九陰眞經中悟出來的妙境，縱是洪七公當年，單以這一招而論，也無如此精奧的造詣。

歐陽鋒剛將柯鎮惡震下屋頂，但覺一股微風撲面而來，風勢雖不甚勁，卻已逼得自己呼吸不暢，知道不妙，忙身子蹲下，雙掌平推而出，使的正是他生平最得意的「蛤蟆功」。三掌相交，兩人身子都是一震。郭靖掌力急加，一道又是一道，如波濤洶湧般的向前猛撲。歐陽鋒口中咯咯大叫，身子一晃一晃，似乎隨時都能摔倒，但郭靖掌力愈是加強，他反擊之力也相應而增。

二人不交手已十餘年，這次江南重逢，再度比拚。昔日華山論劍，郭靖殊非歐陽鋒敵手，但別來勇猛精進，武功大臻圓熟，歐陽鋒雖逆練眞經，也自有心得，但一正一反，終究是正勝於反，到此次交手，郭靖已能與他並駕齊驅，難分上下。黃蓉要丈夫獨力取勝，只在旁掠陣，並不上前夾擊。

南方的屋頂與北方大不相同。北方居室因須抵擋冬日冰雪積壓，屋頂堅實異常，但淮水以南，屋頂瓦片疊蓋，便以輕巧靈便爲主。郭靖與歐陽鋒各以掌力相抵，力貫雙腿，過了一盞茶時分，只聽腳下格格作響，突然喀喇喇一聲巨響，幾條椽子同時斷折，屋頂穿了個大孔，兩人一齊落下。

黃蓉大驚，忙從洞中躍落，見二人仍雙掌相抵，腳下踏著幾條椽子，這些椽子卻壓在一個住店的客人身上。那人睡夢方酣，豈知禍從天降，登時雙腿骨折，痛極大號。郭靖不忍傷害無辜，不敢足上用力，歐陽鋒卻不理旁人死活。二人本來勢均力敵，但因郭靖足底勢虛，掌上無所借力，漸趨下風。他以單掌抵敵人雙掌，然全身之力已集於右掌，左掌雖然空著，可也已無力可使。黃蓉見丈夫身子微向後仰，雖只半寸幾分的退卻，卻顯然已落敗勢，當下叫道：「喂，張三李四，胡塗王八，看招。」輕飄飄的一掌往歐陽鋒肩頭拍去。

這一掌出招雖輕，然是桃華落英掌法的上乘功夫，落在敵人身上，勁力直透內臟，縱是歐陽鋒這等一流名家，也非受傷不可。歐陽鋒聽她又以古怪姓名稱呼自己，一怔之下，斗然見她招到，雙掌力推，將郭靖的掌力逼開半尺，就在這電光石火的一瞬之間，一把抓住了黃蓉肩頭，五指如鉤，要硬生生扯她一塊肉下來。

這一抓發出，三人同時大吃一驚。歐陽鋒但覺指尖劇痛，原來已抓中了她身上軟蝟甲的尖刺，忙不迭的鬆手。就在此時，郭靖掌力又到，歐陽鋒回掌相抵，危急中各出全力，砰的一聲，兩人同時急退，但見塵沙飛揚，牆倒屋傾。原來二人這一下全使上了剛掌，黑暗中瞧不清對方身形，降龍十八掌與蛤蟆功的巨力竟都打在對方肩頭。兩人破牆而出，半邊屋頂塌了下來。黃蓉肩頭受了這一抓，雖未受傷，卻也已嚇得花容失色，百忙中在屋頂將塌未塌之際斜身飛出。只見歐陽鋒與郭靖相距半丈，呆立不動，顯然都已受了內傷。

黃蓉不及攻敵，當即站在丈夫身旁守護。但見二人閉目運氣，哇哇兩聲，不約而同的都噴出一口鮮血。歐陽鋒叫道：「降龍十八掌，嘿，好傢伙，好傢伙！」一陣狂笑，揚長便走，瞬息間去得無影無蹤。

此時客店中早已呼爺喊娘，亂成一團。黃蓉知此處不可再居，從柯鎮惡手裏抱過女兒，說道：「師父，請你抱著靖哥哥，咱們走罷！」柯鎭惡將郭靖扛在肩上，一蹺一拐的向北行去。走出片刻，黃蓉忽然想起楊過，不知這孩子逃到了那裏，但掛念丈夫身受重傷，心想旁的事只好慢慢再說。

郭靖心中明白，只是給歐陽鋒的掌力逼住了氣，說不出話來。他在柯鎭惡肩頭調勻呼吸，運氣通脈，約莫走出七八里地，各脈俱通，說道：「大師父，不礙事了。」柯鎭惡將他放下，問道：「還好麼？」郭靖搖搖頭道：「蛤蟆功當眞了得！」見女兒伏在母親肩頭沉沉熟睡，心中一怔，問道：「過兒呢？」柯鎭惡一時想不起「過兒」是誰，愕然不答。黃蓉道：「你放心，先找個地方休息，我回頭去找他。」

此時天色將明，道旁樹木房屋已矇矓可辨。郭靖道：「我的傷不礙事，咱們一起去找。」黃蓉皺眉道：「這孩子機伶得很，不用爲他躭心。」正說到此處，忽見道旁白牆後伸出個小小腦袋一探，隨即縮了回去。黃蓉搶過去一把抓住，正是楊過。他笑嘻嘻的叫了聲「郭伯母」，說道：「你們才來麼？我在這兒等了好久啦。」黃蓉心中好些疑團難解，隨口答應一聲，道：「好，跟我們走罷！」

楊過笑了笑，跟隨在後。郭芙睜開眼來，問道：「你到那裏去啦？」楊過道：「我去捉蟋蟀，那才好玩呢。」郭芙道：「有甚麼好玩？」楊過道：「哼，誰說不好玩？一個大蟋蟀跟一隻老蟋蟀對打，老蟋蟀輸了，又來了兩隻小蟋蟀幫著，三隻打一個。大蟋蟀跳來跳去，這邊彈一腳，那邊咬一口，嘿嘿，那可厲害了……」說到這裏，卻住口不說了。郭芙怔怔的聽著，問道：「後來怎樣？」楊過道：「你說不好玩，問我幹麼？」郭芙碰了個釘子，很是生氣，轉過了頭不睬他。

黃蓉聽他言語中明明是幫著歐陽鋒，在譏刺自己夫婦與柯鎮惡，便道：「你跟伯母說，到底是誰打贏了？」楊過笑笑，輕描淡寫的道：「我正瞧得有趣，你們都來了，蟋蟀全逃走啦。」黃蓉心想：「當眞是有其父必有其子。」不禁微覺有氣。

說話之間，衆人來到一個村子。黃蓉向一所大宅院求見主人。那主人甚是好客，聽說有人受傷生病，忙命莊丁打掃廂房接待。郭靖吃了三大碗飯，坐在榻上閉目養神。黃蓉見丈夫氣定神閒，心知已無危險，坐在他身旁守護，想起見到楊過以來的種種情況，覺得此人年紀雖小，卻有許多怪異難解之處，但若詳加查問，他多半不會實說，心想只小心留意他行動便了。當日無語，用過晚膳後各自安寢。

楊過與柯鎮惡同睡一房，到得中夜，他悄悄起身，聽得柯鎮惡鼻鼾呼呼，睡得正沉，便打開房門，溜了出去，走到牆邊，爬上一株桂花樹，縱身躍起，攀上牆頭，輕輕溜下。牆外兩隻狗聞到人氣，吠了起來。楊過早有預備，從懷裏摸出兩根日間藏著的肉骨頭，丟了過去。兩隻狗咬住骨頭大嚼，當即止吠。

楊過辨明方向，向西南而行，約莫走了七八里地，來到鐵槍廟前。他推開廟門，叫道：「爸爸，我來啦！」只聽裏面哼了一聲，正是歐陽鋒的聲音，楊過大喜，摸到供桌前，找到燭台，點燃了殘燭，見歐陽鋒躺在神像前的幾個蒲團之上，神情委頓，呼吸微弱。他與郭靖所受之傷情形相若，只郭靖方當年富力強，復元甚速，他卻年紀稍老，精力已頗不如前。

昨晚楊過與柯鎮惡同室宿店，半夜裏歐陽鋒又來瞧他。柯鎮惡當即醒覺，與歐陽鋒動起手來。其後黃蓉、郭靖二人先後參戰，楊過一直在旁觀看。終於歐陽鋒與郭靖同時受傷，歐陽鋒遠引。楊過見混亂中無人留心自己，悄悄向歐陽鋒追去。初時歐陽鋒行得極快，楊過自追趕不上，但後來他傷勢發作，舉步維艱，楊過趕了上來，扶他在道旁休息。楊過知道自己若不回去，黃蓉、柯鎮惡等必來找尋，只恐累了義父性命，與歐陽鋒約定了在鐵槍廟中相會。這鐵槍廟與他二人都大有干係，一說均知。楊過獨自守在大路旁相候，與郭靖等會面後，直到半夜方來探視。

楊過從懷裏取出七八個饅頭，遞在他手裏，道：「爸爸，你吃罷。」歐陽鋒餓了一天，生怕出去遇上敵人，整日躲在廟中苦挨，吃了幾個饅頭後精神為之一振，問道：「他們在那兒？」楊過一一說了。

歐陽鋒道：「那姓郭的吃了我這一掌，七日之內難以復原。他媳婦兒要照料丈夫，不敢輕離，眼下咱們只躭心柯瞎子一人。他今晚不來，明日必至。只可惜我沒半點力氣。唉，我好像殺過他幾個兄弟，也不知是四個還是五個……」說到這裏，不禁劇烈咳嗽。

楊過坐在地下，手托腮幫，小腦袋中霎時間轉了許多念頭，忽然心想：「有了，待我在地下布些利器，老瞎子倘若進來，可要叫他先受點兒傷。」於是在供桌上取過四隻燭台，拔去灰塵堆積的陳年殘燭，將燭台放在門口，再虛掩廟門，搬了一隻鐵香爐，爬上去放在廟門頂上。

他四下察看，想再布置些害人的陷阱，見東西兩邊偏殿中各吊著一口大鐵鐘。每一口鐘都是三人合抱不了，料必重逾千斤。鐘頂上有一隻極粗的鐵鉤，與巨木製成的木架相連。這鐵槍廟年久失修，破敗不堪，但巨鐘和木架兩皆堅牢，仍完好無損。楊過心想：「老瞎子要是到來，我就爬到鐘架上面，管教他找我不著。」

他手持燭台，正想到後殿去找件防身利器，忽聽大路上篤、篤、篤的一聲聲鐵杖擊地，知道柯鎮惡到了，待要吹滅燭火，隨即想起：「這瞎子目不見物，我倒不必熄燭。」於是任由蠟燭點著，將燭台放在供桌上。但聽篤篤篤之聲越來越近，歐陽鋒忽地坐起，要把全身僅餘的勁力運到右掌之上，先發制人，一掌將他斃了。楊過拿起另一隻燭台，鐵籤朝外，守在歐陽鋒身旁，心想我雖武藝低微，好歹也要相助爸爸，跟老瞎子一拚。

柯鎮惡本來自忖武功與歐陽鋒差得遠了，萬萬不及，但聽郭靖、黃蓉說到他對掌後身受重傷，難以遠走，那鐵槍廟便在附近，正是歐陽鋒舊遊之地，料想他不敢寄居民家，多半會躲在廟中，想起五個弟妹慘遭此人毒手，今日有此報仇良機，那肯放過？睡到半夜，輕輕叫了兩聲：「過兒，過兒！」不聽答應，只道他睡得正熟，竟沒走近查察，便越牆而出。那兩條狗子正自大嚼楊過所給的骨頭，見他出來，只嗚嗚幾聲，卻沒吠叫。

他緩緩來到鐵槍廟前，側耳聽去，廟裏果有呼吸之聲。他大聲叫道：「老毒物，柯瞎子找你來啦，有種的快出來。」說著鐵杖在地下一頓。歐陽鋒只怕洩了丹田之氣，不敢言語。

柯鎮惡叫了幾聲，未聞應聲，舉鐵杖撞開廟門，踏步進內，只聽呼的一響，頭頂一件重物砸將下來，同時左腳已踏中燭台上的鐵籤，刺破靴底，腳掌心上一陣劇痛。他一時之間不明所以，鐵杖揮起，噹的一聲巨響，震耳欲聾，將頭頂的鐵香爐打開，隨即在地下滾倒，好教鐵籤不致刺入足底。那知身旁尚有幾隻燭台，只覺肩頭一痛，又有一隻燭台的鐵籤刺入了肉裏。他左手抓住燭台拔出，鮮血立湧。此時不敢再有大意，聽著歐陽鋒呼吸之聲，腳掌擦地而前，一步一步走近，走到離他三尺之處，鐵杖高舉，叫道：「老毒物，今日你還有何話說？」

歐陽鋒已將全身所剩有限力氣運上右臂，只待對方鐵杖擊下，手掌同時拍出，跟他拚個同歸於盡。柯鎮惡雖知仇人身受重傷，但不知他到底傷勢如何，忌憚他武功太高，這一杖遲遲不敢擊落，要等他先行發招，就可知他還剩下多少力氣。兩人相對僵持，均各不動。

柯鎮惡耳聽得他呼吸沉重，腦中斗然間出現了朱聰、韓寶駒、南希仁等結義兄弟的聲音，似乎在齊聲催他趕快下手，再也忍耐不住，大吼一聲，一招「秦王鞭石」，揮鐵杖摟頭砸落。歐陽鋒身子略閃，待要發掌，一口氣卻接不上來，手臂軟垂下去。砰的一聲猛響，火光四濺，鐵杖杖頭將地下幾塊方磚擊得粉碎。

歐陽鋒閃避及時，柯鎮惡一擊不中，次招隨上，鐵杖橫掃，向他中路打去。若在平日，歐陽鋒輕輕一帶，就要叫他鐵杖脫手，至不濟也能縱身躍過，但此刻全身酸軟，使不出半點勁道，只得著地打滾，避了開去。柯鎮惡使開降魔杖法，一招快似一招。歐陽鋒卻越避越緩慢，終於給他一招「杵伏藥叉」擊中左肩。

楊過在一旁聽著，不由得心驚肉跳，有心要上前相助義父，卻自知武藝低微，只有送死的份兒。

柯鎮惡接連三杖，都擊在歐陽鋒身上。歐陽鋒今日也是該遭此厄，總算他內力深湛，雖無還手之力，卻能退避化解，將他每一擊的勁道都卸在一旁，身上已給打得皮開肉綻，筋骨內臟卻不受損。柯鎮惡暗暗稱奇，心想老毒物的本事果然非同小可，每一杖下去，明明已經擊中，但總是在他身上滑溜而過，十成勁力倒給化解了九成，心想他的頭蓋總不能以柔功滑開我的杖力，運杖成風，著著向他腦袋進攻。

歐陽鋒閃頭避了幾次，霎時間全身已遭籠罩在他杖風之下，不由得暗暗叫苦，倘若給他一杖擊在頭上，那裏還保得性命，無可奈何中行險僥倖，突然撲入他懷裏，抓住了他胸口。柯鎮惡大驚，鐵杖已在外門，難以擊敵，只得伸手反揪。兩人一齊滾倒。

歐陽鋒不敢鬆手，牢牢抓住對方胸口，左手去扭他腰間，忽然觸手堅硬，急忙抓起，竟是一柄尖刀。這是張阿生常用的兵刃屠牛刀，這刀砍金斷玉，鋒利無比，名雖如此，其實並非用以屠牛。張阿生在蒙古大漠死於陳玄風之手，柯鎮惡心念義弟，這柄刀帶在身畔，片刻不離。歐陽鋒近身肉搏，拔了出來，左手彎過，舉刀便往敵人腰脅刺落。恰在此時，柯鎮惡正放脫鐵杖，右拳猛力揮出，砰的一聲，將歐陽鋒打了個觔斗。歐陽鋒眼前金星直冒，迷迷糊糊中揮手將尖刀往敵人擲去。柯鎮惡聽得風聲，閃身避過，鏜的一聲，鐘聲嗡嗡不絕，原來尖刀擲上殿上鐵鐘。歐陽鋒這一擲無甚手勁，刀刃在鐵鐘上一撞之後，滑了開來，刺入鐘旁鐘架的木柱，刀身不住顫動。

楊過站在鐘旁，尖刀貼面飛過，險些給刺中臉頰，只嚇得心中怦怦而跳，忙快手快腳的爬上鐘架。歐陽鋒悄悄站起，繞到鐘後，屏住呼吸。此時鐘聲未絕，柯鎮惡一時聽不出他呼吸所在，側頭細辨聲息。大殿中微弱燭光下，見他滿頭亂髮，拄杖傾聽，楊過瞧出了其中關鍵，拔出屠牛刀，將刀柄往鐘上撞去，鏜的一聲，將兩人呼吸聲盡皆蓋過。

柯鎮惡聽到鐘聲，向前疾撲，橫杖擊出，歐陽鋒向旁閃避，這一杖便擊中了鐵鐘，只聽得鏜的一聲巨響，當眞震耳欲聾。楊過只覺耳鼓隱隱作痛。柯鎮惡性起，揮鐵杖不住擊鐘，前聲未絕，後聲又起，越來越響。歐陽鋒心想他這般敲擊下去，雖郭靖受傷，只怕黃蓉要來應援。乘著鐘聲震耳，放輕腳步，想從後殿溜出。不料柯鎮惡耳音靈敏之極，雖在鐘聲鏜鏜巨響之中，仍分辨得出別的細微聲息，聽得歐陽鋒腳步移動，假裝不知，仍揮杖狂敲，待他走出數步，離鐘已遠，突然縱躍而前，揮杖往他頭頂擊落。

歐陽鋒勁力雖失，但他一生不知經過多少大風大浪，這些接戰時的虛虛實實，豈有不知？見柯鎮惡右肩微抬，早知他心意，不待他鐵杖揮出，又已避回鐘後。他重傷後本已步履艱難，但此刻生死繫於一髮，竟從數十年的深厚內力之中，激發了連自己也不知從何而來的力道。柯鎮惡大怒，叫道：「就算打你不死，累也累死了你。」繞鐘來追。

楊過見二人繞著鐵鐘兜圈子，時刻一長，義父必定氣力不加，眼見情勢危急，忽然心生一計，爬在鐘架上雙手亂舞，大做手勢。歐陽鋒全神躲閃敵人追擊，並未瞧見，再兜兩個圈子，才見楊過的影子映在地下，正做手勢叫他離開，一時未明其意，但想他既叫我離開，必有用意，當下冒險向外奔去。

柯鎮惡停步不動，要分辨敵人去向。楊過除下腳上兩隻鞋子，向後殿擲去，啪啪兩聲，落在地下。柯鎮惡大奇，明明聽得歐陽鋒走向大門，怎麼後殿又有聲響？就在他微一遲疑之際，楊過提起屠牛尖刀，發力往吊著鐵鐘的木架橫樑上斬去。這橫樑極粗，楊過力氣又小，利刀雖快，數刀急砍又怎斬它得斷？但鐵鐘沉重之極，橫樑給接連斬出了幾個缺口，已吃不住巨鐘的重量。喀喇喇幾聲響，橫樑折斷，大鐵鐘夾著一股疾風，對準柯鎮惡的頂門直砸下來。

柯鎮惡早聽得頭頂忽發異聲，正自奇怪，巨鐘已疾落下來，這當兒已不及逃竄，百忙中鐵杖直豎，噹的一聲猛響，巨鐘邊緣正壓在杖上，就這麼一擋，他已乘隙從鐘底滾出。但聽喀、砰、嘭、轟，接連幾響，巨鐘撞正鐵杖，翻滾而出，在柯鎮惡腿上猛力衝撞，將他抛出山門，連翻了幾個觔斗，只跌得鼻子流血，額角上也破了一大塊。柯鎮惡目不見物，不知變故因何而起，只怕殿中另有古怪敵人，爬起身來，一蹺一拐的走了。

歐陽鋒在旁瞧著，也不由得微微心驚，不住口叫道：「可惜，可惜！」又道：「乖孩兒，好聰明！」楊過從鐘架上爬下，喜道：「這瞎子不敢再來啦。」歐陽鋒搖頭道：「此人跟我仇深似海，只要他一息尚存，必定再來。」楊過道：「那麼咱們快走。」歐陽鋒仍然搖頭，說道：「我受傷甚重，逃不遠。」他這時危難暫過，只覺四肢百骸都如要散開來一般，實在一步也不能動了。楊過急道：「那怎麼辦？」歐陽鋒沉吟半晌，道：「有個法子，你再斬斷另一口鐘的橫樑，將我罩在鐘下。」楊過道：「那你怎麼出來？」歐陽鋒道：「我在鐘下用功七日，元功一復，自己就能掀鐘出來。這七日之中，那柯瞎子縱然再來尋仇，諒他這點點微末道行，也揭不開這口大鐘。只要黃蓉這女娃娃不來，未必有人能識破機關。黃蓉一來，那可大事去矣。」

楊過心想除此之外，確也沒旁的法子，問清楚他確能自行開鐘，不須別人相助，又問：「你七天沒東西吃，行嗎？」歐陽鋒道：「你去找隻盆缽，裝滿了清水，放在我身旁。這裏還有好幾個饅頭，慢慢吃著，儘可支持得七日。」

楊過去廚房中找到一隻瓦缽，洗淨後裝了清水，放在另一口仍然高懸的大鐘之下，然後扶了歐陽鋒端端正正坐在鐘下。歐陽鋒道：「孩兒，你儘管隨那姓郭的前去，日後我必來尋你。」楊過答應了，爬上鐘架，斬斷橫樑，大鐵鐘落下，將歐陽鋒罩住了。

楊過叫了幾聲「爸爸」，不聽歐陽鋒答應，知他在鐘內聽不見外邊聲息，正要離去，心念忽動，又到後殿拿一隻瓦缽，盛滿了清水，將瓦缽放在地下，然後倒轉身子，左手伸在缽中，依照歐陽鋒所授逆行經脈之法，將手上毒血逼了一些出來。只是使這功夫極是累人，他又只學得個皮毛，雖只擠得十幾滴黑血，卻已鬧得滿頭大汗。歇了一陣，扯下神像前的幾條布幡，纏在一隻籤筒之上，然後蘸了碗中血水，在那口鐘上到處都遍塗了，心想倘若柯瞎子再至，想撬開鐵鐘，手掌碰到鐘身，叫他非中毒不可。

忽又想到，義父罩在鐘內，七天之中可別給悶死了，於是用尖刀挖掘鐘邊之下的青磚，在地下挖了個拳頭大的洞孔，以便通風透氣。挖掘之間，那尖刀碰到青磚底下的一塊硬石，啪的一聲，竟爾折斷了。這屠牛刀鋒銳之極，刃鋒卻薄，給楊過當作鐵鑿般亂挖亂掘，一柄寶刀竟爾斷送。他不知此刀珍貴，反正不是自己之物，也不可惜，隨手拋在一旁，伏在地下，對準鐘底洞孔叫道：「爸爸，我去了，你快來接我。鐘邊地下，我已挖了個洞透氣。那口鐘外面塗了毒水，你出來時小心些。」隨即側頭，俯耳洞孔，只聽歐陽鋒微弱的聲音道：「好孩子，我不怕毒，毒才怕我。你自己小心，我定來接你。」

楊過悄立半晌，頗爲戀戀不捨，這才快步奔回寄宿的人家，越牆時提心吊膽，只怕柯鎭惡驚覺，那知進房後見柯鎭惡尙未回來，倒也大出意料之外。

次日一早，忽聽得有人用棍棒嘭嘭嘭的敲打房門。楊過躍下床來，打開房門，只見柯鎭惡持著一根木棍，臉色灰白，剛踏進門便向前撲出，摔在地下。楊過見他雙手烏黑，果然又去尋過歐陽鋒，終究中了自己布下之毒，暗暗心喜，假裝吃驚，大叫：「柯公公，你怎麼了？」

郭靖、黃蓉聽得叫聲，奔過來查看，見柯鎭惡倒在地下，吃了一驚。此時郭靖雖已能行走，卻無力氣，黃蓉將柯鎭惡扶到床上，問道：「大師父，你怎麼啦？」柯鎭惡搖了搖頭，並不答話。黃蓉見到他掌心黑氣，恨恨的道：「又是那姓李的賤人，靖哥哥，待我去會她。」說著一束腰帶，跨步出去。

柯鎮惡低聲道：「不是那女子。」黃蓉止步回頭，奇道：「咦，那是誰？」柯鎮惡自覺連一個手無縛鷄之力的人也對付不了，反弄得受傷回來，也可算無能之極。他性子剛硬，對受傷的原由竟一句不提。靖蓉二人知他脾氣，若他願說，自會吐露，否則愈問愈惹他生氣。好在他只皮膚中毒，毒性也不厲害，只一時昏暈，服了一顆九花玉露丸後便無大礙。

黃蓉心下計議，眼前郭靖與柯鎮惡受傷，那李莫愁險毒難測，須得先將兩個傷者、兩個孩子送到桃花島，日後再來找她算帳，方策萬全。這日上午在那家人家休息半天，下午僱船東行。楊過見黃蓉不去找歐陽鋒，心下暗喜，又想：「爸爸很怕郭伯母去找他，難道郭伯母這樣嬌滴滴的一個大美人兒，比柯瞎子還厲害嗎？」

舟行半日，天色向晚，船隻靠岸停泊，船家淘米做飯。郭芙見楊過不理睬自己，既生氣又覺無聊，倚在船窗向外張望，忽見柳蔭下兩個小孩子在哀哀痛哭，瞧模樣正是武敦儒、武修文兄弟。郭芙大聲叫道：「喂，你們在幹甚麼？」武修文回頭見是郭芙，哭道：「我們在哭，你不見麼？」郭芙道：「幹甚麼呀，你媽打你們麼？」武修文哭道：「我媽死啦！」

黃蓉問道：「他們的媽媽是誰？」郭芙道：「他們是武伯伯、武媽媽的兒子。」黃蓉已得知武三通夫婦曾相助抗禦李莫愁，而武三通是恩人一燈大師的弟子，聽了一驚，躍上岸去。

只見兩個孩子撫著母親的屍身哀哀痛哭。武娘子滿臉漆黑，已死去多時。黃蓉再問武三通的下落，武敦儒哭道：「爸爸不知到那裏去啦。」武修文道：「媽媽給爸爸的傷口吸毒，吸了好多黑血出來。爸爸好了，媽媽卻死了。爸爸見媽死了，心裏忽然又胡塗啦。我們叫他，他理也不理就走了。」說著又哭了起來。黃蓉心想：「武娘子捨生救夫，實是位義烈女子。」問道：「你們餓了罷？」兩兄弟不住點頭。

黃蓉嘆了口氣，命船夫帶他們上船吃飯，到鎮上買了一具棺木，將武娘子收殮了。當晚不及安葬，次晨才找到墳地，葬了棺木。武氏兄弟在墳前伏地大哭。

郭靖道：「蓉兒，這兩個孩兒沒了爹娘，咱們便帶到桃花島上，以後要多費你心照顧啦。」黃蓉點頭答應，當下勸住了武氏兄弟，上船駛到海邊，另僱大船，東行往桃花島進發。黃藥師離島已久，郭靖、黃蓉在島上定居，不再胡亂傷人，附近船夫對桃花島已不再畏若龍潭虎穴。

武修文騎在楊過身上，兄弟倆牢牢按住，四個拳頭不住往他身上錘去。楊過咬住牙關苦挨，一聲不哼。郭芙在旁見武氏兄弟爲她出氣，大爲開心，叫道：「用力打，再大力點！」

第三回　投師終南

郭靖在舟中潛運神功，數日間傷勢便已痊愈了大半。夫婦倆說起歐陽鋒十餘年不見，不但未見衰邁，武功猶勝往昔，這一掌倘若打中了郭靖胸口要害，那便非十天半月之內所能痊可了。兩人談到師父洪七公，不知他身在何處，傷勢是否復發，甚是記掛。黃蓉雖在桃花島隱居，仍遙領丐幫幫主之位，幫中事務由魯有腳奉黃蓉之名處分勾當。她此番來到內陸，原擬乘便會見幫中諸長老會商幫務，並打聽父親及洪七公近況，郭靖既然受傷，只有先行歸島。

其後談到楊過，郭靖說道：「我向來有個心願，你自然知道。今日天幸尋到過兒，我的心願就可得償了。」當年郭靖之父郭嘯天與楊過的祖父楊鐵心義結兄弟，兩家妻室同時懷孕。二人相約，日後生下的若均是男兒，就結爲兄弟，若均是女兒，則結爲金蘭姊妹，如是一男一女，則爲夫婦。後來兩家生下的各爲男兒，郭靖與楊過之父楊康如約結爲兄弟。但楊康認賊作父，多行不義，終於慘死於嘉興王鐵槍廟中。郭靖念及此事，常自耿耿於懷。此時這麼一說，黃蓉早知他的心意，搖頭道：「我不答允。」

郭靖愕然道：「怎麼？」黃蓉道：「芙兒怎能許配給這小子。」郭靖道：「他父雖行止不端，但郭楊兩家世代交好，我瞧他相貌清秀，聰明伶俐，今後跟著咱倆，將來不愁不能出人頭地。」黃蓉道：「我就怕他聰明過份了。」郭靖道：「你不是聰明得緊麼？那有甚麼不好？」黃蓉笑道：「我卻偏喜歡你這傻哥哥呢。」郭靖一笑，道：「芙兒將來長大，未必跟你一般也喜歡傻小子。再說，如我這般大傻瓜，天下只怕再也難找第二個了。」黃蓉刮臉羞他道：「好希罕麼？不害臊。」

兩人說笑幾句，郭靖重提話頭，說道：「我爹爹就只這麼一個遺命，楊鐵心叔父臨死之際也曾重託於我。可是於楊康兄弟與穆世妹份上，我實沒盡了甚麼心。若我再不將過兒當作親人一般看待，怎對得起爹爹與楊叔父？我常想將穆世妹接來家裏，讓她母子好好過活，又怕你多心，想不到穆世妹這麼早便去世了。」言下長嘆一聲，甚有憮然之意。黃蓉笑道：「好捨不得罷？你自己不懷好意，卻來賴我多心，眞不要臉！」郭靖急了，面紅耳赤，說道：「我……我怎麼不懷好意了？」黃蓉頭一昂，說道：「怎麼？你急了，老羞成怒，想打人嗎？」郭靖微笑道：「你說我敢不敢？」伸臂將妻子抱住，黃蓉便即動彈不得，大叫：「救命，救命！殺人哪！」郭靖一笑，在她臉上一吻，放開了她。黃蓉柔聲道：「好在兩個孩子都還小，此事也不必急。將來倘若過兒當眞沒甚壞處，你愛怎麼就怎麼便了。」

郭靖站起身來，深深一揖，正色道：「多謝相允，我感激不盡。」黃蓉也正色道：「我可沒應允。我是說，要瞧那孩子將來是否不壞。」郭靖一揖到地，剛伸腰直立，聽她此言，不禁楞住，隨即道：「楊康兄弟自幼在金國王府之中，這才學壞。過兒在我們島上，決計壞不了，何況他這名字，當年就是你給取的。他名楊過，字改之，就算有了過失，也能改正，你放心好啦。」黃蓉笑道：「名字怎能作數？你叫郭靖，好安靜嗎？從小就跳來跳去的像隻大猴子。」郭靖瞠目結舌，說不出話來。黃蓉一笑，轉過話頭，不再談論此事。

舟行無話，到了桃花島上。郭芙突然多了三個年紀相若的小朋友，自然歡喜之極。楊過服了黃蓉的解藥後，身上餘毒便即去淨。他和郭芙初見面時略有嫌隙，但小孩性兒，過了幾日，大家自也忘了。這幾天中，四人都在捕捉蟋蟀相鬥爲戲。

這一日楊過從屋裏出來，又要去捉蟋蟀，越彈指閣，經兩忘峯，剛繞過淸嘯亭，忽聽得山後笑語聲喧，忙奔將過去，只見郭芙和武氏兄弟翻石撥草，也正在捕捉蟋蟀。武敦儒拿著個小竹筒，郭芙捧著一隻瓦盆。

武修文翻開一塊石頭，嗤的一響，一隻大蟋蟀跳了出來。武修文縱身撲上，雙手按住，歡聲大叫。郭芙叫道：「給我，給我。」武修文拿起蟋蟀，道：「好罷，給你。」揭開瓦盆蓋，放在盆裏，只見這蟋蟀方頭健腿、巨顎粗腰，甚是雄駿。武修文道：「這隻蟋蟀定是無敵大將軍，楊哥哥，你那許多蟋蟀兒都打牠不過。」

楊過不服，從懷中取出幾竹筒蟋蟀，挑出最兇猛的一隻來與之相鬥。鬥得幾個回合，那大蟋蟀張開巨口咬去，將楊過的那隻攔腰咬住，摔出盆外，隨即振翅而鳴，洋洋得意。郭芙拍手歡叫：「我的打贏啦！」楊過道：「別忙，還有呢。」可是他連出三蟀，盡數敗下陣來，第三隻甚至給巨蟀一口咬成兩截。

楊過臉上無光，道：「不玩啦！」轉身便走。忽聽得後面草叢中嘰嘰嘰的叫了三聲，正是蟋蟀鳴叫，聲音卻頗有些古怪。武敦儒道：「又是一隻。」撥開草叢，突然向後急躍，驚道：「蛇，蛇！」楊過轉過身來，果見一條花紋斑爛的毒蛇，昂首吐舌的盤在草中。楊過拾起一塊石子，對準了摔去，正中蛇頭，那毒蛇扭曲了幾下，便即死了。毒蛇所盤之旁有一隻黑黝黝的小蟋蟀，相貌奇醜，卻展翅發出嘰嘰之聲。

郭芙笑道：「楊哥哥，你捉這小黑鬼啊。」楊過聽出她話中有譏嘲之意，激發了胸中傲氣，說道：「好，捉就捉。」將黑蟋蟀捉了過來。郭芙笑道：「你這隻小黑鬼，要來幹甚麼？想跟我的無敵大將軍鬥鬥嗎？」楊過怒道：「鬥就鬥，小黑鬼也不是給人欺侮的。」將黑蟀放入郭芙的瓦盆。

說也奇怪，那大蟋蟀見到小黑蟀竟有畏懼之意，不住退縮。郭芙與武氏兄弟大聲吆喝，爲大蟋蟀加勁助威。小黑蟀昂頭縱躍而前，那大蟋蟀不敢接戰，想躍出盆去。小黑蟀也即躍高，在半空咬住大蟀的尾巴，雙蟀齊落，那大蟋蟀抖了幾抖，翻轉肚腹而死。原來蟋蟀之中有一種喜與毒蟲共居，與蝎子共居的叫做「蝎子蟀」，與蜈蚣共居的叫做「蜈蚣蟀」，與毒蛇共居的叫做「蛇蟀」，因身上染有毒蟲氣息，非常蟀之所能敵。楊過所捉到的小黑蟀正是一隻蛇蟀。

郭芙見自己的無敵大將軍一戰即死，很不高興，轉念一想，道：「楊哥哥，你這頭小黑鬼給了我罷。」楊過道：「給你麼，本來沒甚麼大不了，但你爲甚麼罵牠小黑鬼？」郭芙小嘴一撇，悻悻的道：「不給就不給，希罕嗎？」拿起瓦盆一抖，將小黑蟀倒在地下，右腳踹落，登時踏死。楊過又驚又怒，氣血上湧，滿臉脹得通紅，登時按捺不住，反手一掌，重重打了她個耳光。

郭芙一楞，還沒決定哭是不哭。武修文罵道：「你這小子打人！」向楊過胸口就是一拳。他家學淵源，自小得父母親傳，武功已有相當根基，這拳正中楊過前胸，力道著實不輕。楊過大怒，回手也是一拳，武修文閃身避過。楊過追上撲擊，武敦儒伸腳在他腿上一鉤，楊過撲地倒了。武修文轉身躍起，騎在他身上。兄弟倆牢牢按住，四個拳頭猛往他身上錘去。

楊過雖比二人大了一兩歲，但雙拳難敵四手，武氏兄弟又練過上乘武功，楊過卻只跟穆念慈學過一些粗淺功夫，不是二人對手，當下咬住牙關挨打，哼也不哼。武敦儒道：「你討饒就放你。」楊過罵道：「放屁！」武修文砰砰兩下，又打了他兩拳。郭芙在旁見武氏兄弟為她出氣，只哭了幾聲便即止哭，很是開心。

武氏兄弟知道倘若打他頭臉，有了傷痕，待會給郭靖、黃蓉看到，必受斥責，是以拳打足踢，都招呼在他身上。郭芙見打得厲害，有些害怕，但摸到自己臉上熱辣辣的疼痛，又覺打得痛快，不禁叫道：「用力打，再大力點！」武氏兄弟聽她這般呼叫，打得更加狠了。

楊過伏在地下，耳聽郭芙如此叫喚，心道：「你這丫頭如此狠惡，我日後必報此仇。」但覺腰間、背上、臀部劇痛無比，漸漸抵受不住，武氏兄弟自幼練功，拳腳有力，尋常大人也經受不起，若非楊過也練過一些內功，早已昏暈。他咬牙強忍，雙手在地下亂抓亂爬，突然間左手抓到一件冰涼滑膩之物，正是適才砸死的毒蛇，當即抓起，回手揮舞。

武氏兄弟見到這條花紋斑爛的死蛇，齊聲驚呼。楊過乘機翻身，回手狠狠一拳，只打得武敦儒鼻流鮮血，當即爬起身來，發足便逃。武氏兄弟大怒，隨後追去。郭芙要看熱鬧，連聲叫喚：「捉住他，捉住他！」在後追趕。楊過奔了一陣，一回頭，見武敦儒滿臉鮮血，模樣狠惡，心知倘若給兩兄弟捉住了，那一頓飽打必比適才更加厲害，不住足的奔向試劍峯山腳，直向峯上爬去。

武敦儒鼻上雖吃了一拳，其實並不如何疼痛，但見到了鮮血，又害怕，又憤怒，提氣急追。楊過越爬越高，武氏兄弟絲毫不肯放鬆。郭芙卻在半山腰裏停住腳步，仰頭觀看。楊過奔了一陣，見前面是個斷崖，已無路可走。當年黃藥師每創新招，要躍過斷崖，再到峯頂絕險之處試招，楊過卻如何躍得過？他心道：「我縱然跳崖而死，也不能讓這兩個臭小子捉住了再打。」轉過身來，喝道：「你們再上來一步，我就跳下去啦！」武敦儒一呆，武修文叫道：「跳就跳，誰還怕了你不成？料你也沒膽子！」說著又爬上幾步。

楊過氣血上衝，正要踴身下躍，瞥眼忽見身旁有塊大石，半截擱在幾塊石頭之上，似乎安置得並不牢穩。他狂怒之下，那裏還想到甚麼後果，伸手將大石下面的幾塊石頭搬開，那大石果然微微搖動。他躍到大石後面，用力推去，大石晃了兩下，空隆一響，向山腰裏滾將下來。

武氏兄弟見他推石，心知不妙，嚇得臉上變色，急忙縮身閃避。那大石帶著無數泥沙，從武氏兄弟身側滾過，砰嘭巨響，一路上壓倒許多花木，滾入大海。武敦儒心下慌亂，一腳踏空，溜了下來，武修文急忙抱住。兩人在山坡上站立不住，摟作一團的滾將下來，翻滾了六七丈，幸好給下面一株大樹擋住了。

黃蓉在屋中遠遠聽得響聲大作，忙循聲奔出，來到試劍峯下，但見泥沙飛揚，女兒藏在山邊草裏，嚇得哭也哭不出來，武氏兄弟滿頭滿臉都是瘀損鮮血。黃蓉上前抱起女兒，問道：「甚麼事？」郭芙伏在母親懷裏，哇的一聲哭了出來，哭了一會，才抽抽噎噎的訴說楊過怎樣無理打她、武氏兄弟怎樣相幫、楊過又怎樣推大石要壓死二人。她將過錯盡數推在楊過身上，自己踏死蟋蟀、武氏兄弟打人之事，卻全瞞過了不說。黃蓉聽罷，呆了半晌，見到女兒半邊臉頰紅腫，那一掌打得確然不輕，心下憐惜，不住口的安慰。

這時郭靖也奔了出來，見到武氏兄弟的狼狽情狀，問起情由，好生著惱，又怕楊過有甚不測，忙奔上山峯，可是峯前峯後找了一遍，不見影蹤。他提高嗓子大叫：「過兒，過兒。」這幾下高叫聲傳數里，但始終不見楊過出來，也不聞應聲。郭靖等了一會，越加躭心，下得峯來，划了小艇環島巡繞尋找，直到天黑，楊過竟不知去向。

楊過推下大石後，見武氏兄弟滾下山坡，望見黃蓉出來，心知這番必受重責，當下縮身在岩石的一個縫隙之中，聽得郭靖叫喚，卻不敢答應。他挨著飢餓，躲在石縫中全不動彈，眼見暮色蒼茫，大海上漸漸昏黑，四下裏更無人聲。又過一陣，天空星星閃爍，涼風吹來，身上大有寒意，他走出石縫，向山下張望，見住屋窗中透出燈光，想像郭靖夫婦、柯鎮惡、郭芙、武氏兄弟六人正圍坐吃飯，鷄鴨魚肉擺了滿桌，不由嚥了幾口唾沫。但隨即想到，他們必在背後數說責罵自己，不禁氣憤難當。黑夜中站在山崖上的海風之中，悲傷父母早死，想著一生受人欺辱，但覺此時除義父外個個對己冷眼相待，思潮起伏，滿胸孤苦怨憤，難以自已。

其實郭靖尋他不著，那有心情吃飯？黃蓉見丈夫煩惱，知勸他不聽，也不吃飯，陪他默默而坐。次日天沒亮，兩人又出外找尋。

楊過餓了半日一晚，第二天一早，再也忍耐不住，悄悄溜下山峯，在溪邊捉了幾隻青蛙，剝了皮，找些枯葉，要燒烤來吃。他在外流浪，常以此法充飢度日，此時他怕爲郭靖、黃蓉見到煙火，於是躲在山洞中生火，一將蛙腿烤黃，立即踏滅柴火，張口大嚼。耳聽得郭靖叫喚：「過兒，過兒。」心想：「你要叫我出去打我，我才不出來呢。」

當晚他就在山洞中睡了，迷迷糊糊的躺了一陣，忽見歐陽鋒走進洞來，說道：「孩兒，我來教你練武功，免得你打不過武家那兩個小鬼。」楊過大喜，跟他出洞，見他蹲在地下，咕咕咕的叫了幾聲，雙掌推出。楊過跟著他便練了起來，只覺發掌踢腿，無不恰到好處。忽然歐陽鋒揮拳打來，他閃避不及，砰的一下，正中頂門，頭上劇痛無比，大叫一聲，跳起身來。

頭上又是砰的一下，他一驚而醒，原來適才是做了一夢。他摸摸頭頂，撞起了一個疙瘩，甚爲疼痛，不禁嘆了口氣，尋思：「料來爸爸此刻已傷勢痊愈，從大鐘底下出來了。不知他甚麼時候來接我去，眞的教我武功，也免得我在這裏受人白眼，給人欺侮。」走出洞來，望著天邊，但見稀星數點掛在樹梢，回思適才歐陽鋒教導自己的武功，卻一點也想不起來，他蹲下身來，口中咕咕咕的叫了幾聲，要將歐陽鋒當日在嘉興所傳的蛤蟆功口訣用在拳腳之上，但無論如何用不上。他苦苦思索，雙掌推出，夢中隨心所欲的發掌出足，這時竟全然不知如何才好。

他獨立山崖，望著茫茫大海，孤寂之心更甚，忽聽海上一聲長嘯隱隱傳來，叫著：「過兒，過兒。」他不由自主的奔下峯去，叫道：「我在這兒，我在這兒。」他奔上沙灘，郭靖遠遠望見，大喜之下，忙划艇近岸，躍上灘來。星光下兩人互相奔近。郭靖一把將楊過摟在懷裏，只道：「快回去吃飯。」他心情激動，語音竟有些哽咽。回到屋中，黃蓉預備飯菜給郭靖和楊過吃了，大家對過去之事絕口不提。

次日清晨，郭靖將楊過、武氏兄弟、郭芙叫到大廳，又將柯鎭惡請來，向柯鎭惡道：「大師父，弟子要請師父恩准，跟你收四個徒孫。」柯鎭惡喜道：「那再好不過，我恭喜你啦。」郭靖道：「十多年前，過兒的母親尚未過世，過兒曾向我拜過師，今天正式再拜。先拜祖師爺。」命楊過與武氏兄弟向柯鎮惡磕頭，再去向江南六怪朱聰等的靈位磕頭，然後對他夫婦行拜師之禮。郭芙笑問：「媽，我也得拜麼？」黃蓉道：「自然要拜。」郭芙笑嘻嘻的也向三人磕了頭。楊過幼時在長興遇到郭靖夫婦之時，曾奉母命拜郭靖爲師，郭靖夫婦在嘉興再見他時沒提此事，楊過當時初生不久，自早遺忘。

郭靖正色道：「從今天起，你們四人是師兄弟啦……」郭芙接口道：「不，還是師兄妹。」郭靖橫了女兒一眼，道：「爹沒說完，不許多口。」他頓了一頓，說道：「自今而後，你們四人須得相親相愛，有福共享，有難同當。如再爭鬧打架，我可不能輕饒。」說著向楊過看了一眼。楊過心想：「你自然偏袒女兒，以後我不去惹她就是。」

柯鎮惡接著將他們門中諸般門規說了一些，都是一些不得恃強欺人、不得濫傷無辜之類，江南七怪門派各自不同，柯鎮惡也記不得那許多，反正大同小異。

郭靖說道：「我所學的武功很雜，除了師祖江南七俠所授的根基之外，全眞派的內功，桃花島和丐幫兩大宗的武功，都練過一些。爲人不可忘本，今日我先授你們柯大師祖的獨門功夫。」

他正要親授口訣，黃蓉見楊過低頭出神，臉上有一股說不出的怪異之色，依稀是楊康當年的模樣，不禁心中生憎，尋思：「他父親雖非我親手所殺，但也可說死在我手裏，可莫要養虎爲患，將來成爲個大大禍胎。」心念微動，已有計較，說道：「你一個人教四個孩子，未免太也辛苦，過兒讓我來教。」郭靖尚未回答，柯鎮惡已拍手笑道：「那妙極啦！你兩口子可以比比，瞧誰的徒兒教得好。」郭靖心中也喜，知妻子比自己聰明百倍，教導之法一定遠勝於己，當下沒口子稱善。

郭芙怕父親嚴峻，道：「媽，我也要你教。」黃蓉笑道：「你老是纏著我胡鬧，功夫一定學不成，還是讓爹教你的好。」郭芙向父親偷看一眼，見他雙目也正瞪著自己，急忙轉頭，不敢再說。

黃蓉對丈夫道：「咱們定個規矩，你不能教過兒，我也不能教他們三人。這四個孩子之間，更加不得互相傳授，否則錯亂了功夫，有損無益。」郭靖道：「這個自然。」黃蓉道：「過兒，你跟我來。」楊過厭憎郭芙與武氏兄弟，聽黃蓉這麼說，得以不與他們同場學藝，正合心意，當下跟著她走向內堂。

黃蓉領著他進了書房，從書架上拿下一本書來，道：「你師父有七位師父，人稱江南七怪，大師父就是柯公公，二師父叫作妙手書生朱聰，現下我先教你朱二師祖的功夫。」說著攤開書本，朗聲讀道：「子曰：學而時習之，不亦說乎？有朋自遠方來，不亦樂乎？」原來那是一部《論語》。楊過心中奇怪，不敢多問，只得跟著她誦讀識字。

一連數日，黃蓉只教他讀書，絕口不提武功。這日讀罷了書，楊過獨自到山上閒走，想起歐陽鋒現下不知身在何處，思念甚殷，不禁雙手撐地，倒轉身子，學著他樣子旋轉起來。轉了一陣，依照歐陽鋒所授口訣逆行經脈，只覺愈轉愈順遂，翻身躍起，咕的一聲叫喊，雙掌拍出，登覺遍體舒泰，快美無比，立時出了身大汗。他可不知只這一番練功，內力已有進展。歐陽鋒的武功別創一格，原是厲害之極的上乘功夫，楊過悟性甚高，雖那日匆匆之際所學甚少，但如此練去，內力也有進益。

自此之後，他每日跟黃蓉誦讀經書，早晨晚間有空，自行到僻靜山邊練功。他倒不是立志習武，想從此練成一身驚人武藝，只每練一次，全身便說不出的舒適，到後來已不練不快。

他暗自修練，郭靖與黃蓉毫不知曉。黃蓉教他讀書，不到三個月，已將一部《論語》教完。黃蓉教書早感煩厭，但想：「此人聰明才智似不在我下，如他為人和他爹爹一般，學了武功，將來為禍不小，不如只讓他學文，習了聖賢之說，於己於人都好。」當下耐著性子教讀，《論語》教完，跟著再教《孟子》。楊過記誦極速，對書中經義卻往往不以為然，不住提出疑難。黃蓉常自覺得：「這孩子讀聖賢書，有些想法跟我爹爹十分相似，如我爹爹教他，二人談起來倒必投機。」

幾個月過去，黃蓉始終不提武功，楊過也就不問。自那日與郭芙、武氏兄弟打架之後，再不跟他們三人在一起玩耍，獨個兒越來越孤僻，心知郭靖雖收他為徒，武功是決計不肯教的了。自己本就不是武氏兄弟對手，待郭靖教得他們一年半載，再有爭鬥，非死在他們手裏不可，打定主意，一有機會，便偷上一艘船去，設法逃離桃花島。

這日下午，楊過跟黃蓉讀了幾段《孟子》，辭出書房，在海邊閒步，望著大海中白浪滔滔，心想不知何日方能脫此困境，眼見海面上白鷗來去，好生欣羨牠們的來去自在。正自神往，忽聽桃樹林外傳來呼呼風響。他好奇心起，悄悄繞到樹後張望，原來郭靖正在林中空地上教武氏兄弟拳腳，教的是一招擒拿手「托樑換柱」。郭靖口中指點，手腳比劃，命武氏兄弟跟著照學。楊過只看了一遍，早就領會到這一招的精義所在，但武氏兄弟學來學去始終不得要領。郭靖本性魯鈍，深知其中甘苦，毫不厭煩，只反覆教導。

楊過暗暗嘆氣，心道：「郭伯伯若肯教我，我豈能如他們這般蠢笨。」悶悶不樂，自回房中睡了。晚飯後讀了幾遍書，但感百無聊賴，又到海灘旁邊，學著郭靖所授的拳腳，使將開來，一招反覆使得幾遍，便感膩煩，忽想：「我如去偷學武功，保管比武氏兄弟強得多，就不怕他們來打死我了。」一喜之後，傲心登生：「郭伯伯既不肯教，我又何必偷學他的？哼，這時他就是來求我去學，我也不學的了。最多給人打死了，好希罕麼？」想到此處，傲氣登長，又感淒苦，倚岩靜坐，竟在浪濤聲中迷迷糊糊的睡著了。

次日清晨，楊過不去吃早飯，也不去書房讀書，在海中撈了幾隻大蠔，生火燒烤來吃，心想：「不吃你郭家的飯，也餓不死我。」瞧著岸邊的大船和小艇，尋思：「那大船我開不動，小艇卻又划不遠，怎生逃走才好？」煩惱了半日，無計可施，便在一塊巨岩之後倒轉了身子，練起了歐陽鋒所授的內功來。

正練到血行加速、全身舒暢之際，突然間身後有人大聲呼喝，楊過一驚之下，登時摔倒，手足麻痺，再也爬不起來，原來是郭芙與武氏兄弟三人適於此時到來。這巨岩之後本來十分僻靜，向無人至，但桃花島上道路樹木的布置皆按五行生剋之變，郭芙與武氏兄弟不敢到處亂走，來來去去只在島上道路熟識處玩耍，碰巧見到了他練功情狀。幸好楊過此時功力甚淺，否則給三人齊聲吆喝，驚得經脈錯亂，非當場癱瘓不可。

郭芙拍手笑道：「你在這裏搗甚麼鬼？」楊過扶著岩石，慢慢支撐著站起，向她白了一眼，轉身走開。武修文叫道：「喂，郭師妹問你哪，怎得你這般無禮，也不理睬？」楊過冷冷的道：「你管得著麼？」武敦儒大怒，說道：「咱們自管玩去，別去招惹瘋狗。」楊過道：「是啊，瘋狗見人就咬，人家好端端的在這裏，三條瘋狗卻過來亂吠亂叫。」武敦儒怒道：「你說三條瘋狗？你罵人？」楊過笑道：「我只罵狗，沒罵人。」

武敦儒怒不可遏，撲上去拔拳便打，楊過一閃避開。武修文想起師父曾有告誡，師兄弟不可打架，這事鬧了起來，只怕爲師父責備，忙拉住兄長手臂，笑吟吟的對楊過道：「楊大哥，你跟師娘學武藝，我們三個跟師父學。這幾個月下來，也不知是誰長進得快了。咱們來過過招，比劃比劃，你敢不敢？」

楊過心下氣苦，本想說：「我沒你們的運氣，師娘可沒教過我武功。」但一聽到他說「你敢不敢」四字，語氣中充滿了輕蔑之意，那句洩氣的話登時忍住了不說，只哼了一聲，冷冷的斜睨著他。武修文道：「咱們師兄弟比試武功，不論誰輸誰贏，都不可去跟師父、師娘說，就是打破了頭，也說是自己摔的。誰打輸了向大人投訴，誰就是狗雜種、王八蛋。楊大哥，你敢不敢？」

他這「你敢不敢」四字第二次剛出口，眼前一黑，左眼上已重重著了楊過一拳，武修文一個踉蹌，險些摔倒。武敦儒怒道：「你這般打冷拳，好不要臉。」施展郭靖所教的拳法，向楊過腰間打去。楊過不識閃避，登時中拳，眼見武敦儒又飛腳踢來，腦海中靈光一閃，想起昨天郭靖傳授武氏兄弟的招數，當即右腿微蹲，左手在武敦儒踢來的右腳小腿上一托。這正是「鬧市俠隱」全金發所擅擒拿手法中的一招「托樑換柱」，雖非極精深的武功，臨敵之時卻也頗切實用。昨日郭靖反覆叫兩兄弟試習，武氏兄弟本已學會，但當眞使將出來，卻遠不及楊過偷看片刻的機巧靈活。武敦儒給他這麼使力一托，登時遠遠摔了出去。

武修文眼上中拳，本已大怒，見兄長又遭摔跌，當即撲將上來，左拳虛晃，楊過向左避讓，卻不知這是拳術中甚爲淺近的招數，先虛後實，武修文跟著右拳實擊，砰的一聲，楊過右邊顴骨上重重中拳。武敦儒爬起身來，上前夾擊，他兩兄弟武功本有根柢，楊過先前就已抵敵不過，再加上郭靖這幾個月來的教導，他如何再是敵手？廝打片刻，頭臉腰背已連中七八下拳腳。楊過發了狠：「就是給你們打死了，我也不逃。」發拳直上直下的亂舞亂打，全然不成章法。

武修文見他咬牙切齒的拚命，心下倒也怯了，反正已大佔上風，不願再鬥，叫道：「你已經輸啦，我們饒了你，不用再打了。」楊過叫道：「誰要你饒？」衝上去劈面猛擊。武修文伸左臂格開，右手抓住他胸口衣襟向前急拉，便在此時，武敦儒雙拳同時向楊過後腰直擊下去。楊過站立不穩，向前摔倒。武敦儒雙手按住他頭，問道：「你服了沒有？」楊過怒道：「誰服你這瘋狗？」武敦儒大怒，將他臉孔向沙地上直按下去，叫道：「你不服，就悶死了你。」

楊過眼睛口鼻中全是沙粒，登時無法呼吸，又過片刻，全身如欲爆裂。武敦儒雙手用力按住他頭，武修文騎在他頭頸之中，楊過始終掙扎不脫，窒悶難當之際，這些日子來所練歐陽鋒傳授的內力突然崩湧，只覺丹田中一股熱氣激升而上，不知如何，全身驀然間精力充沛，他猛躍而起，眼睛也不及睜開，雙掌便推了出去。

這一下正中武修文的小腹，武修文「啊」的一聲大叫，飛摔而出，仰跌在地，登時暈去。這掌力是歐陽鋒的絕技「蛤蟆功」，威力固不及歐陽鋒神功半成，楊過又不會運用，但他於危急之間自發而生的使將出來，武修文卻也已抵受不起。

武敦儒搶將過去，見兄弟一動也不動的躺著，雙眼翻白，只道已給楊過打死，大駭之下，大叫：「師父，師父，我弟弟死了，我弟弟死了！」連叫帶哭，奔回去稟報郭靖。郭芙心中害怕，也急步跟去。

楊過吐出嘴裏沙土，抹去眼中沙子，只覺全身半點氣力也無，便欲移動一步也艱難無比，見武修文躺著不動，又聽得武敦儒大叫：「我弟弟死了！」心下一片茫然，不知到底出了甚麼事，明知事情大大不妙，卻無力逃走。

也不知過了多少時候，見郭靖、黃蓉飛步奔來。郭靖抱起武修文，在他胸腹之間推拿。黃蓉走到楊過身邊，問道：「歐陽鋒呢？他在那裏？」楊過茫然不答。黃蓉又問：「這蛤蟆功他甚麼時候教你的？」楊過似乎聽見了，又似沒有聽見，雙眼失神落魄的望著前面，嘴巴緊緊閉住，生怕說了一個字出來。黃蓉見他不理，抓住他雙臂，連聲道：「快說！歐陽鋒在那裏？」楊過始終一動不動。

過不多時，武修文在郭靖內力推拿下醒轉，接著柯鎮惡也隨郭芙趕到。柯鎮惡聽郭芙說了楊過倒轉身子的情狀，又聽得他如何「打死」武修文，想到這小子原來是歐陽鋒的傳人，滿腔仇怨登時都轉到了他身上，聽得黃蓉連問：「歐陽鋒在那裏？」而楊過全不理睬，當即走上前去，高舉鐵杖，厲聲喝道：「歐陽鋒這奸賊在那裏？你不說，一杖就打死了你！」

楊過此時已豁出了性命不要，大聲道：「他不是奸賊！他是好人。你打死我好了，我一句話也不說。」柯鎮惡大怒，揮杖怒劈。郭靖大叫：「大師父，別……」只聽啪的一聲，鐵杖從楊過身側擦過，擊入沙灘。原來柯鎮惡心想打死這小小孩童畢竟不妥，鐵杖擊出時準頭略偏。

柯鎮惡厲聲道：「你一定不說？」楊過大聲道：「你有種就打死我，我怕你這老瞎子嗎？」郭靖縱身上前，重重打了他個耳光，喝道：「你膽敢對師祖爺爺無禮！」楊過也不哭泣，只冷冷的道：「你們也不用動手，要我性命，我自己死好了！」反身便向大海奔去。

郭靖喝道：「過兒回來！」楊過奔得更加急了。郭靖正欲上前拉他，黃蓉低聲道：「且慢！」郭靖當即停步，只見楊過直奔入海，衝進浪濤之中。郭靖驚道：「他不識水性，蓉兒，咱們快救他。」又要入海去救。黃蓉道：「死不了，不用著急。」過了一會，見楊過竟不回來，也不禁佩服他的傲氣，縱身入海，游了出去。她精熟水性，在近岸海中救個人自是視作等閒，潛入水底，將楊過拖回，將他擱在岩石之上，任由他吐出肚中海水，自行慢慢醒轉。

郭靖瞧瞧師父，又瞧瞧妻子，問道：「怎麼辦？」黃蓉道：「他這功夫是來桃花島之前學的，歐陽鋒如來到島上，咱們決不能不知。」郭靖點點頭。黃蓉問道：「小武的傷怎麼樣？」郭靖道：「只怕要將養一兩個月。」

柯鎭惡道：「明兒我回嘉興去。」郭靖與黃蓉對望了一眼，自都明白他的意思，他決不願跟歐陽鋒的傳人同處一地。黃蓉道：「大師父，這兒是你的家，你何必讓這小子？」

當天晚上，郭靖把楊過叫進房來，說道：「過兒，過去的事，大家也不提了。你對師祖爺爺無禮，不能再在我門下，以後你只叫我郭伯伯便是。你郭伯伯不善教誨，只怕反躭誤了你。過幾天我送你去終南山重陽宮，求全眞教長春子丘眞人收你入門。全眞派武功是武學正宗，你好好在重陽宮中用功，修心養性，盼你日後做個正人君子。」

楊過應了一聲：「是，郭伯伯！」當即改了稱呼，不再認郭靖作師父了。

郭靖這日一早起來，帶備銀兩行李，與大師父、妻子、女兒、武氏兄弟別過，帶著楊過，乘船到浙江海邊上岸。郭靖買了兩匹馬，與楊過曉行夜宿，一路向北。楊過從未騎過馬，但他手腳靈便，習練數日，已控轡自如。他少年好事，常馳在郭靖之前。

不一日，兩人渡過黃河，來到陝西。此時大金國已爲蒙古所滅，黃河以北，盡爲蒙古人天下。郭靖少年時曾在蒙古軍中做過大將，只怕遇到蒙古舊部，招惹麻煩，將良馬換了兩匹極瘦極醜的驢子，身穿破舊衣衫，打扮得就和鄉下莊漢相似。楊過也穿上粗布大褂，頭上纏了塊青布包頭，跨在瘦驢之上。這驢子脾氣既壞，走得又慢，楊過在道上整日就是與之拗氣。

這一天到了樊川，已是終南山所在，漢初開國大將樊噲曾食邑於此，因而得名。沿途岡巒迴繞，松柏森映，水田蔬圃連綿其間，宛然有江南景色。

楊過自離桃花島後，心中氣惱，絕口不提島上之事，這時忍不住道：「郭伯伯，這地方倒有點像咱們桃花島。」郭靖聽他說「咱們桃花島」五字，不禁憮然有感，道：「過兒，此去終南山不遠，你在全眞教下好好學藝。數年之後，我再來接你回桃花島。」楊過頭一撇，道：「我這一輩子永遠不回桃花島啦。」郭靖不意他小小年紀，竟說出這等決絕的話來，心中一怔，一時無言可對，隔了半晌才道：「你生郭伯母的氣麼？」楊過道：「姪兒那裏敢？不過姪兒惹郭伯母生氣罷啦。」郭靖拙於言辭，不再接口。

兩人一路上岡，中午時分到了岡頂的一座廟宇。郭靖見廟門橫額寫著「普光寺」三個大字，當下將驢子拴在廟外松樹上，進廟討齋飯吃。廟中有七八名僧人，見郭靖打扮鄙樸，神色間極爲冷淡，拿兩份素麵、七八個饅頭給二人吃。

郭靖與楊過坐在松下石凳上吃麵，一轉頭，忽見松後有一塊石碑，長草遮掩，露出「長春」二字。郭靖心中一動，走過去拂草看時，碑上刻的卻是長春子丘處機的一首詩，詩云：

「天蒼蒼兮臨下土，胡爲不救萬靈苦？萬靈日夜相凌遲，飲氣吞聲死無語。仰天大叫天不應，一物細瑣枉勞形。安得大千復混沌，免教造物生精靈。」

郭靖見了此詩，想起十餘年前蒙古大漠中種種情事，撫著石碑呆呆不語，待想起與丘處機相見在即，心中又自欣喜。

楊過道：「郭伯伯，這碑上寫著些甚麼？」郭靖道：「那是你丘祖師做的詩。他老人家見世人多災多難，感到十分難過。」當下將詩中含義解釋了一遍，道：「丘眞人武功固然卓絕，這一番愛護萬民的心腸更教人欽佩。你父親是丘祖師當年得意弟子。丘祖師瞧在你父面上，定會好好待你。你用心學藝，將來必有大成。」

楊過道：「郭伯伯，我想請問你一件事。」郭靖道：「甚麼事？」楊過說道：「我爹爹是怎麼死的？」郭靖臉上變色，想起嘉興鐵槍廟中之事，身子微顫，黯然不語。楊過道：「是誰害死他的？」郭靖仍然不答。

楊過想起母親每當自己問起父親的死因，總是神色特異，避不作答，又覺郭靖雖待己甚爲親厚，黃蓉卻頗有疏忌之意，他年紀雖小，也早覺得其中必有隱情，這時忍不住大聲道：「我爹爹是你跟郭伯母害死的，是不是？」

郭靖大怒，順手在石碑上重重拍落，厲聲道：「誰教你這般胡說？」他此時功勁何等厲害，盛怒之下這麼一擊，只拍得石碑不住搖晃。楊過見他動怒，忙低頭道；「姪兒知錯啦，以後不敢胡說，郭伯伯別生氣。」

郭靖對他本甚愛憐，聽他認錯，氣就消了，正要安慰他幾句，忽聽身後有人「咦」的一聲，語氣顯得甚爲驚詫。回過頭來，見兩個中年道士站在山門口，凝目注視，臉上大有憤色，自己適才在碑上這一擊，定教他二人瞧在眼裏了。

兩個道士對望了一眼，便即快步下岡。郭靖見二人步履輕捷，顯然身有武功，心想此去離終南山不遠，這二道多半是重陽宮中人物。兩人都是四十上下年紀，或是全眞七子的弟子。他自在桃花島隱居後，不與馬鈺等互通消息，全眞門下弟子都不相識，只知全眞教近來好生興旺，馬鈺、丘處機、王處一等均收了不少佳弟子，在武林中名氣越來越響，平素行俠仗義，扶危解困，做下了無數好事，江湖上不論是否武學之士，凡聽到全眞教的名頭，都十分尊重。他想自己要上山拜見丘眞人，正好與那二道同行。

當下足底加勁，搶出山門，只見那兩個道士已快步奔在十餘丈外，卻不住回頭觀看。郭靖叫道：「二位道兄且住，在下有話請問。」他嗓門洪亮，一聲呼出，遠近皆聞，那二道卻不停步，反走得更加快了。郭靖心想：「難道這二人是聾子？」足下微使勁力，幾個起落，已繞過二人身旁，搶在前頭，轉身說道：「二位道兄請了。」說著唱喏行禮。

二道見他身法如此迅捷，臉現驚惶，見他躬身行禮，只道他要運內勁暗算，忙分向左右閃避，齊聲問道：「你幹甚麼？」郭靖道：「二位可是終南山重陽宮的道兄麼？」那身材瘦削道人沉著臉道：「是便怎地？」郭靖道：「在下是長春眞人丘道長故人，意欲上山拜見，相煩指引。」另一個五短身材的道人冷笑道：「你有種自己上去，讓路罷！」說著突然橫掌揮出，出掌竟甚快捷。郭靖只得向右讓過。不料另一個瘦道人與那矮道人武術上練得絲絲入扣，分進合擊，跟著一掌自右向左，將郭靖圍在中間。這兩招叫做「大關門式」，乃全眞派武功的高明招數，郭靖如何不識？他見二道不問情由，一上來就使傷人重手，不禁愕然，不知他們有何誤會，當下既不化解，亦不閃避，只聽波波兩聲，二道雙掌都擊在他脅下。

郭靖中了這兩掌，已知對方武功深淺，心想以二人功力而論，確是全眞七子的弟子，與自己算是同輩。他在二道手掌擊到之時，早已鼓勁抵禦，內力運得恰到好處，自己既不絲毫受損，卻也不將掌力反擊出去令二人手掌疼痛腫脹，只平平常常受了，恍若無事。

二道苦練了十餘年的絕招打在對方身上，竟如中敗絮，全不受力，不禁驚駭之極，便即齊聲呼嘯，同時躍起，四足齊飛，猛向郭靖胸口踢到。郭靖暗暗奇怪：「全眞七子都是有道高士，待人親切，怎地門下弟子卻這般毫沒來由的便對人拳足交加？」見二道使出「鴛鴦連環腿」的腳法，仍不動聲色，未加理會。但聽得啪啪啪，波波波，數聲響過，他胸口多了幾個灰撲撲的腳印。

二道每人均連踢六腳，足尖猶如踢在沙包之上，軟軟的甚爲舒服，見對方神定氣閒，渾若無事，這一下驚詫更比適才厲害了幾倍，心想：「這賊子如此了得？就是我們師父師伯，也沒這等功夫。」斜眼細看郭靖時，見他濃眉大眼，神情樸實，一身粗布衣服，就如尋常莊稼漢子一般，實無半分異樣之處，不禁呆在當地，做聲不得。

楊過見二道對郭靖又打又踢，郭靖卻不還手，不禁生氣，走上喝道：「你這兩個臭道士，幹麼打我伯伯？」郭靖連忙喝止，道：「過兒，快住口，過來拜見兩位道長。」楊過一怔，心想：「郭伯伯好沒來由，何必畏懼他們？」

兩個道士對望一眼，唰唰兩聲，從腰間抽出長劍。矮道士一招「探海屠龍」，刺向郭靖下盤，另一個使招「罡風掃葉」，卻向楊過右腿疾削。

郭靖對刺向自己這劍全沒在意，見瘦道人那招出手狠辣，不由得著惱：「這孩子跟你們無怨無仇，何以下此毒手？這一劍豈非要將他右腿削斷？」身子微側，左手掌緣擱上矮道人劍柄，「順手推舟」，輕輕向左推開。矮道人不由自主的劍刃倒轉，噹的一聲，與瘦道人長劍相交，架開了他那一招。郭靖這一手以敵攻敵之技，原自空手入白刃功夫中變化出來，莫說敵手只有兩人，縱有十人八人同時攻上，他也能以敵人之刀攻敵人之劍，以敵人之槍挑敵人之鞭，借敵打敵，盡消敵勢。

二道均感手腕酸痲，虎口隱隱生痛，立即斜躍轉身，向郭靖怒目而視，又驚駭，又佩服，齊聲低嘯，雙劍又上。

郭靖心想：「你們這是初練天罡北斗陣的根基功夫，雖是上乘劍法，但你們只有二人，劍術又沒練得到家，有何用處？」生恐楊過給二人劍鋒掃到，側身避開雙劍，伸右手抱起楊過，叫道：「在下是丘眞人故人，兩位不必相戲。」那瘦道人道：「你冒充馬眞人的故人也沒用。」郭靖道：「馬眞人確也曾傳授過在下功夫。」矮道人怒道：「賊子胡說八道，卻來消遣人，只怕我們重陽祖師也曾傳過你武功。」挺劍向他當胸刺到。

郭靖見二道明明是全眞門下，卻何以把自己以敵人相待，全然不明所以。他和全眞七子情誼非比尋常，又想楊過要去重陽宮學藝，不能得罪了宮中道士，是以一味閃避，並不還手。

二道又驚又怕，早知對方武功遠在己上，難以刺中，兩人打個手勢，忽然劍法變幻，唰唰唰唰數劍，都往楊過前胸後背刺去，每一劍都是致人死命的狠辣招數。郭靖見這些不留絲毫餘地的劍法都是向一個小孩兒身上招呼，也不由得不怒，見矮道人那一劍來得猛惡，右臂放下楊過，倏地穿出，食中二指張開，平夾劍刃，手腕向內略轉，右肘撞向對方鼻樑。矮道士出力回抽，沒抽動長劍，卻見他手肘已然撞到，心知只要給撞中了面門，非死也受重傷，只得撒手鬆劍後躍。

此時郭靖的武功眞所謂隨心所欲，不論舉手抬足無不恰到好處，他右手雙指微微一沉，那劍倒豎立起，劍柄向上反彈。那瘦道人正挺劍刺向楊過頭頸，劍鋒恰給劍柄撞中，錚的一聲，右臂發熱，全身劇震，只得鬆手放劍，向旁跳開。兩人齊聲說道：「淫賊厲害，走罷！」說著轉身急奔。

郭靖一生遭人罵過不少，但不是「傻小子」，便是「笨蛋」，也有人罵他「臭賊」「賊廝鳥」的，「淫賊」二字的惡名，乃破天荒第一遭給人加在頭上。他微覺詫異，伸手抱起楊過急步追趕，奔到二道身後，右足一點，身子從二道頭頂飛過，足一落地，立刻轉身喝道：「你們罵我甚麼？」

矮道人心下吃驚，嘴頭仍硬，說道：「你若不是妄想娶那姓龍的女子，到終南山來幹甚麼？」他此言出口，生怕郭靖上前動手，隨即倒退三步。

郭靖一呆，心想：「我妄想娶那姓龍的女子，那姓龍的女子是誰？我爲甚麼要娶她？我早有了蓉兒，怎會再娶旁人？」一時摸不著半點頭腦，怔在當地。二道見他發呆，心想良機莫失，互相使個眼色，急步搶過他身邊，上山奔去。

楊過見郭靖出神，輕輕掙下地來，說道：「郭伯伯，兩個臭道士走啦。」郭靖如夢初醒，「嗯」了一聲，道：「他們說我要娶那姓龍的女子，她是誰啊？」楊過道：「姪兒也不知道，這兩人不分靑紅皀白，一上來就動手，定是認錯了人。」郭靖啞然失笑，道：「必是如此，怎麼我會想不到？咱們上山罷！」

楊過將二道遺下的兩柄長劍提在手中。郭靖一看劍柄，上面赫然刻著「重陽宮」三個小字。二人一路上山，行了一個多時辰，已至金蓮閣，再上去道路險峻，躡亂石，冒懸崖，屈曲而上，過日月巖時天漸昏暗，到得抱子巖時新月已從天邊出現。那抱子巖生得甚是奇怪，大巖石就如一個婦人抱著個孩子一般。兩人歇了片刻，郭靖道：「過兒，你累了？」楊過搖頭道：「不累。」郭靖道：「好，咱們再上。」

又走一陣，迎面一塊大巖石當道，形狀可怖，自空憑臨，宛似一個老嫗彎腰俯視。楊過正覺害怕，忽聽巖後數聲唿哨，躍出四個道士，各執長劍，攔在當路，默不作聲。

郭靖上前唱喏行禮，說道：「在下桃花島郭靖，上山拜見丘眞人。」一個長身道士踏上一步，冷笑道：「郭大俠名聞天下，是桃花島黃老前輩令婿，豈能如你這般無恥？快快下山去罷！」郭靖心道：「我甚麼事無恥了？」當下沉住氣道：「在下確是郭靖，請各位引見丘眞人便見分曉。」

那長身道士喝道：「你到終南山來恃強逞能，當眞活得不耐煩了。不給你些厲害，你還道重陽宮盡是無能之輩。」說話中竟將適才矮、瘦二道也刺了一下，語聲甫畢，長劍晃動，踏奇門，走偏鋒，一招「分花拂柳」刺向郭靖腰脅。郭靖暗暗奇怪：「怎地我十餘年不闖江湖，世上的規矩全都變了？」側身避開，待要說話，另外三名道士各挺長劍，將他與楊過二人圍在垓心。郭靖道：「四位要待怎地，才信在下確是郭靖？」

那長身道士喝道：「除非你將我手中之劍奪了下來。」說著又是一劍，這一劍竟當胸直刺。自來劍走輕靈，講究偏鋒側進，不能如使單刀那般硬砍猛劈，他這一劍卻全沒將郭靖放在眼裏，招數中顯得甚爲浮囂。

郭靖微微有氣，心道：「奪你之劍，又有何難？」眼見劍尖刺到，伸食指扣在拇指之下，對準劍尖側面彈出，嗡的一聲，那道士把揑不定，長劍飛上半空。郭靖不等那劍落下，錚錚錚連彈三下，嗡嗡嗡連響三聲，三柄長劍跟著飛起，劍刃在月光映照下閃閃生輝。楊過大聲喝采，叫道：「你們信不信了？」郭靖平時出手總爲對方留下餘地，這時氣惱這長身道人劍招無禮，才使出了彈指神通的妙技。這門功夫是黃藥師的絕學，郭靖在島上住了幾年，已盡得岳父眞傳，他內力深厚，使將出來自非同小可。

四名道士長劍脫手，卻還不明白對方使的是何手段。那長身道士叫道：「淫賊會使妖法，走罷。」說著躍向老嫗巖後，在亂石中急奔而去。其餘三道跟隨在後，片刻間均已隱沒在黑暗之中。郭靖第一次給人罵「淫賊」，這一次又遭罵「使妖法」，不禁又好氣，又好笑，說道：「過兒，將幾柄劍好好放在路邊石上。」

楊過道：「是。」依言拾起四劍，與手中原來二劍並列在一塊青石之上，對郭靖的武功佩服得五體投地，口邊滾來滾去的只想說一句話：「郭伯伯，我不跟臭道士學武功，我要跟你學。」但想起桃花島上諸般情事，終於將那句話嚥在肚裏。

二人轉了兩個彎，前面地勢微見開曠，但聽得兵刃錚錚相擊為號，松林中躍出七名道士，也各持長劍。

郭靖見七人撲出來的陣勢，左邊四人，右邊三人，擺正了「天罡北斗陣」陣法，心中一凜：「與此陣相鬥，倒有些難纏。」不敢托大，低聲囑咐楊過：「你到後面大石旁邊等我，走得遠些，以免我照顧你分心。」楊過點點頭，不願在衆道士之前示弱，解開褲子，大聲道：「郭伯伯，我去拉尿。」說著轉身而奔，到後面大石旁撒尿。郭靖暗喜：「這孩子聰明伶俐，直追蓉兒，但願他走上正路，一生學好。」

回頭瞧七個道人時，那七人背向月光，面目不甚看得清楚，但見前面六人頦下都有一叢長鬚，年紀均已不輕，第七人身材細小，似乎年歲較輕，心念一動：「及早上山拜見丘眞人說明誤會要緊，何必跟這些人瞎纏？」身形一晃，已搶到左側「北極星位」。

那七個道人見他一語不發，突然遠遠奔向左側，還未明白他用意，那位當「天權」的道人低嘯一聲，帶動六道向左轉將上來，要將郭靖圍在中間。那知七人剛一移動，郭靖制敵機先，向右踏了兩步，仍站穩「北極星位」。天權道人本擬由斗柄三人發動側攻，但見郭靖所處方位古怪，三人長劍都攻他不到，反而七人都門戶洞開，互相不能聯防，每人均暴露於他攻勢之下，防守為難，忙左手發出訊號，帶動陣勢後轉。豈知搖光道剛移動腳步，郭靖走前兩步，又已站穩北極星位，待得北斗陣法布妥，七人仍處於難攻難守的尷尬形勢。

那天罡北斗陣是全眞教中的極上乘功夫，練到爐火純青之時，七名高手合使，實可說無敵於天下。郭靖深知這陣法秘奧，只消佔到了北極星位，便能以主驅奴，制得北斗陣縛手縛腳，施展不得自由。也因那七道練這陣法未臻精熟，若由馬鈺、丘處機等主持陣法，決不容敵人輕輕易易的就佔了北極星位。此時八人連變幾次方位，郭靖穩持先手，始終不動聲色，只氣定神閒的佔住了樞紐要位。

位當天樞的道人年長多智，已瞧出不妥，叫道：「變陣！」七道倏地散開，左衝右突，東西狂奔，料想這番倒亂陣法，必能迷惑敵人目光。突然之間，七道又已組成陣勢。只是斗柄斗魁互易其位，陣勢也已從正西轉到了東南。陣勢一成，天璇、玉衡二道挺劍上衝，猛見敵人站在斗柄正北，兩足不丁不八，雙掌相錯，臉上微露笑容。二道猛地驚覺：「我二人倘若衝上，開陽、天璣二位非受重傷不可！」只一呆間，天樞道已大聲叫道：「攻不得，快退下！」天權道又驚又怒，大聲唿哨，帶動六道連連變陣。

楊過遠遠站著觀看，見七個道人如發瘋般環繞狂奔，郭靖卻只或東或西、或南或北的移動幾步，七道始終不敢向郭靖發出一招半式。他愈看愈覺有趣，忽見郭靖雙掌一拍，叫道：「得罪！」突然向左疾衝兩步。

此時北斗陣已全在他控制之下，他向左疾衝，七道若不跟著向左，人人後心暴露，無可防禦，這在武學中凶險萬分，只得跟著向左。這麼一來，七道已陷於不能自拔之境。郭靖快跑則七道跟著快跑，他緩步則七道跟著緩步。那年輕道士內力最淺，給郭靖帶著急轉十多個圈子，已頭腦發暈，呼吸不暢，轉眼就要摔倒，然心知北斗陣如少了一人，全陣立崩，只得咬緊牙關，勉力撐持。

郭靖年紀已然不輕，但自偕黃蓉歸隱桃花島後，少與外界交往，仍不脫往日少年人性子，見七道奔得有趣，不由得童心大起，心想：「今日無緣無故的遭你們一頓臭罵，不是叫我淫賊，便咒我會使妖法，若不眞的顯些妖法給你們瞧瞧，豈非枉自受辱？」當下高聲叫道：「過兒，瞧我使妖法啦。」忽然縱身躍上了高岩。那七個道士此時全在他控制之下，他既躍上高岩，若不跟著躍上，北斗陣弱點全然顯露，有數人尙自遲疑，那天權道氣急敗壞的大聲發令，搶著將全陣帶上高岩。

七道立足未定，郭靖又縱身竄上一株松樹。他雖與衆道相離，但不遠不近，仍佔定了北極星位，然居高臨下，攻瑕抵隙更加方便。七道暗暗叫苦，都想：「不知從那裏鑽了這大魔頭出來，全眞教今日當眞顏面掃地。」心中這般思念，腳下卻半點停留不得，各找樹幹上立足之處，躍了上去。郭靖笑道：「下來罷！」縱身下樹，伸手向位佔開陽的道士足上抓去。

那北斗陣法最厲害之處，乃左右呼應，互爲奧援，郭靖旣攻開陽，搖光與玉衡就不得不躍落樹下相助，而這二道一下來，天樞、天權二道又須跟下，頃刻之間，全陣盡皆牽動。

楊過瞧得心搖神馳，驚喜不已，心道：「將來若有一日我能學得郭伯伯的本事，縱然一世受苦，也所心甘。」但轉念便即想到：「我這世那裏還能學到他的本事？只郭芙那丫頭與武氏兄弟才有這福氣。郭伯伯明知全眞派武功遠不及他，卻送我來跟這些臭道士學藝。」越想越煩惱，幾乎要哭將出來，當即轉過了頭不去瞧他逗七道爲戲，但他小孩心性，如何忍耐得了，只轉頭片刻，禁不住回頭觀戰。

郭靖心想：「到了此刻，你們總該相信我是郭靖了。做事不可太過，須防丘眞人臉上不好看。」見七道轉得正急，突然站定，拱手說道：「七位道兄，在下郭靖多有得罪，請引路罷。」

那天權道性子暴躁，見對方武功高強，精通北斗陣法，更認定他對本教不懷好意，朗聲喝道：「淫賊，你處心積慮鑽研本教陣法，用心當眞陰毒。你要在終南山幹這無恥勾當，我全眞教嫉惡如仇，決不能坐視不理。」郭靖愕然問道：「甚麼無恥勾當？」

天樞道說道：「瞧你這身武功，該非自甘下流之輩，貧道好意相勸，你快快下山去罷。」語氣中顯得對郭靖的武功甚爲欽佩。郭靖道：「在下自南方千里北來，有事拜見丘眞人，怎能不見他老人家一面，就此下山？」天權道問道：「你定要求見丘眞人，是何用意？」郭靖道：「在下自幼受馬眞人、丘眞人大恩，十餘年不見，好生記掛。此番前來，除了拜見之外，另行有事相求。」

天權道一聽之下，敵意更增，臉上便似罩上一陣烏雲。原來江湖上於「恩仇」二字，看得最重，有時結下深仇，說道前來報恩，其實乃是報仇，比如說道：「在下二十年前承閣下砍下了一條臂膀，此恩此德，豈敢一日或忘？今日特來酬答大恩。」而所謂有事相求，往往也不懷好意，比如強人劫鏢，通常便說：「兄弟們短了衣食，相求老兄幫忙，借幾萬兩銀子使使。」此時全眞教大敵當前，那天權道有了成見，郭靖好好的一番言語，他卻都當作了反語，冷冷的道：「只怕敝師玉陽眞人，也於閣下有恩。」

郭靖聽了此言，登時想起少年時在趙王府之事，玉陽子王處一不顧危險，力敵羣邪，捨命相救，委實恩德非淺，說道：「原來道兄是玉陽眞人門下。王眞人確於在下有莫大恩惠，倘若也在山上，當眞再好不過。」

這七名道人都是王處一的弟子，忽爾齊聲怒喝，各挺長劍，七柄劍青光閃動，疾向郭靖身上七處刺來。郭靖皺起眉頭，心想自己越謙恭，對方越兇狠，眞不知是何來由，可惜黃蓉沒同來，否則她一眼之間便可明白其中原因，當下斜身側進，佔住北極星位，朗聲說道：「在下江南郭靖，來到寶山實無歹意，各位須得如何，方能見信？」

天權道說道：「你已連奪全眞教弟子六劍，何不再奪我們七劍？」那天璇道一直默不作聲，突然拉開破鑼般的嗓子說道：「狗淫賊，你要在那龍家女子跟前賣好逞能，難道我全眞教是好惹的麼？」郭靖怒道：「甚麼姓龍的姑娘，我郭靖素不相識。」天璇道哈哈一笑，道：「你自然跟她素不相識。天下又有那一個男子跟她相識了？你若有種，就高聲罵她一句小賤人。」

郭靖一怔，心想那姓龍的女子不知是何等樣子，自己怎能無緣無故的出口傷人，便道：「我罵她作甚？」三四個道人齊聲說道：「你這可不是不打自招麼？」

郭靖平白無辜的給他們硬安上一個罪名，越聽越胡塗，心想只有硬闖重陽宮，見了馬鈺、丘處機、王處一他們，一切自有分曉，便冷然道：「在下這可要上山了，各位倘若阻攔，莫怪無禮。」

七道各挺長劍，同時踏上兩步。天璇道大聲道：「你別使妖法，咱們只憑武功上見高低。」郭靖一笑，心中已有主意，說道：「我偏要使點妖法。你們瞧著，我雙手不碰你們兵刃，卻能將你們七柄長劍盡數奪下了。」七道互望一眼，臉上均有不信之色，心中都道：「你武功雖強，難道不用雙手，當眞能奪下我們兵刃？你空手入白刃功夫就算練到了頂兒尖兒，也得有一雙手呀。」天樞道忽道：「好啊，我們領教閣下的踢腿神功。」郭靖道：「我也不須用腳，總而言之，你們的兵刃手腳，我不碰到半點，只要碰著了，就算我輸，在下立時拍手回頭，再也不上寶山囉唣。」

七道聽他口出大言，人人著惱。那天權道長劍一揮，立時帶動陣法圍了上去。

郭靖斜身疾衝，佔了北極星位，隨即快步轉向北斗陣左側。天權道識得厲害，急忙帶陣轉至右方。凡兩人相鬥，總須面向敵人，敵人如繞到背後，非立即轉身迎敵不可。此時郭靖所趨之處，正是北斗陣的背心要害，不必出手攻擊，七名道人已不得不帶動陣法，以正面和他相對。但郭靖一路向左，竟不迴身，只或快或慢，或正或斜，始終向左奔跑。他既穩穩佔住北極星位，七道不得不跟著向左。

郭靖越奔越快，到後來簡直勢逾奔馬，身形一晃，便已奔出數丈。七道的功夫倒也頗非尋常，雖處逆境，陣法竟絲毫不亂，天樞、天璇、天璣、天權、玉衡、開陽、搖光七個部位都守得既穩且準，但身不由主的跟著他疾奔。

郭靖不由得暗暗喝采：「全眞門下之士果然不凡。」當下提一口氣，奔得猶似足不點地一般。他佔了中心位置，七道繞之而奔，奔行的過程又比他多了數倍。

七道初時尚可勉力跟隨，時刻一長，各人輕身功夫分出了高下，位當天權、天樞、玉衡的三道功夫較高，奔得較快，餘人漸漸落後，北斗陣中已現空隙。各人不禁暗驚，心想：「敵人如在此時出手攻陣，只怕我們已防禦不了。」事到臨頭，也已顧不到旁的，只有各拚平生內力，繞著郭靖打轉。

世上孩童玩耍，以繩子縛石，繞圈揮舞，揮得急時突然鬆手，石子便帶繩遠遠飛出。此時天罡北斗陣繞圈急轉，情形亦復相似，七道繞著郭靖狂奔，手中長劍舉在頭頂，各人奔得越快，長劍越把捏不定，就似有股大力向外拉扯，要將手上長劍奪出一般。突然之間，郭靖大喝一聲：「撒手！」向左飛身疾竄。七道出其不意，只得跟著急躍，也不知怎的，七柄長劍一齊脫手飛出，有如七條銀蛇，直射入十餘丈外的松林之中。郭靖猛地停步，笑吟吟的回過頭來。

七個道人面如死灰，呆立不動，但每人仍各守方位，陣勢嚴整。郭靖見他們經此一番狂奔亂跑，居然陣法不亂，足見平時習練的功夫實不在小。那天權道有氣沒力的低聲唿哨，七人退入山岩之後。

郭靖道：「過兒，咱們上山。」他連叫兩聲，楊過並不答應。他四下裏找尋，楊過已影蹤不見，但見樹叢後遺著他一隻小鞋。郭靖吃了一驚：「原來除了這七道之外，另有道人窺視在旁，將他擄了去。」但想羣道不過認錯了人，對己有所誤會，全眞教行俠仗義，決不致難為一個孩子，倒也並不著慌，提氣向山上疾奔。他在桃花島隱居十餘年，雖每日練功，但長久未與人對敵過招，有時不免有寂寞之感，今日與衆道人激鬥一場，每一招都得心應手，不由得暗覺快意。

此時山道更為崎嶇，有時峭壁間必須側身而過，行不到半個時辰，烏雲掩月，山間忽然昏暗。郭靖心道：「此處我地勢不熟，那些道兄們莫要使甚詭計，倒不可不防。」放慢腳步，緩緩而行。

又走一陣，雲開月現，滿山皆明，正自一暢，忽聽得山後隱隱傳出大羣人衆的呼吸。氣息之聲雖微，但人數多了，郭靖已自覺得。他緊一緊腰帶，轉過山道。

眼前是個極大圓坪，四周羣山環抱，山腳下有座大池，水波映月，銀光閃閃。池前疏疏落落的站著百來個道人，黃冠灰袍，手執長劍，劍光閃爍耀眼。

郭靖定睛細看，羣道每七人一組，布成了十四個天罡北斗陣。每七個北斗陣又布成一個大北斗陣。自天樞以至搖光，聲勢非同小可。兩個大北斗陣一正一奇，相生相剋，互爲犄角。郭靖暗暗心驚：「這大北斗陣法從未聽丘眞人說起過，想必是這幾年中新鑽研出來的，比之重陽祖師所傳，可又深一層了。」於是緩步上前。

只聽得陣中一人撮唇唿哨，九十八名道士倏地散開，或前或後，陣法變幻，已將郭靖圍在中間。各人長劍指地，凝目瞧著郭靖，默不作聲。

郭靖拱著手團團一轉，朗聲說道：「在下江南郭靖，誠心上寶山拜見馬眞人、丘眞人、王眞人各位道長，請衆位道兄勿予攔阻。」

陣中一個長鬚道人說道：「閣下武功了得，何苦不自愛如此，竟與妖人爲伍？貧道良言奉勸，自來女色誤人，閣下數十年寒暑之功，莫教廢於一旦。我全眞教跟閣下素不相識，並無過節，閣下何苦助紂為虐，隨同眾妖人上山搗亂？便請立時下山，日後尚有相見地步。」他說話聲音低沉，但一字一句，清清楚楚，顯見內力深厚，語意懇切，倒是誠意勸告。

郭靖又好氣，又好笑，心想：「這些道人不知將我當作何人，倘若蓉兒在此，就能輕易分說這誤會了。」說道：「甚麼妖人女色，在下一概不知，容在下與馬眞人、丘眞人等相見，便見分曉。」

長鬚道人凜然道：「你執迷不悟，定要向馬眞人、丘眞人領教，須得先破了我們的北斗大陣。」郭靖道：「在下區區一人，武功低微，豈敢與貴教的絕藝相敵？請各位放還在下攜來的孩兒，引見貴教掌教眞人和丘眞人。」

長鬚道人高聲喝道：「你裝腔作勢，出言相戲，終南山上重陽宮前，豈容你這淫賊撒野？」長劍在空中一揮，劍刃劈風，聲音嗡嗡然長久不絕。眾道士各揮長劍，九十八柄劍刃披盪往來，激起一陣疾風，劍光組成了一片光網。

郭靖暗暗發愁：「他兩個大陣奇正相反，我一個人如何佔他的北極星位？今日之事，當眞棘手之極了。」

他心下計議未定，兩個北斗大陣的九十八名道人已左右合圍，劍光交織，只怕一隻蒼蠅也難鑽過。長鬚道人叫道：「快亮兵刃罷！全眞教不傷赤手空拳之人。」

郭靖心想：「這北斗大陣自然難破，但說要能傷我，卻也未必。此陣人數衆多，威力雖大，但各人功力高低參差，必有破綻，且瞧一瞧他們的陣法再說。」突然間滴溜溜一個轉身，奔向西北方位，使出降龍十八掌中一招「潛龍勿用」，手掌一伸一縮，猛地斜推出去。七名年輕道人劍交左手，各自相聯，齊出右掌，以七人之力擋了他這一招。郭靖這路掌法已練到了出神入化之境，前推之力固然極強，更厲害的還在後著的那一縮。七名道人奮力擋住了他那猛力一推，不料立時便有一股大力向前牽引，七人立足不定，身不由主的一齊俯地摔倒，雖立時躍起，但個個塵土滿臉，無不大爲羞愧。

長鬚道人見他出手凌厲，只一招就摔倒了七名師姪，不由得心驚，長嘯一聲，帶動十四個北斗陣，重重疊疊的聯在一起，料想敵人縱然掌力再強十倍，也決難雙手推動九十八人。

郭靖想起當日君山大戰，與黃蓉力戰丐幫，對手武功雖均不強，但一經聯手，卻難抵敵，便不敢與衆道強攻硬戰，展開輕身功夫，在陣中鑽來竄去，找尋空隙。

他東奔西躍，引動陣法生變，只一盞茶時分，已知單憑一己之力，要破此陣實極爲難。一來他不願下重手傷人；二來陣法嚴密之極，竟似沒半點破綻；三來他心思遲鈍，陣法變幻卻快，縱有破綻，一時之間也看不出來。溶溶月色下，劍光似水，人影如潮，此來彼去，更無已時。

再鬥片刻，陣勢漸漸收緊，從空隙之間奔行閃避越來越不易，尋思：「我不如闖出陣去，逕入重陽宮去拜見馬道長、丘道長。」抬頭四望，見西邊山側有二三十幢房舍，有幾座構築宏偉，料想重陽宮必在其間，便即向東疾趨，幾下縱躍，已折向西行。

衆道見他身法突然加快，一條灰影在陣中有如星馳電閃，幾乎看不清他所在，不禁頭暈目眩，攻勢登時呆滯。長鬚道人叫道：「大家小心了，莫要中了淫賊詭計。」

郭靖大怒，心想：「說來說去，總是叫我淫賊。這名聲傳到江湖之上，我郭靖算是甚麼人了？」又想：「這陣法由他主持，只要打倒此人，就可設法破陣。」雙掌一分，直向那長鬚道人奔去。那知這陣法的奧妙之一，就是引敵攻擊主帥，各小陣乘機東包西抄、南圍北擊，敵人便落入了陷阱。郭靖只奔出七八步，立感情勢不妙，身後壓力驟增，兩側也翻翻滾滾的攻了上來。他待要轉向右側，正面兩個小陣十四柄長劍同時刺到。這十四劍方位時刻拿揑得無不恰到好處，竟教他無可閃避。

郭靖身處險境，並不畏懼，反怒氣更盛：「你們縱然誤認我是甚麼妖人淫賊，出家人慈悲爲懷，怎麼招招下的都是殺手？難道非要了我的性命不可？又說甚麼『全眞教不傷赤手空拳之人』？」倏地斜身竄躍，右腳飛出，左手前探，將一名小道人踢了個觔斗，隨手將他長劍奪過，眼見右腰七劍齊到，他左手揮出，八劍相交，喀喇一響，七柄劍每一劍都從中斷爲兩截，他手中長劍卻完好無恙。他所奪長劍本也與別劍無異，並非特別銳利的寶劍，只是他內勁運上了劍鋒，對手七劍一齊震斷。

那七名道人驚得臉如土色，只一呆間，旁邊兩個北斗陣立時轉上，挺劍相護。郭靖見這十四人各以左手扶住身旁道侶右肩，十四人的力氣已聯而爲一，心想：「且試一試我的功力到底如何。」長劍揮出，黏上了第十四名道人手中利劍。

那道人急向裏奪，那知手中長劍就似鑲銲在銅鼎鐵砧之中，竟紋絲不動。其餘十三人各運功勁，要合十四人之力將敵人的黏力化開。郭靖正要引各人合力，一覺手上奪力驟增，喝一聲：「小心了！」右臂振處，喀喇喇一陣響，猶如推倒了甚麼巨物，十二柄長劍盡皆斷折。最後兩柄卻飛向半空。十四名道人驚駭無已，急忙躍開。郭靖暗嘆：「畢竟我功力尚未精純，卻有兩柄劍沒能震斷。」

這麼一來，衆道人更多了一層戒懼，出手愈穩，廿一名道士手中雖失了兵刃，但運掌成風，威力並未減弱。郭靖適才震劍，未能盡如己意，又感敵陣守得越加堅穩，心想不知馬道長、丘道長他們這些年中在北斗陣上另有甚麼新創，倘若對方忽出高明變化，自己一時之間難以拆解，只怕不免爲羣道所擒，事不宜遲，須得先下手爲強，當下高聲叫道：「各位道兄，再不讓路，莫怪在下不留情面了。」

那長鬚道人見己方漸佔上風，只道郭靖技止於此，心想你縱然將我們九十八柄長劍盡數震斷，也不能脫出全眞教的北斗大陣，聽他叫喊，只微微冷笑，並不答話，卻將陣法催得更加緊了。

郭靖倏地矮身，竄到東北角上，但見西南方兩個小陣如影隨形的轉上，當即指尖抖動，長劍於瞬息之間連刺了十四下，十四點寒星似乎同時撲出，每一劍都刺中一名道人右腕外側「陽谷穴」。這是劍法中最上乘功夫，運劍如風似電，落點卻不失厘毫，就和同時射出十四件暗器一般無異。

他出手甚輕，每個道人只腕上一麻，手指無力，十四柄長劍一齊落地。各人驚駭之下，急忙後躍，察看手腕傷勢，但見陽谷穴上微現紅痕，一點鮮血也沒滲出，才知對方竟以劍尖使打穴功夫，勁透穴道，卻沒損傷外皮。衆道暗暗吃驚，均想這淫賊雖然無恥，倒還不算狠毒，若非手下容情，要割下我們手掌可還眞不費吹灰之力。

這一來，已有五七三十五柄長劍脫手。長鬚道人甚爲恚怒，明知郭靖未下殺手，但全眞教確已顏面無光，何況若讓如此強手闖進本宮，後患不小，當下連聲發令，收緊陣勢，心想九十八名道人四下合圍，將你擠也擠死了。

郭靖心道：「這些道兄實在不識好歹，說不得，只好狠狠挫折他們一下。」左掌斜引，右掌向左推出。一個北斗陣的七名道人轉上接住。郭靖急奔北極星位，第二個北斗陣跟著攻了過來。此時共有一十四個北斗陣，也即有一十四個北極星座，郭靖分身乏術，自沒法同時佔住一十四個要位。他展開輕身功夫，剛佔第一陣的北極星位，立即又轉到第二陣的北極星位，如此轉得幾轉，陣法已現混亂之象。

長鬚道人見勢不妙，急發號令，命衆道遠遠散開，站穩陣腳，以靜制動，他知各人若隨敵人亂轉，敵人奔跑迅速，必能乘隙搗亂陣勢，但如固守不動，一十四個北極星位相互遠離，敵人身法再快，也難同時搶佔。

郭靖暗暗喝采，心想：「這位道兄精通陣法要訣，果然見機得快。他們既站立不動，我便乘機往重陽宮去罷。」轉念忽想：「啊喲，不好，多半馬道長、丘道長他們都不在宮中，否則我跟這些道兄們鬥了這麼久，丘道長他們豈有不知之理。」抬頭向重陽宮望去，忽見道觀屋角邊白光連閃，似是有人正使兵刃相鬥，只相距遠了，難見身形，更無法聽到刀劍撞擊之聲。

郭靖心中一動：「有誰這麼大膽，竟敢到重陽宮去動手？今晚之事，實在大有蹊蹺。」要待趕去瞧個明白，十四座北斗陣卻又逼近，越纏越緊。他心中焦急，左掌一招「見龍在田」，右手一招「亢龍有悔」，使出左右互搏之術，同時分攻左右。但見左邊北斗大陣的四十九人擋他左招，右邊四十九人擋他右招。他招數未曾使足，中途忽變，「見龍在田」變成了「亢龍有悔」，而「亢龍有悔」卻變成了「見龍在田」。

他以左右互搏之術，雙手使不同招數已屬難能，而中途招數互易，衆道更見所未見、聞所未聞。左邊的北斗大陣原是抵擋他的「見龍在田」，右邊的擋他的「亢龍有悔」，這兩招去勢相反，兩邊道人奮力相抗，那料得到倏忽之間他竟招數互易。只見郭靖人影一閃，已從兩陣的夾縫中竄出，左邊的四十九名道人與右邊四十九名道人正自發力向前衝擊，這時那裏還收得住腳？砰的一聲巨響，兩陣相撞，或劍折臂傷，或鼻腫目青，更有三十餘人自相衝撞摔倒。

主持陣法的長鬚道人雖閃避得快，未爲道侶所傷，卻也已狼狽不堪，盛怒之下，連聲呼喝，急急整頓陣勢，見郭靖向山腳下的大池玉清池奔去，當即帶著十四個小陣直追。全眞派的武功本來講究清靜無爲、以柔克剛，主帥動怒，正犯了全眞派武功的大忌，他心浮氣粗之下，已說不上甚麼審察敵情、隨機應變。

郭靖堪堪奔到玉清池邊，但見眼前一片水光，右手長劍揮出，斬下池邊一棵楊柳的粗枝，隨即抛下長劍，雙手抓起樹枝，遠遠抛入池中。他足下用勁，身子騰空，右足尖在樹枝上一點，樹枝直沉下去，他卻已借力縱到了對岸。

衆道人奔得正急，收足不住，但聽撲通、撲通數十聲連響，倒有四五十人摔入了水中。最後數十人已踏在別人背上，這才在岸邊停住腳步。有些道人不識水性，在池中載沉載浮，會水的道人急忙施救。玉清池邊羣道拖泥帶水，大呼小叫，亂成一團。

那羣玉蜂有如一股濃煙，向郭靖與丘處機面前撲來。丘處機氣湧丹田，張口向蜂羣一口噴出。郭靖學到訣竅，當即跟著鼓氣力送。當先的數百隻蜂子抵擋不住，勢頭立偏。

第四回　全眞門下

郭靖擺脫衆道糾纏，提氣向重陽宮奔去，忽聽得鐘聲鏜鏜響起，正從重陽宮中傳出。鐘聲甚急，似是傳警。郭靖抬頭看時，見道觀後院火光沖天而起，不禁一驚：「原來全眞教今日果有敵人大舉來襲，須得趕快去救。」但聽身後衆道齊聲吶喊，蜂擁趕來，他這時方才明白：「這些道人定是將我當作和敵人是一路，現下主觀危急，他們更要跟我拚命了。」當下也不理會，逕向山上疾奔。

他展開身法，片刻間已縱出數十丈外，不到一盞茶工夫，奔到重陽宮前，但見烈燄騰吐，濃煙瀰漫，火勢甚是熾烈，但說也奇怪，重陽宮中道士無數，竟沒一個出來救火。

郭靖暗暗心驚，見十餘幢道觀屋宇疏疏落落的散處山間，後院火勢雖大，主院尚未波及，但聽得主院中吆喝斥罵、兵刃相交之聲大作。他雙足一蹬，躍上高牆，便見一片大廣場上黑壓壓的擠滿了人，正自激鬥。定神看時，見四十九名黃袍道人結成了七個北斗陣，與百餘名敵人相抗。敵人高高矮矮，或肥或瘦，一瞥之間，見這些人武功派別、衣著打扮各自不同，或使兵刃，或出肉掌，正四面八方的向七個北斗陣狠撲。看來這些人武功不弱，人數又衆，全眞羣道已落下風。只敵方各自爲戰，七個北斗陣卻相互呼應，守禦嚴密，敵人雖強，也儘能抵擋得住。

郭靖待要喝問，卻聽得殿中呼呼風響，尚有人在內相鬥。從拳風聽來，殿中相鬥之人的武功又比外邊的高得多。他從牆頭躍落，斜身側進，東一晃、西一竄，已從三座北斗陣的空隙間穿了過去。羣道大駭，紛紛擊劍示警，但敵人攻勢猛惡，沒法分身攔阻。

大殿上本來明晃晃的點著十餘枝巨燭，此時後院火光逼射進來，已把燭火壓得黯然無光，只見殿上排列著七個蒲團，七個道人盤膝而坐，左掌相聯，各出右掌，抵擋身周十餘人的圍攻。

郭靖不看敵人，先瞧那七道，見七人中三人年老，四人年輕，年老的正是馬鈺、丘處機和王處一，年輕的四人中只識得一個尹志平。七人依天樞以至搖光列成北斗陣，端坐不動。七人之前一個道士俯伏在地，不知生死，但見他白髮蒼然，卻看不到面目。

郭靖見馬鈺等處境危急，胸口熱血湧將上來，也不管敵人是誰，舌綻春雷，張口喝道：「大膽賊子，竟敢到重陽宮來撒野！」雙手伸處，已抓住兩名敵人背心，待要摔將出去，那知兩人均是好手，雙足牢牢釘在地上，竟捽之不動。郭靖心想：「那裏來的這許多硬手？難怪全眞教今日要吃大虧。」突然鬆手，橫腳掃去。那二人正使千斤墜功夫與他手力相抗，不意他驀地變招，在這一掃之下登時身子騰空，破門而出。

敵人見對方驟來高手，都是一驚，但自恃勝算在握，也不以爲意，早有兩人撲過來喝問：「是誰？」郭靖毫不理會，呼呼兩聲，雙掌拍出。那兩人尙未近身，已給他掌力震得立足不住，騰騰兩下，背心撞上牆壁，口噴鮮血。其餘敵人見他一上手連傷四人，不由得大爲震駭，一時無人再敢上前邀鬥。馬鈺、丘處機、王處一認出是他，心喜無已，暗道：「此人一到，我敎無憂矣！」

郭靖竟不把敵人放在眼裏，跪下向馬鈺等磕頭，說道：「弟子郭靖拜見。」馬鈺、丘處機、王處一微笑點頭，舉手還禮。尹志平忽叫：「郭兄留神！」郭靖聽得腦後風響，知有人突施暗襲，竟不站起，手肘在地微撐，身子騰空，墮下時雙膝順勢撞出，正中偷襲的兩人背心「魂門穴」，那二人登即軟癱在地。郭靖仍然跪著，膝下卻已多墊了兩個肉蒲團。

馬鈺微微一笑，說道：「靖兒請起，十餘年不見，你功夫大進了啊！」郭靖站起身來，道：「這些人怎麼打發，但憑道長吩咐。」馬鈺尙未回答，郭靖只聽背後有二人同聲打了個哈哈，笑聲頗爲怪異。

他轉過身來，見身後站著二人。一個身披紅袍，頭戴金冠，形容枯瘦，是個中年蒙僧。另一個身穿淺黃色錦袍，手拿摺扇，作貴公子打扮，三十歲左右年紀，臉上一股傲狠之色。郭靖見兩人氣度沉穆，與餘敵大不相同，不敢輕慢，抱拳說道：「兩位是誰？到此有何貴幹？」那貴公子道：「你又是誰？到這裏幹甚麼來著？」口音不純，顯非中土人氏。

郭靖道：「在下是這幾位師長的弟子。」那貴公子冷笑道：「瞧不出全眞派中居然還有這等人物。」他年紀比郭靖還小了幾歲，但說話老氣橫秋，甚是傲慢。郭靖本欲分辯自己並非全眞派弟子，但聽他言語輕佻，微微有氣，他本不善說話，也就不再多言，只道：「兩位與全眞教有何仇怨？這般興師動衆，放火燒觀？」那貴公子冷笑道：「你是全眞派後輩，此間容不到你來說話。」郭靖道：「你們如此胡來，未免也太橫蠻。」此時火燄逼得更加近了，眼見不久便要燒到重陽宮主院。

那貴公子摺扇一開一合，踏上一步，笑道：「這些朋友都是我帶來的，你只要接得了我三十招，我就饒了這羣牛鼻子老道如何？」郭靖見情勢危急，不願多言，右手探出，抓住他摺扇猛往懷裏一帶，他若不撒手放扇，便要將他身子拉過。

一拉之下，那公子的身子幾下晃動，摺扇居然並未脫手。郭靖微感驚訝：「此人年紀不大，居然抵得住我這一拉，他內力的運法似和那靑海僧靈智上人門戶相近，可比靈智上人遠爲機巧靈活，想來也是密教一派。他這扇子的扇骨是鋼鑄的，原來是件兵刃。」手上加勁，喝道：「撒手！」那公子臉上斗然間現出一層紫氣，但霎息間又即消退。郭靖知他急運內功相抗，自己若在此時加勁，只要他臉上現得三次紫氣，內臟必受重傷，心想此人練到這等功夫實非易事，不願使重手傷他，微微一笑，突然張開手掌。

摺扇平放掌心，那公子奪勁未消，郭靖的掌力從摺扇傳到對方手上，轉爲推勁，那公子站立不定，身子便欲向後飛出，郭靖掌上如稍加勁力，那公子定要仰天大摔一交，郭靖卻於此時鬆手。那公子心下明白，對方武功遠勝於己，爲保全自己顏面，才未推摔自己，垂手躍開，滿臉通紅，說道：「請教閣下尊姓大名。」語氣中已大爲有禮了。郭靖道：「在下賤名不足掛齒，這裏馬眞人、丘眞人、王眞人，都是在下的恩師。」

那公子將信將疑，心想適才和全眞衆老道鬥了半日，他們也只一個天罡北斗陣厲害，如單打獨鬥，似乎都不是自己對手，怎地他們的弟子卻這等厲害，再向郭靖上下打量，見他容貌樸實，甚爲平庸，一身粗布衣服，無異尋常莊稼漢子，但手底下功夫卻當眞深不可測，便道：「閣下武功驚人，小可拜服，十年之後，再來領教。小可於此處尙有俗務未了，今日就此告辭。」說著拱了拱手。郭靖抱拳還禮，說道：「十年之後，我在此相候便了。」

那公子轉身出殿，走到門口，說道：「小可與全眞派的過節，今日自認是栽了。但盼全眞教各人自掃門前雪，別來橫加阻撓小可的私事。」依照江湖規矩，一人倘若自認栽了觔斗，並約定日子再行決鬥，那麼日子未至之時，縱然狹路相逢也不能動手。郭靖聽他這般說，當即答允，說道：「這個自然。」

那公子微微一笑，以蒙語向那蒙僧說了幾句，正要走出，丘處機忽然提氣喝道：「不用等到十年，我丘處機就來尋你。」他這一聲呼喝聲震屋瓦，顯得內力甚爲深厚。那公子耳中嗚響，心頭一凜，暗道：「這老道內力不弱，敢情他們適才未出全力。」不敢再行逗留，逕向殿門疾趨。那紅袍蒙僧向郭靖狠狠望了一眼，與其餘各人紛紛走出。

郭靖見這羣人中形貌特異者頗爲不少，或高鼻虬髯，或曲髮深目，並非中土人物，心中疑惑，聽得殿外廣場上兵刃相交與吆喝酣鬥之聲漸歇，知敵人正在退去。

馬鈺等七人站起身來，那橫臥在地的老道卻始終不動。郭靖搶上一看，原來是廣寧子郝大通，才知道馬鈺等雖身受火厄，始終端坐不動，是爲了保護同門師弟。見他臉如金紙，呼吸細微，雙目緊閉，顯已身受重傷。郭靖解開他道袍，不禁一驚，但見他胸口印個手印，五指箕張，顏色深紫，陷入肉裏，心想：「敵人武功果是密教一派，這是大手印功夫。掌上雖然無毒，功力卻比當年的靈智上人爲深。」再搭郝大通的脈搏，幸喜仍洪勁有力，知他玄門正宗，多年修爲，內力不淺，性命當可無礙。

此時後院的火勢逼得更加近了。丘處機抱起郝大通，說道：「出去罷！」郭靖道：「我帶來的孩子呢？是誰收留著？莫要讓火傷了。」丘處機等全心抗禦強敵，未知此事，聽他問起，都問：「是誰的孩子？在那裏？」

郭靖還未回答，忽然火光中黑影一晃，一個小小身子從樑上跳下，笑道：「郭伯伯，我在這裏。」正是楊過。郭靖大喜，忙問：「你怎麼躲在樑上？」楊過笑道：「你跟那七個臭道士……」郭靖喝道：「胡說！快來拜見祖師爺。」

楊過伸了伸舌頭，當下向馬鈺、丘處機、王處一三人磕頭，待磕到尹志平面前時，見他年輕，轉頭問郭靖道：「這位不是祖師爺了罷？我瞧不用磕頭啦。」郭靖道：「這位是尹師伯，快磕頭。」楊過心中老大不願意，只得也磕了。郭靖見他站起身來，不再向另外三個中年道人磕頭見禮，喝道：「過兒，怎麼這般無禮？」楊過笑道：「等我磕完了頭，那就來不及啦，你莫怪我。」

郭靖問道：「甚麼事來不及了？」楊過道：「有個道士給人綁在那邊屋裏，如不去救，只怕要燒死了。」郭靖急問：「那一間？快說！」楊過伸手向東一指，說道：「好像是在那邊，也不知道是誰綁了他的。」說著嘻嘻而笑。

尹志平橫了他一眼，急步搶到東廂房，踢開房門不見有人，又奔到東邊第四代弟子修習內功的靜室，一推開門，但見滿室濃煙，一個道人給縛在床柱之上，口中嗚嗚而呼，情勢已甚危殆。尹志平當即拔劍割斷繩索，救了他出來。

此時馬鈺、丘處機、王處一、郭靖、楊過等人均已出了大殿，站在山坡上觀看火勢。後院到處火舌亂吐，火光照紅了半邊天空，山上水源又小，只一道泉水，僅敷平時飲用，用以救火無濟於事，眼睜睜望著一座崇偉宏大的後院漸漸樑折瓦崩，化爲灰燼。全眞教衆弟子合力阻斷火路，其餘殿堂房舍才不受蔓延。馬鈺本甚達觀，心無掛礙。丘處機卻性急暴躁，老而彌甚，望著熊熊大火，咬牙切齒的咒罵。

郭靖正要詢問敵人是誰，只見尹志平右手托在一個胖大道人腋下，從濃煙中鑽將出來。那道人給煙薰得不住咳嗽，雙目流淚，一見楊過，便即大怒，縱身向他撲去。楊過嘻嘻一笑，躲在郭靖背後。那道人也不知郭靖是誰，伸手便在他胸口推去，要將他推開，去抓楊過。那知這一下猶如推在一堵牆上，竟紋絲不動。那道人一呆，指著楊過破口大罵：「小雜種，你要害死道爺！」王處一喝道：「淸篤，你叫嚷甚麼？」

那道人鹿淸篤是王處一的徒孫，適才死裏逃生，心中急了，見到楊過就要撲上廝拚，全沒理會掌敎眞人、師祖爺和丘祖師都在身旁，聽得王處一這麼呼喝，才想到自己無禮，登時驚出一身冷汗，低頭垂手，說道：「弟子該死。」王處一道：「到底是甚麼事？」鹿淸篤道：「都是弟子無用，請師祖爺責罰。」王處一眉頭微皺，慍道：「誰說你有用了？我問你是甚麼事？」

鹿清篤道：「是，是。弟子奉師父之命，在後院把守，後來師父帶了這小……小……小……」他滿心想說「小雜種」，終於想到不能在師祖爺面前無禮，改口道：「……小孩子來交給弟子，說他是我教一個大對頭帶上山來的，爲師父所擒，叫我好好看守，不能讓他逃了。於是弟子帶他到東邊靜室裏去，坐下不久，這小……小孩兒就使詭計，說要拉屎，要我放開縛在他手上的繩索。弟子心想他小小一個孩童，也不怕他走了，便給他解了繩索。那知這小孩兒坐在淨桶上假裝拉屎，突然間跳起身來，捧起淨桶，將桶中臭屎臭尿向我身上倒來。」

鹿清篤說到此處，楊過嗤的一笑。鹿清篤怒道：「小……小……你笑甚麼？」楊過抬起了頭，雙眼向天，笑道：「我自己笑，你管得著麼？」鹿清篤還要跟他鬥口，王處一道：「別跟小孩子胡扯，說下去。」鹿清篤道：「是，是。師祖爺你不知道，這小孩子狡猾得緊。我見屎尿倒來，匆忙閃避，他卻笑著說道：『啊喲，道爺，弄髒了你衣服啦！……』」衆人聽他細著嗓門學楊過說話，語音不倫不類，都暗暗好笑。王處一皺起了眉頭，暗罵這徒孫在外人面前丟人現眼。

鹿清篤續道：「弟子自然著惱，衝過去要打，那知這小孩舉起淨桶，又向我拋來。我大叫：『小雜種，你幹甚麼？』忙使一招『急流勇退』，立時避開，一腳卻踩在屎尿之中，不由得滑了兩下，總算沒摔倒，不料這小……小孩兒乘我慌亂之時，拔了我腰間佩劍，劍尖頂在我心口，說我只要動一動，就一劍刺了進去。我想君子不吃眼前虧，只好不動。這小孩兒左手拿劍，右手用繩索將我反綁在柱子上，又割了我一塊衣襟，塞在我嘴裏，後來宮裏起火，我走又走不得，叫又叫不出，若非尹師叔相救，豈不是活生生教這小孩兒燒死了麼？」說著瞪眼怒視楊過，恨恨不已。

眾人瞧瞧楊過，又轉頭瞧瞧他，但見一個身材瘦小，另一個胖大魁梧，不禁都縱聲大笑。鹿淸篤給眾人笑得莫名其妙，抓耳摸腮，手足無措。

馬鈺笑道：「靖兒，這是你的兒子罷？想是他學全了他娘的本領，這般刁鑽機靈。」郭靖道：「不，這是我義弟楊康的遺腹子。」丘處機聽到楊康的名字，心頭一凜，細細瞧了楊過兩眼，果見他眉目間依稀有幾分楊康的模樣。楊康是他惟一的俗家弟子，雖這徒兒不肖，貪圖富貴，認賊作父，但丘處機每當念及，總自覺教誨不善，以致讓他誤入歧途，常感內疚，現下聽得楊康有後，心中傷感歡喜齊至，忙問端詳。

郭靖簡略說了楊過身世，又說是帶他來拜入全眞派門下。丘處機道：「靖兒，你武功早已遠勝我輩，何以不自己傳他武藝？」郭靖道：「此事容當慢慢稟告。弟子今日上山，得罪了許多道兄，極是不安，謹向各位道長謝過，還望恕罪莫怪。」將眾道誤己爲敵、接連動手等情說了。馬鈺道：「若非你及時來援，全眞教不免一敗塗地。大家是自己人，甚麼賠罪、多謝的話，誰也不必提了。」

丘處機劍眉早已豎起，待掌教師兄一住口，立即說道：「志敬主持外陣，敵友不分，當眞無用。我正自奇怪，怎地外邊安下了這麼強的陣勢，竟轉眼間就讓敵人衝了進來，攻了我們一個措手不及。哼，原來他調動北斗大陣去阻攔你來著。」說著鬚眉戟張，甚爲惱怒，當即呼叫兩名弟子上來，詢問何以誤認郭靖爲敵。

兩名弟子神色惶恐。那年紀較大的弟子說道：「守在山下的馮師弟、衛師弟傳上訊來，說這……這位郭大俠在普光寺中拍擊石碑，只道他定……定是敵人一路。」

郭靖這才恍然，想不到一切誤會全由此而起，說道：「那可怪不得衆位道兄。弟子在山下普光寺中，無意間在道長題詩的碑上拍了一掌，想是因此惹起衆道友的誤會。」丘處機道：「原來如此，事情可也眞湊巧。我們事先早已得知，今日來攻重陽宮的邪魔外道就是以拍擊石碑爲號。」郭靖道：「這些人到底是誰？竟敢這麼大膽？」

丘處機嘆了口氣，道：「此事說來話長，靖兒，我帶你去看件物事。」說著向馬鈺與王處一點點頭，轉身向山後走去。郭靖向楊過道：「過兒，你在這兒跟著各位祖師爺，可別走開。」跟在丘處機後面。只見他一路走向觀後山峯，腳步矯捷，不減少年。

二人來到山峯絕頂。丘處機走到一塊大石之後，說道：「這裏刻得有字。」

此時天色昏暗，大石背後更是漆黑一團。郭靖伸手石後，果覺石上有字，逐字摸去，原來是一首詩，詩云：

「子房志亡秦，曾進橋下履。佐漢開鴻舉，屹然天一柱。要伴赤松遊，功成拂衣去。異人與異書，造物不輕付。重陽起全眞，高視仍闊步。矯矯英雄姿，乘時或割據。妄跡復知非，收心活死墓。人傳入道初，二仙此相遇。於今終南下，殿閣凌煙霧。」

他一面摸，一面用手指在刻石中順著筆劃書寫，忽然驚覺，那些筆劃與手指全然吻合，就似是用手指在石上寫出來一般，不禁脫口而出：「用手指寫的？」

丘處機道：「此事說來駭人聽聞，但確是用手指寫的！」郭靖奇道：「難道世間眞有神仙？」丘處機道：「這首詩是兩個人寫的，兩位都是武林中了不起的人物。書寫前面那八句之人，身世更加奇特，文武全才，超逸絕倫，雖非神仙，卻也是百年難得一見的人傑。」郭靖大是仰慕，忙道：「這位前輩是誰？道長可否引見，得讓弟子拜會。」丘處機道：「我也從來沒見過此人。你坐下罷，我跟你說一說今日之事的因緣。」

郭靖依言在石上坐下，望著山腰裏的火光漸漸減弱，忽道：「只可惜此番蓉兒沒跟我同來，否則一起坐在這裏聽丘道長講述奇事，豈不是好？」

丘處機道：「這詩的意思你懂麼？」郭靖此時已是中年，但丘處機對他說話的口氣，仍與十多年前他少年時一般無異，郭靖也覺原該如此，答道：「前面八句說的大概是張良罷，這故事弟子曾聽蓉兒講過，倒也懂得，說他在橋下爲一位老者拾鞋，那人許他孺子可教，傳他一部異書。後來張良輔佐漢高祖開國，稱爲漢興三傑之一，終於功成身退，隱居而從赤松子遊。後面幾句說到重陽祖師的事蹟，弟子就不大懂了。」丘處機問道：「你知重陽祖師是甚麼人？」

郭靖一怔，答道：「重陽祖師是道長師父，全眞教的開山祖師，當年華山論劍，武功天下第一。」丘處機道：「那不錯，他少年時呢？」郭靖搖頭道：「我不知道。」丘處機道：「『矯矯英雄姿，乘時或割據』。我恩師不是生來就做道士的。他少年時先學文，再練武，是一位縱橫江湖的英雄好漢，只因憤恨金兵入侵，毀我田廬，殺我百姓，曾大舉義旗，與金兵對敵，佔城奪地，在中原建下了轟轟烈烈的一番事業，後來終以金兵勢盛，先師連戰連敗，將士傷亡殆盡，這才憤而出家。那時他自稱『活死人』，接連幾年，住在本山的一個古墓之中，不肯出墓門一步，意思是雖生猶死，不願與金賊共居於青天之下，所謂不共戴天，就是這個意思了。」郭靖道：「原來如此。」

丘處機道：「事隔多年，先師的故人好友、同袍舊部接連來訪，勸他出墓再幹一番事業。先師心灰意懶，又覺無面目以對江湖舊侶，始終不肯出墓。直到八年之後，先師一個生平勁敵在墓門外百般辱罵，連激他七日七夜，先師實在忍耐不住，出洞與之相鬥。豈知那人哈哈一笑，說道：『你既出來了，就不用回去啦！』先師恍然而悟，才知這人倒是出於好心，乃可惜他一副大好身手埋沒在墳墓之中，用計激他出墓。二人經此一場變故，化敵爲友，攜手同闖江湖。」

郭靖想到前輩的俠骨風範，不禁悠然神往，問道：「那一位前輩是誰？不是東邪、西毒、南帝、北丐四大宗師之一罷？」

丘處機道：「不是。論到武功，此人只有在四大宗師之上，只因她是女流，素不在外拋頭露面，是以外人知道的不多，名聲也沒沒無聞。」郭靖道：「啊，原來是女的。」丘處機嘆道：「這位前輩其實對先師甚有情意，欲待委身與先師結爲夫婦。當年二人不斷爭鬧相鬥，也是那人故意要和先師親近。只不過她心高氣傲，始終不願先行吐露情意。後來先師自然也明白了，但他於邦國之仇終究難以忘懷，常說：匈奴未滅，何以家爲？對那位前輩的深情厚意，裝癡喬獃，只作不知。那前輩只道先師瞧她不起，怨憤無已。兩人本已化敵爲友，後來卻又因愛成仇，約好在這終南山上比武決勝。」

郭靖道：「那又不必了。」丘處機道：「是啊！先師知她原是一番美意，自是一路忍讓。豈知那前輩性情乖僻，說道：『你越讓我，那就越瞧我不起。』先師逼於無奈，只得跟她動手。當時他二位前輩便在這裏比武，鬥了幾千招，先師不出重手，始終難分勝敗。那人怒道：『你並非存心和我相鬥，當我是甚麼人？』先師道：『武比難分勝負，不如文比。』那人道：『這也好。倘若我輸了，我終生不見你面，好讓你耳目清淨。』先師道：『但如你勝了，你要怎樣？』那人臉上一紅，無言可答，終於一咬牙，說道：『你那活死人墓就讓給我住。』

「那人這句話其實大有文章，意思說倘若勝了，要和先師在這墓中同居廝守。先師好生為難，自料武功稍高她一籌，實逼處此，只好勝了她，以免日後糾纏不清，於是問她怎生比法。她道：『今日大家都累了，明晚再決勝負。』

「次日黃昏，二人又在此處相會。那人道：『咱們比武之前，先得立下個規矩。』先師道：『又定甚麼規矩了？』那人道：『你如得勝，我當場自刎，以後自然不見你面。我如勝了，你要麼就把這活死人墓讓給我住，終生聽我吩咐，任何事不得相違；否則的話，就須得出家，任你做和尚也好，做道士也好。不論做和尚還是道士，須在這山上建立寺觀，陪我十年。』先師心中明白：『終生聽你吩咐，自是要我娶你為妻。否則便須做和尚道士，那是不得另行他娶。我又怎能忍心勝你，逼你自殺？不過在山上陪你十年，卻又難了。』當下好生躊躇。其實這位女流前輩才貌武功都是上上之選，她一片情深，先師也不是不動心，但不知如何，說到要結為夫婦，卻總沒這緣份。先師沉吟良久，打定了主意，知道此人說得出做得到，一輸之後必定自刎，於是決意捨己從人，不論比甚麼都輸給她便是，說道：『好，就是這樣。』

「那人道：『咱們文比的法子甚為容易。大家用手指在這塊石頭上刻幾個字，誰寫得好，那就勝了。』先師道：『用手指怎麼能刻？』那人道：『這就是比一比指上功夫，瞧誰刻得更深。』先師搖頭道：『我又不是神仙，怎能用手指在石上刻字？』那人道：『倘若我能，你就認輸？』先師本處進退兩難之境，心想世上決無此事，正好乘此下台，成個不勝不敗之局，這場比武就不了了之，當即說道：『你如有此能耐，我自然認輸。要是你也不能，咱倆不分高下，也不用再比了。』

「那人淒然一笑，道：『好啊，你做定道士啦。』說著左手在石上撫摸了一陣，沉吟良久，道：『我刻些甚麼字好？嗯，自來出家之人，第一位英雄豪傑是張子房。他反抗暴秦，不圖名利，是你的先輩。』於是伸出右手食指，在石上書寫起來。先師見她手指到處，石屑竟紛紛跌落，當眞是刻出一個個字來，自是驚訝無比。她在石上所寫的字，就是這一首詩的前半截八句。

「先師心下欽服，無話可說，當晚搬出活死人墓，讓她居住，第二日出家做了道士，在那活死人墓附近，蓋了座小小道觀，那就是重陽宮的前身了。」

郭靖驚訝不已，伸手指再去仔細撫摸，果然非鑿非刻，當眞是用手指所劃，說道：「這位前輩的指上功夫，也確駭人聽聞。」丘處機仰天打個哈哈，道：「靖兒，此事騙得先師，騙得我，更騙得你。但若你妻子當時在旁，決計瞞不過她的眼去。」郭靖睜大雙眼，道：「難道這中間有詐？」

丘處機道：「這何消說得？你想當世之間，論指力是誰第一？」郭靖道：「那自然是一燈大師的一陽指。」丘處機道：「是啊！憑一燈大師這般出神入化的指上功夫，就算是在木材之上，也未必能劃出字來，何況是在石上？更何況是旁人？先師出家做了黃冠，對此事苦思不解。後來令岳黃藥師前輩上終南來訪，先師知他極富智計，隱約說起此事，向他請教。黃島主想了良久，哈哈笑道：『這個我也會。只是這功夫目下我還未練成，一月之後再來奉訪。』說著大笑下山。過了一個月，黃島主又上山來，與先師同來觀看此石。上次那位前輩的詩句，題到『異人與異書，造物不輕付』為止，意思是要先師學張良一般，遁世出家。黃島主左手在石上撫摸良久，右手突然伸出，在石上寫起字來，他是從『重陽起全眞』起，寫到『殿閣凌煙霧』止，那都是恭維先師的話。

「先師見那岩石觸手深陷，就與上次一般無異，更加驚奇，心想：『黃藥師的武功明明遜我一籌，怎地也有這等厲害指力？』一時滿腹疑團，突然伸手指在岩上一刺，說也奇怪，那岩石竟給他刺了一個孔。就在這裏。」說著將郭靖的手牽到岩旁一處。

郭靖摸到一個小孔，用食指探入，果然與印模一般，全然吻合，心想：「難道這岩石特別鬆軟，與衆不同。」指上運勁，用力揑去，只揑得指尖隱隱生疼，岩石自是紋絲不動。

丘處機哈哈笑道：「諒你這傻孩子也想不通這中間的機關。那位女前輩右手手指書寫之前，左手先在石面撫摸良久，原來她左手掌心中藏著一大塊化石丹，將石面化得軟了，在一炷香的時刻之內，石面不致變硬。黃島主識破了其中巧妙，下山去採藥配製化石丹，這才回來依樣葫蘆。」

郭靖半晌不語，心想：「我岳父的才智，實不在那位女前輩之下，但不知他老人家到了何處。」心下好生掛念。

丘處機不知他的心事，接著道：「先師初爲道士，心中不忿，但道書讀得多了，終於大徹大悟，知道一切全是緣法，又參透了清淨虛無的妙詣，乃苦心潛修，光大我教。推本思源，若非那位女前輩那麼一激，世間固無全眞教，我丘某亦無今日，你郭靖更不知是在何處了。」郭靖點頭稱是，問道：「但不知這位女前輩名諱怎生稱呼，她可還在世上麼？」丘處機嘆道：「這位女前輩當年行俠江湖，行跡隱秘異常，極少有人見過她眞面目。除了先師之外，只怕世上無人知道她的眞實姓名，先師也從來不跟人說。這位前輩早在首次華山論劍之前就已去世，否則以她這般武功與性子，豈有不去參與之理？」

郭靖點頭道：「正是。不知她可有後人留下？」丘處機嘆了口氣道：「亂子就出在這裏。那位前輩生平不收弟子，就只一個隨身丫鬟相侍，兩人苦守在那墓中，竟也十餘年不出，那前輩的一身驚人武功都傳給了那個丫鬟。這丫鬟素不涉足江湖，武林中自然無人知聞，她卻收了兩個弟子。大弟子姓李，你想必知道，江湖上叫她甚麼赤練仙子李莫愁。」

郭靖「啊」了一聲，道：「這李莫愁好生歹毒，原來淵源於此。」丘處機道：「你見過她？」郭靖道：「數月之前，在江南曾碰上過。此人武功果然了得。」丘處機道：「你傷了她？」郭靖搖頭道：「沒有。其實也沒當眞會面，只見到她下手連殺數人，狠辣無比，較之當年的鐵屍梅超風尤有過之。」

丘處機道：「你沒傷她也好，否則麻煩多得緊。她的師妹姓龍……」郭靖一凜，道：「是那姓龍的女子？」丘處機臉色微變，道：「怎麼？你也見過她了？可出了甚麼事？」郭靖道：「弟子不曾見過她。只是此次上山，衆位師兄屢次罵我是妖人淫賊，又說我爲了要娶姓龍的女子而來，教我好生摸不著頭腦。」

丘處機哈哈大笑，隨即嘆了口氣，說道：「那也是重陽宮該遭此劫。若非陰錯陽差，生了這誤會，不但北斗大陣必能擋住那批邪魔，而你早得一時三刻上山，郝師弟也不致身受重傷。」他見郭靖滿面迷惘之色，說道：「今日是那姓龍的女子十八歲生辰。」郭靖順口接了一句：「嗯，是她十八歲生辰！」可是一個女子的十八歲生辰，爲甚麼能釀成這等大禍，仍半點也不明白。

丘處機道：「這姓龍的女子名字叫作甚麼，外人自然無從得知，那些邪魔外道都叫她小龍女，咱們也就這般稱呼她罷。十八年前的一天夜裏，重陽宮外突然有嬰兒啼哭之聲，宮中弟子出去察看，見包袱中裹著個女嬰，放在地下。重陽宮要收養這女嬰自極不方便，可是出家人慈悲爲本，卻也不能置之不理，任她死去。那時掌教師兄和我都不在山上，衆弟子正沒做理會處，一個中年女子突然從山後過來，說道：『這孩子可憐，待我收留了她罷！』衆弟子正求之不得，便將嬰兒交給了她。後來馬師兄與我回宮，他們說起此事，講到那中年女子的形貌打扮，我們才知是居於活死人墓中的那個丫鬟。她與我們全眞七子曾見過幾面，但從沒說過話。兩家相隔雖近，只因上輩這些糾葛，當眞是鷄犬相聞，卻老死不相往來。我們聽過算了，也就沒放在心上。

「後來她弟子赤練仙子李莫愁出山，此人心狠手辣，武藝甚高，在江湖上鬧了個天翻地覆。全眞教數次商議，要治她一治，終於礙著這位墓中道友的面子，不便出手。我們寫了一封信送到墓中，信中措辭十分客氣。可是那信送入之後，宛似石沉大海，始終不見答覆，而她對李莫愁仍縱容如故，全然不加管束。

「過得幾年，有一日墓外荆棘叢上挑出一條白布靈幡，我們料知是那位道友去世了，師兄弟六人到墓外致祭。剛行禮畢，荆棘叢中出來一個十三四歲的小女孩，向我們還禮，答謝弔祭，說道：『師父去世之時，命弟子告知各位道長，那人作惡橫行，師父自有制她之法，請各位不必操心。』說畢轉身回入。我們待欲詳詢，她已進了墓門。先師曾有遺訓，全眞派門下任何人不得踏進墓門一步。她既進去，只索罷了，不過大家心中奇怪，那位道友既死，還能有甚麼制治弟子之法？見那小女孩孤苦可憐，便送些糧食用品過去，但每次她總原封不動，命一名僕婦退了回來。看來此人性子乖僻，與她祖師、師父一模一樣。她既有僕婦照料，就不必旁人代爲操心了。後來我們四方有事，少在宮中，於這姑娘的訊息也就極少聽見。不知怎的，李莫愁忽在江湖上銷聲匿跡，不再生事。我們只道那位道友當眞遺有妙策，都感欽佩。

「去年春天，我與王師弟赴西北有事，在甘州一位大俠家中盤桓，竟聽到了一件驚人的消息。說道一年之後，四方各處的邪魔外道要羣集終南山，有所作爲。終南山是全眞教的根本之地，他們上山來自是對付我教，豈可不防？我和王師弟還怕訊息不確，派人四出打聽，此事果然不假。不過他們上終南山來卻不是衝著我教，而是對那活死人墓中的小龍女有所圖謀。」郭靖奇道：「她小小一個女孩子，又從不出外，怎能跟這些邪魔外道結仇生怨？」丘處機道：「到底內情如何，既跟我們並不相干，本來也就不必理會。但一旦這羣邪徒來到終南山上，我們終究無法置身事外，於是輾轉設法探聽，才知這件事是小龍女的師姊挑撥起來的。」郭靖道：「李莫愁？」

丘處機道：「是啊。原來她們師父教了李莫愁幾年功夫，瞧出她本性不善，就說她學藝已成，令她下山。李莫愁當師父在世之日，雖然作惡，總還有幾分顧忌，待師父一死，就借弔祭爲名，闖入活死人墓中，想將師妹逐出。她自知所學未曾盡得師祖、師父的絕藝，要到墓中查察有無武功秘笈之類遺物。那知墓中布置下許多巧妙機關，李莫愁費盡心機，才進了兩道墓門，在第三道門邊卻看到師父的一封遺書。她師父早料到她必定會來，這通遺書放在那裏等她已久，其中寫道：某年某月某日，是她師妹十八歲生辰，自那時起便是她們這一派的掌門。遺書中又囑她痛改前非，否則難獲善終。那便是向她點明，倘若她怙惡不悛，她師妹便當以掌門人身分清理門戶。

「李莫愁很生氣，再闖第三道門，卻中了她師父事先布置下的埋伏，若非小龍女給她救治，當場就得送命。她知厲害，只得退出，但如此罷手，那肯甘心？後來又闖了幾次，每次都吃了大虧。最後一次竟與師妹動手過招。那時小龍女不過十五六歲年紀，武功卻已遠勝師姊，如不是手下容讓，取她性命也非難事……」

郭靖插口道：「此事只怕江湖上傳聞失實。」丘處機道：「怎麼？」郭靖道：「我恩師柯大俠曾和李莫愁鬥過兩場，說起她的武功，實有獨到之處。連一燈大師的及門高弟武三通武大哥也敗在她手下。那小龍女若未滿二十歲，功夫再好，終難勝她。」

丘處機道：「那是王師弟聽丐幫中一位朋友說的，到底小龍女是不是當眞勝過了師姊，其時並無第三人在場，誰也不知，只江湖上有人這麼說罷了。這一來，李莫愁更加心懷不忿，知道師父偏心，將最上乘的功夫留了給師妹。於是她傳言出來，說道某年某月某日，活死人墓中的小龍女要比武招親……」郭靖聽到「比武招親」四字，立即想到楊康、穆念慈當年在中都之事，不禁輕輕「啊」了一聲。

丘處機知他心意，也嘆了口氣，道：「她揚言道：有誰勝得小龍女，不但小龍女委身相嫁，而墓中大量奇珍異寶、武功秘笈，也盡數相贈。那些邪魔外道本不知小龍女是何等樣人，但李莫愁四下宣揚，說她師妹的容貌遠勝於她。這赤練仙子據說甚爲美貌，容貌姿色莫說武林中少見，就是大家閨秀，只怕也少有人及。」

郭靖心中卻道：「那又何足爲奇？我那蓉兒自然勝她百倍。」

丘處機續道：「江湖上妖邪人物之中，對李莫愁著迷的人著實不少。只是她對誰都不加青眼，有誰稍爲無禮，立施毒手，現下聽說她另有個師妹，相貌更美，而且公然比武招親，誰不想來一試身手？」

郭靖恍然大悟，拍腿說道：「原來這些人是來求親的。怪不得宮中道兄們罵我是淫賊妖人。」丘處機哈哈大笑，又道：「我們又探聽到，衆妖邪對全眞教也非全無顧忌。他們大舉齊上終南山來，我們如干預此事，索性乘機便將全眞教挑了。我們得到訊息，決意跟衆妖邪周旋，當即傳出法帖，召集本教各代道侶，早十天聚在重陽宮中。只劉師哥和孫師妹在山西，不及趕回。我們一面操演北斗陣法，一面送信到墓中，請小龍女提防。那知此信送入，仍沒回音，小龍女竟全不理睬。」

郭靖道：「或許她已不在墓中了。」丘處機道：「不，在山頂遙望，每日都可見到炊煙在墓後昇起。你瞧，就在那邊。」說著伸手西指。郭靖順著他手指瞧去，但見山西鬱鬱蒼蒼，十餘里地盡是樹林，亦不知那活死人墓是在何處。想像一個十八歲少女，整年住在墓室之中，倘若換作了生性活潑好動的蓉兒，眞要悶死她了。

丘處機又道：「我們師兄弟連日布置禦敵。五日之前，各路哨探陸續趕回，查出衆妖邪之中最厲害的是兩個大魔頭。他們約定在山下普光寺中聚會，以手擊碑石爲號。你無意中在碑上拍了一下，又顯出功力驚人，我那些沒用的徒子徒孫便大驚小怪。那兩個大魔頭都是蒙古密教弟子，武功不弱，今年到中原幾下出手，震動武林。你在桃花島隱居，因而不知。那貴公子是蒙古的王子，據說還是大汗成吉思汗的近系子孫，旁人都叫他作霍都王子。你在大漠甚久，熟識蒙古王族，可想得到此人來歷麼？」

郭靖喃喃說了幾遍「霍都王子」，回思他的容貌舉止，卻想不起會是誰的子嗣，但覺此人容貌俊雅，傲狠之中又帶了不少狡詐之氣。成吉思汗共生四子，長子朮赤剽悍英武，次子察合台性子暴躁而實精明，三子窩闊台即當今蒙古皇帝，性格寬和，四子拖雷血性過人，相貌均與這霍都大不相同。

丘處機道：「說不定他自高身價，胡亂吹噓，也是有的。此人武功是密教一派，今年年初來到中原，出手就傷了河南三雄，後來又在甘涼道上獨力殺死蘭州七霸，名頭登時響遍了半邊天，我們可料不到他竟會攬上這門子事。另外那個蒙古僧人名叫達爾巴，天生神力，和霍都的武功全然一路，看來是霍都的師兄還是師叔。他是出家人，自不是要來娶那女子，多半是來幫霍都的。

「其餘的淫賊奸人見這兩人出頭，都絕了求親之念，然而當年李莫愁曾大肆宣揚，說古墓中珍寶多如山積，又有不少武功秘本，甚麼降龍十八掌的掌譜、一陽指的指法等等無不齊備。羣奸雖將信將疑，但想只要跟上山來，打開古墓，多少能分潤些好處，是以上終南山來的竟有百餘人之衆。本來我們的北斗陣定能將這些二流腳色盡數擋在山下，縱然不能生擒，也教他們不得走近重陽宮一步。也是我教合當遭劫，竟沒來由的生出誤會，那也不必說了。」

郭靖甚感歉仄，吶吶的要說幾句謝罪之言。丘處機將手一揮，笑道：「出門一笑無拘礙，雲在西湖月在天。宮殿館閣，盡是身外之物，身子軀殼尚不足惜，又理這些身外物作甚？你十餘年來勤修內功，難道這一點還勘不破麼？」郭靖也是一笑，應了聲：「是！」丘處機笑道：「其實我眼見重陽宮後院為烈火焚燒之時，也暴跳如雷，此刻才寧靜了下來，比之馬師哥當時便即心無罣礙，我的修為萬萬不及了。」郭靖道：「這些奸人如此沒來由的欺上門來，也難怪道長生氣。」

丘處機道：「北斗大陣全力與你周旋，兩個魔頭便領著一批奸人，乘隙攻到重陽宮前。他們一上來就放火燒觀，郝師弟出陣與那霍都王子動手。也是他過於輕敵，而霍都的武功又別具一格，怪異特甚，郝師弟出手時略現急躁，胸口中了他一掌。我們忙結陣相護。但少了郝師弟一人，補上來的弟子功力相差太遠，互相又不熟習，陣法威力便屬有限。你若不及時趕到，全眞教今日當眞一敗塗地。現下想來，就算守在山下的衆弟子不認錯敵人，那些三流妖人固無法上山，達爾巴與霍都二人卻終究阻擋不住。此二人聯手與北斗陣相鬥，我們輸是不會輸的，但決不能如你這般贏得乾淨爽快……」正說到這裏，忽聽西邊嗚嗚嗚一陣響亮，有人吹動號角。角聲蒼涼激越，郭靖聽在耳中，不由得心邁陰山，神馳大漠，想起了蒙古黃沙莽莽、平野無際的風光。

再聽一會，忽覺號角中隱隱有肅殺之意，似是向人挑戰。丘處機臉現怒色，罵道：「孽障，孽障！」眼望西邊樹林，說道：「靖兒，那奸人與你訂了十年之約，妄想這十年中肆意橫行，好教你不便干預。天下那有這等稱心如意之事？咱們過去！」郭靖道：「是那霍都王子？」丘處機道：「自然是他。他在向小龍女挑戰。」一邊說，一邊飛步下山。郭靖跟隨在後。

二人行出里許，聽那號角吹得更加緊了，角聲嗚嗚之中，還夾著一聲聲兵刃的錚錚撞擊，顯是那達爾巴也出手了。丘處機怒道：「兩個武學名家，合力來欺侮個年輕姑娘，當眞好不要臉。」說著足下加快。兩人片刻間已奔到山腰，轉過一排石壁。郭靖只見眼前是黑壓壓的一座大樹林，林外高高矮矮的站著百餘人，正是適才圍攻重陽宮那些妖邪。兩人隱身石壁之後，察看動靜。

只見霍都王子與達爾巴並肩而立。霍都舉角吹奏。達爾巴左手高舉一根金色巨杵，將戴在右手手腕上的一隻金鐲不住往杵上撞去，錚錚聲響，與號角聲相互應和，要引小龍女出來。兩人鬧了一陣，樹林中靜悄悄的始終沒半點聲響。

霍都放下號角，朗聲說道：「小王蒙古霍都，敬向小龍女恭賀芳辰。」一語甫畢，樹林中錚錚錚響了三下琴聲，似是小龍女鼓琴回答。霍都大喜，又道：「聞道龍姑娘揚言天下，今日比武招親，小王不才，特來求教，請龍姑娘不吝賜招。」猛聽得琴聲激亢，大有怒意。衆妖邪雖不懂音律，卻也知鼓琴者心意難平，出聲逐客。

霍都笑道：「小王家世淸貴，姿貌非陋，願得良配，諒也不致辱沒。姑娘乃當世俠女，不須靦覥。」此言甫畢，但聽琴韻更轉高昂，隱隱有斥責之意。

霍都向達爾巴望了一眼，那和尙點了點頭。霍都道：「姑娘既不肯就此現身，小王只好強請了。」說著收起號角，右手一揮，大踏步向林中走去。羣豪蜂擁而前，均想：「連大名鼎鼎的全眞教也阻擋不了我們，諒那小龍女孤身一個小小女子，濟得甚事？」但怕別人搶在頭裏，將墓中寶物先得了去，各人爭先恐後，擁入樹林。

丘處機高聲叫道：「這是全眞教祖師重陽眞人舊居之地，快退出來。」衆人聽得他叫聲，微微一怔，但腳下毫不停步。丘處機怒道：「靖兒，動手罷！」二人轉出石壁，正要搶入樹林，忽聽羣豪高聲叫嚷，飛奔出林。

丘郭二人一呆，但見數十人沒命價飛跑，接著霍都與達爾巴也急步奔出，狼狽之狀，比之適才退出重陽宮時不知過了幾倍。丘郭均感詫異：「小龍女不知用何妙法驅退羣邪？」這念頭只在心中一閃，便聽得嗡嗡響聲自遠而近，月光下但見白茫茫、灰濛濛一團物事從林中疾飛出來，撲向羣邪頭頂。郭靖奇道：「那是甚麼？」丘處機搖頭不答，凝目而視，只見江湖豪客中有幾個跑得稍慢，給那羣東西在頭頂一撲，登時倒地，抱頭狂呼。

郭靖驚道：「是一羣蜂子，怎麼白色的？」說話之間，那羣玉色蜂子又已螫倒了五六人。樹林前十餘人滾來滾去，呼聲慘厲，聽來驚心動魄。郭靖心想：「給蜂子刺了，就貟疼痛，也不須這般殺豬般的號叫，難道這玉蜂毒性異常麼？」只見灰影晃動，那羣玉蜂有如一股濃煙，向他與丘處機面前撲來。

眼見羣蜂來勢兇猛，難以抵擋，郭靖要待轉身逃走，丘處機氣湧丹田，張口向羣蜂一口噴出。蜂羣飛得正急，突覺一股強風颳到，勢道頓挫。丘處機一口氣噴完，第二口又即噴出。郭靖學到訣竅，當即跟著鼓氣力送，與丘處機所吹的一股風連成一起。二人使的都是玄門正宗的上乘功夫，蜂羣抵擋不住，當先的數百隻蜂子飛勢立偏，從二人身旁掠過，卻又追趕霍都、達爾巴等人去了。

這時在地下打滾的十餘人叫聲更加淒厲，呼爹喊娘，大聲叫苦。更有人叫道：「小人知錯啦，求小龍女仙姑救命！」郭靖暗暗駭異：「這些人都是江湖上的亡命之徒，縱然砍下他們一臂一腿，也未必會討饒叫痛。怎地小小蜂子的一螫，竟這般厲害？」

但聽得林中傳出錚錚琴聲，接著樹梢頭冒出一股淡淡白煙。丘郭二人只聞到一陣極甜的花香。過不多時，嗡嗡之聲自遠而近，那羣玉蜂聞到花香，飛回林中，原來是小龍女燒香召回。

丘處機與小龍女做了十八年鄰居，從不知她竟有此本事，既感佩服，又覺有趣，說道：「早知我們這位芳鄰如此神通廣大，全眞教大可不必多事。」他這兩句話雖對郭靖而言，但提氣送出，有意也要小龍女聽到。果然林中琴聲變緩，輕柔平和，顯是酬謝高義之意。丘處機哈哈大笑，朗聲叫道：「姑娘不必多禮。貧道丘處機率弟子郭靖，敬祝姑娘芳辰。」琴聲錚錚兩響，似相酬答，從此寂然。

郭靖聽那些人叫得可憐，道：「道長，這些人怎生救他們一救？」丘處機道：「龍姑娘自有處置，咱們走罷。」

二人轉身東回，路上郭靖又求丘處機收楊過入門。丘處機嘆道：「你楊鐵心叔父是豪傑之士，豈能無後？楊康落得如此下場，我也頗有不是之處。你放心好了，我必盡心竭力，教養這小孩兒成人。」郭靖大喜，就在山路上跪下拜謝。

二人談談說說，回到重陽宮前，天色已明。衆道士正在收拾後院燼餘，清理瓦石。丘處機召集衆道士，爲郭靖引見，指著那主持北斗大陣的長鬚道人，說道：「他是王師弟的大弟子，名叫趙志敬。第三代弟子之中，武功以他練得最純，就由他點撥過兒的功夫罷。」郭靖與此人交過手，知他武功確頗了得，心中甚喜，命楊過向趙志敬行了拜師之禮，自己又向趙志敬鄭重道謝。

他在終南山盤桓數日，對楊過諄諄告誡叮囑，又跟他詳細說明全眞派武功乃武學正宗，當年王重陽武功天下第一，各家各派的高手無一能敵。他自己所以能勝諸道，實因衆道士未練到絕頂，卻非全眞派武功不濟。可是楊過認定郭靖夫婦不願教他本領，推卸責任，便胡亂交給旁人傳藝，兼之親眼見到羣道折劍倒地的種種狼狽情狀，郭靖雖解釋再三，他口頭唯唯答應，心中決不肯信。郭靖安頓好了楊過，與衆人別過，回桃花島而去。

丘處機回想當年傳授楊康武功，卻任由他在王府中養尊處優，終於鑄成大錯，心想：「自來嚴師出高弟，棒頭出孝子。這次對過兒須得嚴加管教，方不致重蹈他父覆轍。」當下將楊過叫來，疾言厲色的訓誨一頓，囑他刻苦耐勞，事事聽師父教訓，不可有絲毫怠忽。

楊過留在終南山上，本已老大不願，此時沒來由的受了一場責罵，恚憤難言，當時忍著眼淚答應了，待得丘處機走開，不禁放聲大哭。忽然背後一人冷冷的道：「怎麼？祖師爺說錯了你麼？」

楊過一驚，止哭回頭，只見背後站著的正是師父趙志敬，忙垂手道：「不是。」趙志敬道：「那你爲甚麼哭泣？」楊過道：「弟子想起郭伯伯，心中難過。」趙志敬明明聽得丘師伯厲聲教訓，他卻推說爲了思念郭靖，甚爲不悅，心想：「這孩子小小年紀就已如此狡猾，若不重重責打，大了如何能改？」沉著臉喝道：「你膽敢對師父說謊？」

楊過眼見全眞教羣道給郭靖打得落花流水，又見丘處機等給霍都一班妖邪逼得手忙腳亂，全賴郭靖救援，認定這些道士本領全都稀鬆平常。他對丘處機尚且毫不佩服，更何況對趙志敬？他見師父臉色難看，心道：「我拜你爲師，原本迫不得已，就算我武功練得跟你一模一樣，又有屁用？還不是大膿包一個？你兇霸霸的幹麼？」轉過了頭不答。

趙志敬大怒，嗓門提得更加高了：「我問你話，你膽敢不答？」楊過道：「師父要我答甚麼？」趙志敬聽他出言挺撞，怒氣再也按捺不住，反手揮去，啪的一聲，登時將他打得臉頰紅腫。楊過哇的一聲，哭了出來，發足便奔。趙志敬追上去一把抓住，問道：「你到那裏去？」楊過道：「快放手，我不跟你學武功啦！」

趙志敬更怒，喝道：「小雜種，你說甚麼？」楊過此時橫了心，罵道：「臭道士，狗道士，你打死我罷！」其時於師徒之份看得最重，武林之中，師徒就如父子一般，師父就要處死弟子，爲徒的往往也不敢反抗。楊過居然膽敢辱罵師尊，實是罕見罕聞的大逆不道之事。趙志敬氣得臉色焦黃，舉掌又劈臉打了下去。楊過突然間縱身躍起，抱住他手臂，張口咬住他右手食指，出力咬緊，牙齒深入肉裏。

楊過自得歐陽鋒授以內功秘訣，時加修習，已有了些根柢。趙志敬盛怒之下，又瞧他小小孩童，絲毫未加提防，給他緊抱狠咬，竟掙之不脫，十指連心，手指受痛，最爲難忍。趙志敬左手在他肩頭重重一拳，喝道：「你作死麼？快放開！」楊過此時心中狂怒，縱然刀槍齊施，他也決意不放，但覺肩頭劇痛，牙齒更加使勁，喀的一響，直咬抵骨。趙志敬大叫：「哎唷！」左拳狠狠在他天靈蓋上一錘，將他打得昏去，這才揑住他下顎，將右手食指抽出。滿手鮮血淋漓，指骨已斷，雖能續骨接指，但此後這根手指的力道必較往日爲遜，武功不免受損，氣惱之餘，在楊過身上又踢了幾腳。

他撕下楊過衣袖，包了手指創口，四下一瞧，幸好無人在旁，此事若爲旁人知曉，江湖上傳揚出去，說全眞敎趙志敬給小徒兒咬斷指骨，當眞顏面無存，當下取過一盆冷水，將楊過潑醒。

楊過一醒轉，發瘋般縱上又打。趙志敬一把扭住他胸口，喝道：「畜生，你當眞不想活了？」楊過罵道：「狗賊，臭道士，長鬍子山羊，給我郭伯伯打得爬在地下吃屎討饒的沒用傢伙，你才是畜生！」

趙志敬右手出掌，又打了他一掌。此時他有了提防，楊過要待還手，那裏還能近身？瞬息之間，給他連踢了幾個觔斗。趙志敬若要傷他，原也輕而易舉，但想他究是自己徒弟，如下手重了，師父、師伯問起來如何對答？但楊過瞎纏猛打，勢如拚命，倒似跟他有不共戴天之仇一般，雖身上連中拳腳，疼痛不堪，竟絲毫不見退縮。

趙志敬對楊過拳打足踢，心中卻好生後悔，眼見他雖全身受傷，卻越鬥越勇，最後迫於無奈，左手伸指在他脅下一點，封閉了他穴道。楊過躺在地下動彈不得，眼中滿含怒色。趙志敬道：「你這逆徒，服不服了？」楊過雙眼瞪視，毫無屈服之意。趙志敬坐在一塊大石上，呼呼喘氣。他若與高手比武過招，打這一時三刻絕不致呼吸急喘，現下手腳自然不累，只心中惱得厲害，難以寧定。

一師一徒怒目相對，趙志敬竟想不出善策來處置這頑劣孩兒，正煩惱間，忽聽鐘聲鏜鏜響起，卻是掌教召集全教弟子。趙志敬吃了一驚，對楊過道：「你若不再忤逆，我就放了你。」伸手解開了他穴道。

那知楊過猛地躍起，縱身撲上。趙志敬退開兩步，怒道：「我不打你，你還要怎地？」楊過道：「你以後還打我不打？」趙志敬聽得鐘聲甚急，不敢躭誤，只得道：

「你如乖乖地，我打你作甚？」楊過道：「那也好。師父，你不打我，我就叫你師父。你只要再打我一下，我永不認你。」趙志敬氣得只有苦笑，點了點頭，道：「掌教召集門人，快跟我去罷。」他見楊過衣衫扯爛，面目青腫，怕旁人查問，給他略略整理，拉了他手，奔到宮前聚集。

趙志敬與楊過到達時，衆道已分班站立。馬鈺、丘處機、王處一三人向外而坐。馬鈺雙手擊了三下，朗聲說道：「長生眞人與清淨散人從山西傳來訊息，說道該處之事極爲棘手。本座和兩位師弟會商決定，長春眞人和玉陽眞人帶同十名弟子，即日前去應援。」衆道人面面相覷，有的駭異，有的憤激。丘處機叫出十名弟子的姓名，說道：「各人即行收拾，明天一早隨玉陽眞人和我前去山西。餘人都散了。」

衆道散班，這才悄悄議論，說道：「那李莫愁不過是個女子，怎地這生了得。連長生子劉師叔也制她不住？」有的道：「清淨散人孫師叔難道不是女子？可見女子之中也儘有能人，卻小覷不得。」有的道：「丘師伯與王師伯一去，那李莫愁自當束手就縛。」

丘處機走到趙志敬身邊，向他道：「你師父本要帶你同去，但怕躭誤了過兒功夫，這一趟你就不用去了。」一眼瞥見楊過滿臉傷痕，不覺一怔，道：「怎麼？跟誰打架了？」趙志敬大急，心想丘師伯得知實情，必然嚴責，忙向楊過連使眼色。楊過心中早有主意，見到趙志敬惶急之情，只作不知，支支吾吾的卻不回答。丘處機怒道：「是誰將你打得這個樣子？到底是誰不好？快說。」趙志敬聽丘師伯語氣嚴厲，更加害怕。

楊過說：「不是打架，是弟子摔了一交，掉下了山坑。」丘處機不信，怒道：「你說謊，好好的怎會摔一交？你臉上這些傷也不是摔的。」楊過道：「適才師祖爺教訓弟子要乖乖學藝……」丘處機道：「是啊，那怎麼了？」楊過道：「師祖爺走開之後，弟子想師祖爺教訓得是，弟子今後要力求上進，才不負了師祖爺的期望。」他這幾句花言巧語，丘處機聽得臉色漸和，嗯了一聲。楊過接著道：「那知突然來了一條瘋狗，不問情由的撲上來便咬，弟子踢牠趕牠，那瘋狗卻越來越兇。弟子只得轉身逃走，一不小心，摔入了山坑。幸好我師父趕來，救我起來。」

丘處機將信將疑，眼望趙志敬，意思詢問這話眞假。趙志敬大怒，心道：「好哇，你這臭小子膽敢罵我瘋狗？」但形格勢禁，不得不爲他圓謊，只得點頭道：「是弟子救他起來的。」

丘處機這才信了，道：「我去之後，你好好傳他本門玄功，每隔十天，由掌教師伯覆查一次，指點竅要。」趙志敬心中老大不願，但師伯之言那敢違抗，只得躬身答應。楊過此時只想著逼得師父自認瘋狗的樂趣，丘師祖之言全未聽在耳裏。待丘處機走開了十幾步，趙志敬怒火上衝，忍不住伸手又要往楊過頭頂擊去。楊過大叫：「丘師祖！」丘處機愕然回頭，問道：「甚麼？」趙志敬的手伸在半空，不敢落下，情勢甚爲尷尬，勉強回臂用手指去搔鬢邊頭髮。楊過奔向丘處機，叫道：「師祖爺，你去之後，沒人看顧我，這裏好多師伯師叔都要打我。」丘處機臉一板，喝道：「胡說！那有這等事？」他外表嚴厲，內心卻甚慈祥，想起孤兒可憐，朗聲道：「志敬，你好好照料這個孩兒，若有差失，我回來唯你是問。」趙志敬只得又答應了。

當日晚飯過後，楊過慢吞吞的走到師父所住的靜室之中，垂手叫了聲：「師父！」此刻是傳授武功之時，趙志敬盤膝坐在榻上早已盤算多時，心想：「這孩子這等頑劣，此時已如此桀驁倔強，日後武功高了，還有誰更能制得住他？但丘師伯與師父命我傳他功夫，不傳可又不成。」左思右想，好生委決不下，見他慢慢進來，眼光閃動，一副似笑非笑的模樣，更老大生氣，忽然靈機一動：「有了，他於本門功夫一竅不通，我只傳他玄功口訣，修練之法卻半點不教。他記誦得幾百句歌訣又有何用？師父與師伯們問起，我儘可推諉，說他自己不肯用功。」

心中計算已定，和顏悅色的道：「過兒，你過來。」楊過道：「你打不打我？」趙志敬道：「我傳你功夫，打你作甚？」楊過見他如此神情，倒大出意料之外，慢慢走近，嚴加戒備，怕他有甚詭計。趙志敬瞧在眼裏，只作不知，說道：「我全眞派功夫，乃是從內練出外，與外家功夫自外向內者不同。現下我傳你本門心法，你要牢牢記住了。」於是將全眞派的入門內功口訣，說了一遍。

楊過只聽了一遍，就已記在心裏，尋思：「這長鬍子老山羊惱我恨我，豈肯當眞傳授功夫？他多半教我些沒用的假口訣作弄人。」過了一會，假裝忘卻，又向趙志敬請教。趙志敬照舊說了。次日，楊過再問師父，聽他說的與昨日一般無異，這才相信非假，料得他如胡亂揑造，連說三次，不能字字相同。

如此過了十日，趙志敬便只授他口訣，如何修練的實在法門卻一字不說。到第十天上，趙志敬帶他去見馬鈺，說已授了本門心法，命楊過背給掌教師祖聽。楊過自頭至尾背了一遍，一字不錯。馬鈺甚喜，連讚孩子聰明。他是敦厚謙沖的有道之士，君子可欺以方，那想得到趙志敬另有詭計。

夏盡秋至，秋去冬來，轉瞬過了數月，楊過記了一肚皮口訣，實在功夫卻絲毫沒學到，若論武藝內功，與他上山之時實無半點差別。楊過於記誦口訣之初，過不了幾天，即知師父是在作弄自己，但他既不肯相授，卻也無法可想，眼見掌教師祖慈和，如向他訴說，他也不過責備趙志敬幾句，只怕這長鬍子山羊會另使毒計來折磨自己，只有待丘師祖回來再說。但數月間丘師祖始終不歸。好在楊過對全眞派武功本來挺瞧不起，學不學也不在乎，心中只想：「這些膿包功夫，學會了也只有個屁用，老子越不學，功夫越加強些！」但趙志敬如此相欺，心中懷恨愈烈，不肯吃眼前虧，臉上可越加恭順。

趙志敬暗自得意，心道：「你忤逆師父，到頭來瞧是誰吃虧？」

轉眼到了臘月，全眞派中自王重陽傳下來的門規，每年除夕前三日，門下弟子大較武功，考查這一年來各人的進境。衆弟子見較武之期漸近，日夜勤練不息。

這一天臘月望日，全眞七子的門人分頭較藝，稱爲小較。各弟子分成七處，馬鈺的徒子徒孫成一處，丘處機、王處一等的徒子徒孫又各成一處。譚處端雖然已死，他的徒子徒孫仍然極盛。馬鈺、丘處機等憐念他早死，對他的門人加意指點，是以每年大較，長眞子譚氏門人倒也不輸於其餘六子的弟子。這一年重陽宮遇災，全眞派險遭顚覆之禍，全派上下都想到全眞教雖號稱天下武學正宗，實則武林中各門各派好手輩出，這名號岌岌可危，因此人人勤練苦修，比往日更著意了幾分。

全眞教由王重陽首創，乃創教祖師。馬鈺等七子是他親傳弟子，爲第二代。趙志敬、尹志平、程瑤迦等爲七子門徒，屬第三代。楊過等一輩則是第四代了。這日午後，玉陽子門下趙志敬、崔志方等人齊集東南角曠地之上，較武論藝。王處一不在山上，由大弟子趙志敬主持小較。第四代弟子或演拳腳，或使刀槍，或發暗器，或顯內功，由趙志敬等講評一番，以定甲乙。

楊過入門最遲，位居末座，眼見不少年紀與自己相若的小道士或俗家少年武藝精熟，各有專長，並無羨慕之心，卻生懷恨之意。趙志敬見他神色間忿忿不平，有意要使他出醜，待兩名小道士比過器械，大聲叫道：「楊過出來！」

楊過一呆，心道：「你又沒傳我半點武藝，叫我出來幹麼？」趙志敬又叫道：「楊過，你聽見沒有？快出來！」楊過只得走到座前，打了一躬，道：「弟子楊過，參見師父。」全眞門人大都是道人，但也有少數如楊過這般俗家子弟，行的是俗家之禮。

趙志敬指著場中適才比武得勝的小道士，說道：「他也大不了你幾歲，你去跟他比試罷。」楊過道：「弟子又不會絲毫武藝，怎能和師兄比試？」趙志敬怒道：「我傳了你大半年功夫，怎說不會絲毫武藝？這大半年中你幹甚麼來著？」楊過無話可答，低頭不語。趙志敬道：「你懶惰貪玩，不肯用功，拳腳自然生疏。我問你：『修眞活計有何憑？心死羣情念不生。』下兩句是甚麼？」楊過道：「精氣充盈功行具，靈光照耀滿神京。」趙志敬道：「不錯，我再問你：『秘語師傳悟本初，來時無欠去無餘。』下兩句是甚麼？」楊過答道：「歷年塵垢揩磨盡，遍體靈明耀太虛。」趙志敬微笑道：「很好，一點兒也不錯。你就用這幾句法門，下場和師兄過招罷。」楊過又是一怔，道：「弟子不會。」趙志敬心中得意，臉上卻現大怒之色，喝道：「你學了功訣，卻不練功，不斷推三阻四，快快下場去罷。」

這幾句歌訣雖是修習內功的要旨，教人收心息念，練精養氣，但每一句均有幾招拳腳與之相配，合起來便是一套簡明的全眞派入門拳法。衆道士親耳聽到楊過背誦口訣，絲毫無誤，只道他臨試怯場，好心的出言鼓勵，幸災樂禍的便嘲諷訕笑。全眞弟子大都是良善之士，只因郭靖上終南山時一場大戰，將羣道打得一敗塗地，得罪的人多了，頗有不少在郭靖手下吃了苦頭之人遷怒於楊過，盼他多受挫折，雖未必就是惡意，但要出一口胸中骯髒之氣，也是人之常情。

楊過見衆人催促，有些人更冷言冷語的連聲譏刺，不由得怒氣轉盛，把心一橫，暗道：「今日把命拚了就是。」便即縱躍入場，雙臂舞動，直上直下的往那小道士猛擊過去。那小道士見他一下場既不行禮，亦不按門規謙遜求教，已自詫異，待見他發瘋般亂打，更加吃驚，不由得連連倒退。楊過早把生死置之度外，猛衝上去著著進逼。那小道士退了幾步，見他下盤虛浮，斜身出足，一招「風掃落葉」，往他腿上掃去。楊過不知閃避之法，立足不住，撲地倒了，跌得鼻血長流。

羣道見他跌得狼狽，有的笑了起來。楊過翻身爬起，也不抹拭鼻血，低頭向小道士猛撲。小道士見他來得猛惡，側身讓過。楊過出招全然不依法度，雙手一摟，已抱住對方左腿。小道士右掌斜飛，擊他肩頭，這招「揩磨塵垢」原是拆解自己下盤被襲的正法，但楊過在桃花島既未學到武藝，在重陽宮又未得傳授實用功夫，於對方甚麼來招全不知曉，只聽蓬的一聲，肩頭熱辣辣的一陣疼痛，已給重重擊中了一拳。他愈敗愈狠，一頭撞正對方右腿，小道士立足不定，已給他壓倒在地。楊過掄起拳頭，狠命往他頭上打去。

小道士敗中求勝，手肘猛地往他胸口撞去，乘他疼痛，已借勢躍起，反手一推一甩，重重將楊過摔了一交，使的正是一招「無欠無餘」。他打個稽首道：「楊師弟承讓！」同門較藝，本來一分勝敗就須住手，那知楊過勢若瘋虎，又疾衝過來。兩三招之間，又給摔倒，但他越戰越勇，拳腳也越出越快。

趙志敬叫道：「楊過，你早輸了，還比甚麼？」楊過那裏理會，橫踢豎打，竟沒半分退縮。羣道初時都覺好笑，均想：「我全眞門中那有這般蠻打的笨功夫？」但後來見他情急拚命，只怕鬧出禍來，紛紛叫道：「算啦，算啦。師兄弟切磋武藝，不必認眞。」

再鬥一陣，那小道士已大有怯意，只閃避擋躲，不敢再容他近身。常言道：一人拚命，萬夫莫當。楊過在終南山上受了大半年怨氣，此時禁不住盡情發洩出來。小道士的武功雖遠勝於他，卻那有這等旺盛鬥志？眼見抵敵不住，只得在場中繞圈奔逃。楊過在後疾追，罵道：「臭道士，你打得我好，打過了想逃麼？」

此時旁觀的十人中倒有九個是道士，聽他這麼臭道士、賊道士的亂罵，不由得又是好氣，又覺好笑，人人都道：「這小子非好好管敎不可。」那小道士給趕得急了，驚叫：「師父，師父！」盼趙志敬出言喝止。趙志敬連聲怒喝，楊過卻毫不理睬。

正沒做理會處，人羣中一聲怒吼，竄出一名胖大道人，縱上前去，一把抓住楊過的後領，提將起來，啪啪啪三記耳光，下的竟是重手，打得他半邊面頰登時腫了起來。楊過險些給這三下打暈了，定睛看時，原來是與自己有仇的鹿清篤。楊過首日上山，鹿清篤給他使詐險些燒死，此後受盡師兄弟的訕笑，說他本事還不及一個小小孩兒。他一直懷恨在心，此時見楊過又再胡鬧，忍不住便出來動手。

楊過本就打豁了心，眼見是他，更知無倖，但後心讓他抓住了，動彈不得。鹿清篤一陣獰笑，又是啪啪啪三記耳光，叫道：「你不聽師父言語，就是本門叛徒，誰都打得。」說著舉手又要打落。

趙志敬的師弟崔志方見楊過出手之際竟似不會半點本門功夫，又知趙志敬心地狹隘，只怕其中另有別情，眼見鹿清篤落手兇狠，恐他打傷了人，當即喝道：「清篤，住手！」鹿清篤聽師叔叫喝，雖然不願，只得放下楊過，道：「師叔你有所不知，這小子狡猾無賴之極，不重重教訓，我教中還有甚麼規矩？」

崔志方不去理他，走到楊過面前，見他兩邊面頰腫得高高的，又青又紫，鼻底口邊都是鮮血，神情可憐，溫言道：「楊過，師父教了你武藝，怎不用功修習，卻與師兄們撒潑亂打？」楊過恨恨的道：「甚麼師父？他沒教我半點武功。」崔志方道：「我明明聽到你背誦口訣，一點也沒錯。」

楊過想起黃蓉在桃花島上教他背誦四書五經，只道趙志敬所教的也是與武功無關的經書，道：「我又不想考試中狀元，背這些勞什子何用？」崔志方假意發怒，要試他是否當真不會半點本門功夫，當下板起臉道：「對尊長說話，怎麼這等無禮？」倏地伸手，在他肩頭一推。

崔志方是全真門下第三代的高手之一，武功雖不及本門好手趙志敬，卻也內外兼修，功力頗深。這一推輕重疾徐恰到好處，觸手之下，但覺楊過肩頭微側，內力自生，竟把他推力卸開了一小半，雖踉踉蹌蹌的退後幾步，竟不跌倒。崔志方一驚，心頭疑雲大起，尋思：「他小小年紀，入我門不過半年，怎能有此功力？他既具此內力，適才比武就絕不該如此亂打，難道當真有詐麼？」他那知楊過修習歐陽鋒所傳內功，不知不覺間已頗有進境。白駝山一派內功上手甚易，進展極速，不比全真派內功在求根基紮實。在初練的十年之中，白駝山的弟子功力必高出甚多，直到十年之後，全真派弟子才慢慢趕將上來。兩派內功本來大不相同，但崔志方隨手那麼一推，自難分辨其間的差別。

楊過給他一推，胸口氣都喘不過來，只道他也出手毆打自己。他此時天不怕，地不怕，縱然丘處機親來，也要上前動手，那裏會忌憚甚麼崔志方、崔志圓？當下低頭直衝，向他小腹撞去。崔志方怎能與小孩兒一般見識，微微一笑，閃身讓開，一心要瞧瞧他的眞實功夫，說道：「清篤，你與楊師弟過過招，下手有分寸些，別太重了！」

鹿清篤巴不得有這句話，立時晃身擋在楊過前面，左掌虛拍，楊過向右一躲，鹿清篤右掌打出，這一掌「虎門手」勁力不小，砰的一響，正中楊過胸口。若非楊過已習得白駝山內功，非當場口噴鮮血不可，饒是如此，胸前也已疼痛不堪，臉如白紙。鹿清篤見一掌打他不倒，也暗自詫異，右拳又擊他面門。楊過伸臂招架，苦在他不明拳理，竟不會最尋常的拆解之法。鹿清篤右拳斜引，左拳疾出，砰的一響，又打中他小腹。楊過痛得彎下了腰。鹿清篤竟下手不容情，右掌掌緣猛斬而下，正中項頸。他滿擬這一斬對準要害，要他立時暈倒，以報昔日之仇，那知楊過身子晃了幾下，死命挺住，仍不跌倒，然頭腦昏眩，已全無還手之力。

崔志方此時已知他確然不會武功，叫道：「清篤，住手！」鹿清篤向楊過道：「臭小子，你服了我麼？」楊過罵道：「賊道士，終有一日要殺了你！」鹿清篤大怒，兩拳連擊，都打在他鼻樑上。

楊過給毆擊得昏天黑地，搖搖晃晃的就要跌倒，不知怎地，忽然間一股熱氣從丹田中直衝上來，眼見鹿清篤第三拳又向面門擊至，閃無可閃，避無可避，自然而然的雙腿一彎，口中閣的一聲叫喝，手掌推出，正中鹿清篤小腹。但見他一個胖大身軀突然平平飛出，騰的一響，塵土飛揚，跌在丈許之外，直挺挺的躺在地下，再也不動。

旁觀眾道見鹿清篤以大欺小，毒打楊過，均有不平之意，長一輩的除趙志敬外都在出聲喝止，那知奇變陡生，鹿清篤竟讓楊過掌力摔出，就此僵臥不動，人人都大爲訝異，一起擁過去察看。

楊過於這蛤蟆功的內功原本不會使用，只在危急拚命之際，自然而然的迸發，第一次在桃花島上擊暈了武修文，相隔數月，間中自習，內力又已大了不少，而他心中對鹿清篤的憎恨，更非對武氏兄弟之可比，勁由心生，竟將他打得直飛出去。只聽得衆道士亂叫：「啊喲，不好，死了！」「沒氣啦，準是震碎了內臟！」「快稟報掌教祖師。」楊過心知已闖下了大禍，昏亂中不及細想，撒腿便奔。

羣道都在查探鹿清篤死活，楊過悄悄溜走，竟沒人留心。趙志敬見鹿清篤雙眼上翻，不明生死，又駭又怒，大叫：「楊過，你學的是甚麼妖法？」他武功雖強，但平日長在重陽宮留守，見聞不廣，竟不識得蛤蟆功手法。他叫了幾聲，不聞楊過答應。衆道士回過身來，已不見他蹤影。趙志敬立傳號令，命衆人分頭追拿，料想這小小孩童在這片刻之間又能逃到何處？

楊過慌不擇路，發足亂闖，只揀樹多林密處鑽去，奔了一陣，只聽得背後喊聲大振，四下裏都有人在大叫：「楊過，楊過，快出來。」他心中更慌，七高八低的亂走，忽覺前面人影一晃，一名道士已見到了他，搶著過來。楊過急忙轉身，西邊又有一名道士，大叫：「在這裏啦，在這裏啦。」楊過一矮身，從一叢灌木下鑽了過去。那道士身軀高大，鑽不過去，待得繞過樹叢來尋，楊過已逃得不知去向。

楊過鑽過灌木叢，向前疾衝，奔了一陣，耳聽得羣道呼聲漸遠，但始終不敢停步，避開道路，在草叢亂石中狂跑，到後來全身酸軟，委實再也奔不動了，只得坐在石上喘氣。坐了一會，心中只道：「快逃，快逃。」可是雙腿如千斤之重，說甚麼也站不起來。忽聽身後有人嘿嘿冷笑，楊過大吃一驚，回過頭來，嚇得一顆心幾乎要從口腔中跳出，見身後一個道人橫眉怒目，長鬚垂胸，正是趙志敬。

二人相對怒視半晌，片刻之間，都一動也不動。楊過突然大叫一聲，轉身便逃。趙志敬搶上前去，伸手抓他後心。楊過向前急撲，幸好差了數寸，沒給抓住，當即拾起一塊石子，用力向後擲出。趙志敬側身避過，足下加快，二人相距更加近了。楊過狂奔十幾步，突見前面似是一道深溝，已無去路，也不知下面是深谷還是山溪，更不思索，便即踴身躍下。

趙志敬走到峭壁邊緣向下張望，見楊過沿著青草斜坡，直滾進了樹叢之中。立足處離下面斜坡少說也有六七丈，他可不敢就此躍下，快步繞道來到青草坡上，順著楊過在草地上壓平的路，尋進樹叢，卻不見他蹤跡，越行樹林越密，到後來竟已遮得不見日光。他走出十數丈，猛地省起，這是重陽祖師昔年所居活死人墓的所在，本派向有嚴規，任誰不得入內一步，可是若容楊過就此躲過，卻心有不甘，當下高聲叫道：「楊過，楊過，快出來。」

叫了幾聲，林中一片寂靜，更無半點聲息，他大著膽子，又向前走了幾步，朦朧中見地下立著塊石碑，低頭看時，見碑上刻著四個大字：「外人止步。」趙志敬躊躇半晌，提高嗓子又叫：「楊過你這小賊，再不出來，抓住你活活打死。」叫聲甫畢，忽聞林中起了一陣嗡嗡異聲，接著灰影晃動，一羣白色蜂子從樹葉間飛出，撲了過來。

趙志敬大驚，揮動袍袖要將蜂子驅開，他內力深厚，袖上的勁道原自不小，但揮了數揮，蜂羣突分爲二，一羣正面撲來，另一羣卻從後攻至。趙志敬更加心驚，不敢怠慢，雙袖飛舞，護住全身。羣蜂散了開來，上下左右、四面八方的撲擊。趙志敬不敢再行抵禦，揮袖掩住頭臉，轉身急奔出林。

那羣玉蜂嗡嗡追來，飛得雖不甚速，卻死纏不退。趙志敬逃向東，玉蜂追向東，他逃向西，玉蜂追向西。他衣袖舞得稍微緩慢，兩隻蜂子猛地從空隙中飛了進去，在他右頰上各螫了一針。片刻之間，趙志敬只感痲癢難當，似乎五臟六腑也在發癢，心想：「今日我命休矣！」到後來立足不定，倒在林邊草坡上滾來滾去，大聲呼叫。蜂羣在他身畔盤旋飛舞，有的更乘隙刺了他兩下，便回入林中。

楊過睡在石床上寒冷難當，全身發抖。只見小龍女取出一根繩索，在室東的一根鐵釘上繫住，拉繩橫過室中，將繩子的另一端繫在西壁的一根釘上。她輕輕縱起，橫臥繩上。

第五回　活死人墓

楊過摔下山坡，滾入樹林長草叢中，便即昏暈，也不知過了多少時候，忽覺身上刺痛，睜開眼來，只見無數白色蜂子在身周飛舞來去，耳中聽到的盡是嗡嗡之聲，跟著全身奇癢入骨，眼前白茫茫一片，不知是眞是幻，又暈了過去。

又過良久，忽覺口中有一股冰涼清香的甜漿，緩緩灌入咽喉，他昏昏沉沉的吞入肚內，但覺說不出的受用，微微睜眼，猛見到面前兩尺外是一張生滿雞皮疙瘩的醜臉，正瞪眼瞧著自己。楊過一驚之下，險些又要暈去。那醜臉人伸出左手揑住他下顎，右手拿著一隻杯子，把甜漿灌入他嘴裏。

楊過覺得身上奇癢劇痛已減，又發覺自己睡在一張床上，知那醜臉人救治了自己，微微一笑，意示相謝。那醜臉人也是一笑，餵罷甜漿，將杯子放在桌上。楊過見她的笑容更十分醜陋，但奇醜之中卻含仁慈溫柔之意，登時感到一陣溫暖，求道：「婆婆，別讓師父來捉我去。」

那醜臉老婦柔聲問道：「好孩子，你師父是誰？」楊過已好久沒聽到這般溫和關切的聲音，胸間一熱，不禁放聲大哭。那老婦左手握住他手，也不出言勸慰，只臉含微笑，側頭望著他，目光中充滿愛憐之色，右手輕拍他背心；待他哭了一陣，才道：「好些了嗎？」楊過聽那老婦語音慈和，忍不住又哭。那老婦拿手帕給他拭淚，安慰道：「乖孩子，別哭，別哭，過一會兒就不痛啦。」她越勸慰，楊過越哭得傷心。

忽聽帷幕外一個嬌柔的聲音說道：「孫婆婆，這孩子哭個不停，幹甚麼啊？」楊過抬起頭來，只見一隻白玉般的纖手掀開帷幕，一個少女走了進來。那少女披著一襲薄薄的白色布衣，猶似身在煙中霧裏，看來約莫十六七歲年紀，除一頭黑髮之外，全身雪白，面容秀美絕俗，只肌膚間少了血色，顯得蒼白異常。楊過臉上一紅，立時收聲止哭，低垂了頭甚感羞愧，但隨即以眼角偷看那少女，見她也正望著自己，忙又低下頭來。

孫婆婆笑道：「我沒法子啦，還是你來勸勸他罷。」那少女走近床邊，看他頭上給玉蜂螫刺的傷勢，又見他滿頭滿臉都給人打得腫脹受傷，伸手摸了摸他額角，瞧他是否發燒。楊過的額頭與她掌心一碰到，但覺她手掌寒冷異常，不由得機伶伶打個冷戰。那少女道：「沒甚麼。你已喝了玉蜂漿，半天就好。你闖進林子來幹甚麼？」

楊過抬起頭來，與她目光相對，只覺這少女清麗秀雅，莫可逼視，神色間卻冰冷淡漠，當眞潔若冰雪，卻也是冷若冰雪，實不知她是喜是怒，是愁是樂，竟不自禁的感到恐怖：「這姑娘是水晶做的，還是個雪人兒？到底是人是鬼，還是菩薩仙女？」雖聽她語音嬌柔婉轉，但語氣中似乎也沒絲毫暖意，一時呆住了竟不敢回答。

孫婆婆笑道：「這位龍姊姊是這裏的主人，她問你甚麼，你都回答好啦！」

這秀美的白衣少女便是活死人墓主人小龍女。其時她已過十八歲生辰，只因長居墓中，不見日光，所修習內功又是克制心意的一路，是以比之尋常同年少女似是小了幾歲。孫婆婆是服侍她師父的女僕，自她師父逝世，兩人在墓中相依爲命。這日聽到玉蜂的聲音，知有人闖進墓地外林，孫婆婆出去查察，見楊過中蜂毒暈倒，將他救回。本來依照她們門中規矩，任何外人都不能入墓半步，男子進來更犯大忌。但楊過年幼，又見他遍體傷痕，孫婆婆心下不忍，破例相救。

楊過從石榻上翻身坐起，躍下地來，向孫婆婆和小龍女都磕了個頭，說道：「弟子楊過，拜見婆婆，拜見龍姑姑。」

孫婆婆眉花眼笑，連忙扶起，說道：「啊，你叫楊過，不用多禮。」她在墓中住了幾十年，從不與外人來往，此時見楊過人品俊秀，舉止有禮，心中說不出的喜愛。小龍女卻只點了點頭，在床邊一張石椅上坐了。孫婆婆道：「你怎麼會到這裏來？怎生受了傷？那一個歹人將你打成這個樣子的啊？」她口中問著，卻不等他答覆，出去拿了好些點心糕餅，不斷讓他吃。

楊過吃了幾口糕點，於是把自己的身世遭遇從頭至尾說了。他口齒伶俐，說來本已娓娓動聽，加之新遭折辱，言語中更心情激動。孫婆婆不住嘆息，時時插入一句二句評語，竟語語迴護著他，一會兒說黃蓉偏袒女兒，行事不公，不照顧一個外來孤兒；一會兒斥責趙志敬心胸狹隘，欺侮孩子。小龍女卻不動聲色，悠悠閒閒的坐著，只在聽楊過說到李莫愁之時，與孫婆婆對望了數眼。孫婆婆聽楊過說罷，伸臂將他摟在懷裏，連說：「我這苦命孩子。」

小龍女緩緩站起，道：「他的傷不礙事，婆婆，你送他出去罷！」

孫婆婆和楊過都是一怔。楊過大聲嚷道：「我不回去，我死也不回去。」孫婆婆道：「姑娘，這孩子回到重陽宮中，他師父定要難為他。」小龍女道：「你送他回去，跟他師父說說，教他別難為孩子。」孫婆婆道：「唉，旁人教門中的事，咱們也管不著。」小龍女道：「你送一瓶玉蜂蜜漿去，再跟他說，那老道不能不依。」她說話斯文，但語氣中自有股威嚴，教人難以違抗。孫婆婆嘆了口氣，知她自來執拗，多說也是無用，望著楊過，目光中甚有憐惜之意。

楊過霍地站起，向二人作了一揖，道：「多謝婆婆和姑姑醫傷，我走啦！」孫婆婆道：「你到那裏去？」楊過呆了片刻，道：「天下這麼大，那裏都好去。」但他心中實不知該到何處才是，臉上不自禁露出淒然之色。

孫婆婆道：「孩子，非是我們姑娘不肯留你過宿，實因此處向有嚴規，不容外人入來，你別難過。」楊過昂然道：「婆婆說那裏話來？多謝婆婆和姑姑，咱們後會有期了，楊過永遠不忘兩位的好意照顧。」他滿口學的是大人口吻，但聲音稚嫩，孫婆婆聽來既覺可笑又覺可憐，見他眼中淚珠瑩然，卻強忍著不讓淚水掉將下來，對小龍女道：「姑娘，這深更半夜的，就讓他明兒一早再去罷。」小龍女微微搖頭，道：「婆婆，你難道忘了師父說的規矩？」孫婆婆嘆了口氣，站起身來，低聲向楊過道：「來，孩子，我給你一件物事玩兒。」楊過伸手背在眼上一抹，低頭向門外奔了出去，叫道：「我不要。我死也不回臭道士那裏去。」

孫婆婆搖了搖頭，道：「你不認得路，我帶你出去。」上前攜了他手。一出室門，楊過眼前便漆黑一團，由孫婆婆拉著手行走，只覺轉了一個彎又是一個彎，不知孫婆婆在黑暗之中如何認得這曲曲折折的路徑。

原來這活死人墓雖號稱墳墓，其實是一座極爲寬敞宏大的地下倉庫。當年王重陽起事抗金之前，動用數千人力，歷時數年方始建成，在其中暗藏器甲糧草，作爲山陝一帶的根本，外形築成墳墓之狀，以瞞過金人耳目；又恐金兵終於來攻，墓中更布下無數巧妙機關，以抗外敵。義兵失敗後，他便在此隱居。是以墓內房舍衆多，通道繁複，外人入內，即令四處燈燭輝煌，亦易迷路，更不用說沒絲毫星火之光了。

兩人出了墓門，走到林中，忽聽得外面有人朗聲叫道：「全眞門下弟子甄志丙，奉師命拜見龍姑娘。」聲音遠隔，顯是從禁地之外傳來。甄志丙是丘處機的二弟子，武功了得，爲人頗有才幹，在全眞教中甚受重視。

孫婆婆道：「外面有人找你來啦，且別出去。」楊過又驚又怒，身子劇顫，說道：「婆婆，你不用管我。一身作事一身當，我既失手打死了人，讓他們殺我抵命便了。」說著大踏步走出。孫婆婆道：「我陪你去。」

孫婆婆牽著楊過之手，穿過叢林，來到林前空地。月光下只見六七名道人一排站著，另有四名火工道人，抬著身受重傷的趙志敬與鹿清篤。羣道見到楊過，輕聲低語，不約而同的走上了幾步。楊過掙脫孫婆婆的手，走上前去，大聲道：「我在這裏，要殺要剮，全憑你們就是。不必去煩擾人家！」

羣道不料他小小一個孩兒竟這般性子剛硬，都出乎意料之外。一個道人搶將上來，伸手抓住楊過後領拖了過去。楊過冷笑道：「我又不逃，你急甚麼？」那道人是趙志敬的大弟子，見師父爲楊過而身受玉蜂之螫，痛得死去活來，也不知性命是否能保。他向來對師父十分尊敬，心想做徒弟的居然對師父如此忤逆，無法無天之至，聽楊過出言衝撞，順手在他頭上就是一拳。

孫婆婆本欲與羣道好言相說，見楊過給人強行拖去，已大爲不忍，突見他遭到毆打，心頭怒火那裏還按捺得下？大踏步上前，衣袖一抖，拂在那道人手上。那人只覺手腕上熱辣辣的一陣劇痛，不由得鬆手，待要喝問，孫婆婆已將楊過抱起，轉身而行。

莫看她只是個龍鍾衰弱的老婦，這下出手奪人卻迅捷已極，羣道只一呆間，她已帶了楊過走出丈許之外。三名道人怒喝：「放下人來！」同時搶上。孫婆婆停步回頭，冷笑道：「你們要怎地？」

甄志丙知活死人墓人士與師門淵源極深，不敢輕易得罪，先行喝止各人：「大家散開，不得在前輩面前無禮。」這才上前躬身爲禮，道：「弟子甄志丙拜見前輩。」孫婆婆道：「幹甚麼？」甄志丙道：「這孩子是我全眞教的弟子，請前輩賜還。」孫婆婆雙眉一豎，厲聲道：「你們當我之面，已將他這般毒打，待得拉回道觀之中，更不知要如何折磨他。要我放回，萬萬不能！」甄志丙忍氣道：「這孩子頑劣無比，欺師滅祖，大壞門規。武林中人講究敬重師長，儆教責罰於他，想來也是該的。」孫婆婆怒道：「甚麼欺師滅祖，全是一面之詞。」指著躺在擔架中的鹿淸篤道：「孩子跟這胖道士比武，是你們全眞教自己定下的規矩。他本來不肯比，給你們硬逼著下場。旣然動手，自然有輸有贏，這胖道人自己不中用，又怪得誰了？」她相貌本來醜陋，這時心中動怒，紫脹了臉皮，更加怕人。

說話之間，陸陸續續又來了十多名道士，都站在甄志丙身後，竊竊私議，不知這大聲呼喝的醜老婆子是誰。

甄志丙心想，打傷鹿清篤之事原也怪不得楊過，但在外人面前可不能自墮威風，說道：「此事是非曲直，我們自當稟明掌教師祖，由他老人家秉公發落。請前輩將孩子交下罷。」孫婆婆冷笑道：「你們的掌教又秉甚麼公了？全眞教自王重陽以下，從來就沒一個好人。若非如此，咱們住得這般近，幹麼始終不相往來？」甄志丙心想：「這是你們不跟我們往來，又怎怪得了全眞教？你話中連我們創教眞人也罵了，太也無禮。」但不願由此而啓口舌之爭，致傷兩家和氣，只說：「請前輩成全，敝教如有得罪之處，當奉掌教吩咐，登門謝罪。」

楊過攬著孫婆婆的頭頸，在她耳邊低聲道：「婆婆你別上他當。」

孫婆婆十八年來將小龍女撫養長大，內心深處常盼再能撫養一個男孩，見楊過跟自己親熱，極是高興，心意已決：「說甚麼也不能讓他們將孩子搶去。」高聲叫道：「你定要帶孩子去，到底要怎生折磨他？」甄志丙一怔，說道：「弟子與這孩子的亡父有同門之誼，決不能難為亡友孤兒，老前輩大可放心。」孫婆婆搖了搖頭，說道：「老婆子素來不聽外人囉唆，少陪啦。」說著拔步走向樹林。

趙志敬躺在擔架上，玉蜂螫傷處痲癢難當，心中卻極明白，聽得甄志丙與孫婆婆鬥口良久不決，愈聽愈怒，突然挺身從擔架中躍出，縱到孫婆婆跟前，喝道：「這是我的弟子，愛打愛罵，全憑於我。不許師父管弟子，武林中可有這等規矩？」

孫婆婆見他面頰腫得猶似豬頭一般，聽了他說話，知是楊過的師父，一時之間倒無言語相答，只得強詞奪理：「我偏不許你管教，那便怎麼？」趙志敬喝道：「這孩子是你甚麼人？你憑甚麼來橫加插手？」孫婆婆一怔，大聲道：「他早不是你全眞教的門人啦。這孩子已改拜我家小龍女姑娘爲師，他好與不好，天下只小龍女姑娘一人管得。你們乘早別來多管閒事。」

此言出口，羣道登時大譁。武林中向來規矩，如未得本師允可，決不能另拜別人爲師，縱然另遇的明師本領較本師高出十倍，亦不能見異思遷，任意飛往高枝，否則即屬重大叛逆，爲武林同道所不齒。昔年郭靖拜江南七怪爲師後，再跟洪七公學藝，始終不稱「師父」，直至後來柯鎭惡等正式允可，方與洪七公定師徒名分。此時孫婆婆讓趙志敬搶白得無言可對，她又從不與武林人士交往，那知這些規矩，信口開河，卻不知犯了大忌。全眞諸道本來多數憐惜楊過，頗覺趙志敬處事不公，但聽楊過膽敢公然反出師門，那是全眞教創教以來從所未有之事，無不大爲惱怒。

趙志敬傷處忽爾劇痛，忽爾奇癢，本已難以忍耐，只覺不如一死了之，反而爽快，咬牙問楊過道：「楊過，此事當眞？」

楊過原本不知天高地厚，見孫婆婆爲了護著自己與趙志敬爭吵，她就算說自己犯下了千件萬件十惡不赦大罪，也都一口應承，何況只不過改投師門，那正是他心中意願，又別說是拜小龍女爲師，便說他拜一隻臭豬、一隻瘋狗爲師，他也毫不遲疑的認了，大聲叫道：「臭道士，賊頭狗腦的山羊鬍子牛鼻子，既不教我半點武功，又這般打我，怎麼還配做我師父？不錯，我已拜了孫婆婆爲師，又拜了龍姑姑爲師啦。」

趙志敬氣得胸口幾欲炸裂，飛身而起，雙手往他肩頭抓去。孫婆婆罵道：「你作死麼？」右臂格出，碰向趙志敬手腕。趙志敬是全眞教第三代弟子中的高手，若論武功造詣，與丘處機的愛徒尹志平、甄志丙等各有所長，雖身受重傷，出勢仍極猛烈。二人手臂一交，各自倒退兩步。孫婆婆呸了一聲，道：「好雜毛，倒非無能之輩。」趙志敬一抓不中，二抓又出。這次孫婆婆已不敢小覷於他，側身避過，裙裏腿無影無蹤的忽地飛出。趙志敬聽到風聲，待要躲避，玉蜂所螫之處突然奇癢難當，不禁「噯喲」一聲大叫，抱頭蹲低，就在他大叫聲中，孫婆婆已一腳踢在他脅下。趙志敬身子飛起，在半空中還是癢得「噯喲、噯喲」的大叫。

甄志丙搶上兩步，伸臂接住趙志敬，交給身後弟子。他見這醜婆子武功招數奇異，武功與己相若的趙志敬一招間便即落敗，料知自己也難勝得，一聲呼哨，六名道人從兩側圍上，布成天罡北斗之陣，將孫婆婆與楊過包在中間。甄志丙叫聲：「得罪！」左右位當天樞、搖光的兩名道人攻了上來。孫婆婆不識陣法，只還了幾招，立知厲害，她又只能一手應敵，拆到十二三招時已凶險百出，每一下攻招都給甄志丙推動陣法化解開去，而北斗陣的攻勢卻連綿不斷。再拆十餘招，孫婆婆右掌給兩名道士纏住了，左側又有兩名道士攻上，只得放下楊過，出左手相迎，只聽得北斗陣中一聲唿哨，兩名道士搶上來擒拿楊過。

孫婆婆暗暗心驚：「這批臭道士可眞的有點本事，老婆子對付不了。」一面出裙裏腿逐開兩人，口中嗡嗡嗡的低吟起來。這吟聲初時極爲輕微，衆道並不在意，但她吟聲後一聲與前一聲相疊，重重疊疊，竟越來越響。

甄志丙與孫婆婆一起手相鬥，即全神戒備。他知當年住在這墓中的前輩，武功可與本教創教祖師並駕爭先，她後人自然也非等閒之輩，聽到嗡嗡之聲，料想是一門傳音攝心之術，忙屏息寧神，以防爲敵所制；聽了一陣，她吟聲不斷加響，自己心旌卻毫無動搖之象，正自奇怪，驀地裏想起一事，不禁大驚。正欲傳令羣道退開，但聽得遠處的嗡嗡之聲，已與孫婆婆口中的吟聲混成一片，甄志丙大叫：「大夥兒快退！」羣道一呆，心想：「我們已佔上風，不久便可生擒這一老一小，老婆子亂叫亂嚷又怕她何來？」突然樹林中灰影閃動，飛出一羣玉蜂，往衆人頭頂撲來。羣道見過趙志敬所吃的苦頭，個個嚇得魂不附體，掉頭就逃。蜂羣急飛追趕。

眼見羣道人人難逃蜂螫之厄，孫婆婆哈哈大笑。忽見林中搶出一個老道，手中高舉兩個火把，火頭中有濃煙昇起，揮向蜂羣。羣蜂爲黑煙一薰，陣勢大亂，慌不迭的遠遠飛走。孫婆婆一驚，看那老道時，只見他白髮白眉，臉孔極長，看模樣是全眞敎中高手，喝問：「喂，你這老道是誰？幹麼驅趕我蜂兒。」

那老道笑道：「貧道郝大通，拜見婆婆。」

孫婆婆雖向不與武林中人交往，但與重陽宮近在咫尺，也知廣寧子郝大通是王重陽座下的七大弟子之一，心想趙志敬、甄志丙這樣的小道士能爲已自不低，這老道自然更加難纏，鼻中聞到火把上的濃煙，臭得便想嘔吐，料想這火把是以專薰毒蟲的藥草所紮，眼下既無玉蜂可恃，只得乘早收篷，厲聲喝道：「你薰壞了我家姑娘的蜂子，怎生賠法，回頭跟你算帳。」抱起楊過，縱身入林。

甄志丙問道：「郝師叔，追是不追？」郝大通搖頭道：「創敎祖師定下嚴規，不得入林，且回觀從長計議。」

孫婆婆攜著楊過的手又回入墓。二人共經這番患難，更親密了一層。楊過擔心小龍女仍不肯收留，孫婆婆道：「你放心，我定要說得她收你爲止。」命他在一間石室中休息，自行去向小龍女關說。

楊過等了良久，始終不見她回來，越來越焦心，尋思：「龍姑姑多半不肯收留，就算孫婆婆強了她答允，我勉強在此也是無味。」想了片刻，心念已決，悄悄向外走去。

剛走出室門，孫婆婆匆匆走來，問道：「你去那裏？」楊過道：「婆婆，我去啦，等我年紀大些，再來望你。」孫婆婆道：「不，我送你到一處地方，教別人不能欺你。」楊過聽了這話，知道小龍女果然不肯收留，心中一酸，低頭道：「那也不用了。我是個頑皮孩子，不論到那裏，人家都不要我。婆婆你別多費心。」孫婆婆與小龍女爭了半天，見她執意不肯，也自惱了，又見楊過可憐，胸口熱血上湧，叫道：「孩子，別人不要你，婆婆偏喜歡你。你跟我走，不管去那裏，婆婆總跟你一起。」

楊過大喜，伸手拉著她手，二人一齊走出墓門。孫婆婆氣憤之下，也不轉頭去取衣物，伸手在懷中一摸，碰到個瓶子，記起是要給趙志敬療毒的蜂漿，心想這臭道士固然可惡，卻罪不至死，他不服這蜂漿，不免後患無窮，帶著楊過，往重陽宮而去。

楊過見她奔近重陽宮，嚇了一跳，低聲道：「婆婆，你又去幹甚麼？」孫婆婆道：「給你的臭師父送藥。」幾個起落，已奔近道觀。她躍上牆頭，正要往院子中縱落，黑暗中忽然鐘聲鏜鏜急響，遠遠近近都是唿哨之聲，在一片寂靜中猛地衆聲齊作。

全眞教是武林中一等一的大宗派，平時防範布置已異常嚴密，這日接連出事，更四面八方都有守護，見有人闖入宮來，立時示警傳訊，宮中衆弟子當即分批迎敵。更有一羣羣道人遠遠散了出去，既圍來攻之敵，又阻敵人後援。

孫婆婆暗罵：「老婆子又不是來打架，擺這些臭架子嚇誰了？」高聲叫道：「趙志敬，快出來，我有話跟你說。」大殿上一名中年道人應聲而出，說道：「夤夜闖入敝觀，有何見教？」孫婆婆道：「這是治他蜂毒的藥，拿了去罷！」說著將一瓶玉蜂漿拋了過去。那道人伸手接住，將信將疑，尋思：「她幹麼這等好心，反來送藥。」朗聲道：「那是甚麼藥？」孫婆婆道：「不必多問，你給他盡數喝將下去，自見功效。」那道士道：「我怎知你是好心還是歹意，又怎知是解藥還是毒藥。趙師兄已給你害得這麼慘，怎麼忽然又生出菩薩心腸來啦？」

孫婆婆聽他出言不遜，竟把自己的一番好意說成是下毒害人，怒氣再也不可抑制，將楊過往地下一放，急躍而前，夾手將玉蜂漿搶過，拔去瓶塞，對楊過道：「張開嘴來！」楊過不明她用意，但依言張大了口。孫婆婆側過瓷瓶，將一瓶玉蜂漿都倒在他嘴裏，說道：「好，免得讓他們疑心是毒藥。過兒，咱們走罷！」說著攜了楊過之手，走向牆邊。

那道士名叫張志光，是郝大通的第二弟子，這時暗自後悔不該無端相疑，看來她送來的倒眞是解藥，趙志敬如無藥救治，只怕難以挨過，急步搶上，雙手攔開，笑道：

「老前輩，何必這麼大的火性？我隨口說句笑話，你又當眞了。大家多年鄰居，總該有點兒見面之情，哈哈，旣是解藥，就請見賜。」

孫婆婆冷笑道：「解藥就只一瓶，要多是沒有的了。趙志敬的傷，你自己想法兒給他治罷！」張志光道：「我不信解藥就只一瓶，小道這就跟著你去取罷。」說著擠眉弄眼，嘻嘻一笑。孫婆婆討厭他油嘴滑舌，舉止輕佻，反手一個耳括子，喝道：「你不敬前輩，這就教訓教訓你。」這一掌出手奇快，張志光不及閃避，啪的一聲，正中臉頰，清脆爽辣。

門邊兩名道士臉上變色，齊聲說道：「就算你是前輩，也豈容你到重陽宮撒野？」一出左掌，一出右掌，從兩側分進合擊。孫婆婆領略過全眞教北斗陣功夫，知道極不好惹，此時身入重地，那能跟他們戀戰？晃身從雙掌夾縫中竄過，抱起楊過就往牆頭躍去。

她眼見牆頭無人，剛要在牆上落足，突然牆外一人縱身躍起，喝道：「下去罷！」雙掌迎面推來。孫婆婆人在半空，沒法借勁，只得右手還了一招，單掌與雙掌相交，各自退後，分別落在牆壁兩邊。六七名道士連聲呼嘯，將她擠在牆角。

這六七人都是全眞教第三代好手，特地挑將出來防守道宮大殿。刹時之間，此上彼退，此退彼上，六七人已波浪般攻了數次。孫婆婆給逼在牆角之中，欲待攜楊過衝出，那幾名道人所組成的人牆卻硬生生將她擋住了，數次衝擊，都給逼了回來。

又拆十餘招，主守大殿的張志光知敵人已無能為力，當即傳令點亮蠟燭。十餘根巨燭在大殿四周燃起，照得孫婆婆面容慘淡，一張醜臉陰森怕人。張志光叫道：「守陣止招。」七名與孫婆婆對掌的道人同時向後躍開，雙掌當胸，各守方位。孫婆婆喘了口氣，冷笑道：「全眞教威震天下，果然名不虛傳。幾十個年輕力壯的雜毛合力欺侮一個老太婆、一個小孩子。嘿嘿，厲害啊厲害！」

張志光臉上一紅，說道：「我們只是捉拿闖進重陽宮來的刺客。管你是老太婆也好，男子漢也好，長著身子進來，便得矮著身子出去。」孫婆婆冷笑道：「甚麼叫做矮著身子出去？叫老太婆爬出山門，是也不是！」張志光適才臉上讓她一掌打得疼痛異常，那肯輕易罷休，說道：「若要放你，那也不難，只須依我們三件事。第一，你放蜂子害了趙師兄，須得留下解藥。第二，這孩子是全眞教的弟子，不得掌教眞人允可，怎能任意反出師門？你將他留下了。第三，你擅自闖進重陽宮，須得在重陽祖師之前磕頭謝罪。」

孫婆婆哈哈大笑，道：「我早跟咱家姑娘說，全眞教的道士們全沒出息，老太婆的話幾時說錯了？來來來，我跟你磕頭賠罪。」說著福將下去，就要跪倒。

這一著倒大出張志光意料之外，一怔之間，孫婆婆已彎身低頭，忽地寒光閃動，一枚暗器直飛過來。張志光叫聲「啊唷」，忙側身避開，那暗器來得好快，啪的一下，已打中了他左眼角，暗器粉碎，張志光額上全是鮮血。原來孫婆婆順手從懷中摸出那裝過玉蜂漿的空瓷瓶，冷不防的以獨門暗器手法擲出。她這一派武功係女流所創，招數手法處處出以陰柔，變幻多端，這一招「前踞後恭」更是人所莫測，雖是個空瓷瓶，但在近處驀地擲出，張志光出其不意，卻也沒能躲開。

羣道見張志光滿臉是血，齊聲驚怒呼喝，紛紛拔出兵刃，一時庭院中劍光耀眼。孫婆婆負隅而立，微微冷笑，心知今日難有了局，但她性情剛硬，老而彌辣，那肯屈服，轉頭問楊過道：「孩子，你怕麼？」楊過見到這些長劍，心中早在暗想：「倘若郭伯伯在此，臭道士再多我也不怕。若憑孫婆婆的本事，我們卻闖不出去。」聽孫婆婆相問，朗聲答道：「婆婆，讓他們殺了我便是。此事跟你無關，你快出去罷。」

孫婆婆聽這孩子如此硬氣，又為自己著想，更是愛憐，高聲道：「婆婆跟你一起死在這裏，好讓臭道士們遂了心意。」突然之間大喝一聲：「著！」急撲而前，雙臂伸出，抓住了兩名道士的手腕，一拗一奪，已搶過兩柄長劍。這空手入白刃的功夫怪異之極，似是蠻搶，卻又巧妙非凡。兩道全沒防備，眼睛一眨，手中兵器已失。

孫婆婆將一柄長劍交給楊過，道：「孩子，你敢不敢跟臭道士們動手？」楊過道：「我自然不怕。就可惜沒旁人在此。」孫婆婆道：「甚麼旁人？」楊過大聲道：「全眞教威名蓋世，這等欺侮孤兒老婦的英雄之事，若沒旁人宣揚出去，豈不可惜？」他聽了孫婆婆適才與張志光鬥口，已會意到其中關鍵。他說得清脆響亮，卻帶著明顯的童音。

羣道聽了這幾句話，倒有一大半自覺羞愧，心想合衆人之力而與一個老婦一個幼童相鬥，確然勝之不武。有人低聲道：「我去稟告掌教師伯，聽他示下。」此時馬鈺獨自在山後十餘里的一所小舍中清修，教中諸務都已交付於郝大通處理。說這話的是譚處端的弟子，覺得事情鬧大了，涉及全眞教清譽，非由掌教親自主持不可。

張志光臉上爲碎瓷片割傷了十多處，鮮血蒙住了左眼，驚怒之中不及細辨，還道左眼已爲暗器擊瞎，心想掌教師伯性子慈和，必定吩咐放人，自己這隻眼睛算是白瞎了，當即大聲叫道：「先拿下這惡婆娘，再去請掌教師伯發落。各位師弟齊上，把人拿下了再說。」

天罡北斗陣漸漸縮小，眼見孫婆婆只有束手被縛的份兒，那知待七道攻到距她三步之處，她長劍揮舞，竟守得緊密異常，再也進不了一步。這陣法若由張志光主持，原可變陣進攻，但他怕對方暗器中有毒，如出手相鬥，血行加劇，毒性發作得更快，是以瞇著左眼，只在一旁喝令指揮。他既不下場，陣法威力大爲減弱。

羣道久鬥不下，漸感焦躁，孫婆婆突然一聲呼喝，拋下手中長劍，搶上三步，從羣道劍光中鑽身出去，抓住一名少年道人的胸口，將他提起，叫道：「你們到底讓不讓路？」羣道一怔之間，忽地身後一人搶出，伸手在孫婆婆腕上一搭。孫婆婆尚未看清此人面容，只覺腕上酸麻，抓著的少年道人已給他夾手搶過，緊接著勁風撲面，那人揮掌當面擊來。孫婆婆急忙回掌擋格。雙掌相交，啪的一響，孫婆婆退後一步。

此人也微微一退，但只退了尺許，跟著第二掌毫不停留的拍出。孫婆婆還了一招，雙掌撞擊，她又退後一步。那人踏上半步，第三掌跟著擊出。這三掌一掌快似一掌，逼得孫婆婆連退三步，竟沒餘暇去看敵人面目，到第四掌上，孫婆婆背靠牆壁，已退無可退。那人右掌擊出，與孫婆婆手心相抵，朗聲道：「婆婆，解藥和孩子留下了罷！」

孫婆婆抬起頭來，見那人白鬚白眉，滿臉紫氣，正是先前以毒煙驅趕玉蜂的郝大通，適才交了三掌，已知他內力深厚，遠在自己之上，倘若他掌力發足，定然抵擋不住，但她性子剛硬，寧死不屈，喝道：「要留孩子，須得先殺了老太婆。」郝大通知她與先師淵源極深，不願相傷，掌上留勁不發，說道：「你我數十年鄰居，何必為一個小孩兒傷了和氣？」孫婆婆冷笑道：「我是好意來送藥，你問問自己弟子，此言可假？」

郝大通轉頭欲待詢問，孫婆婆忽地飛出一腿，往他下盤踢去。

這一腿來得無影無蹤，身不動，裙不揚，郝大通待得發覺，對方足尖已踢到小腹，縱然退後，也已不及，危急之下不及多想，掌上使足了勁力，「嘿」的一聲，將孫婆婆推了出去。這一推中含著他修為數十年的全真派上乘玄功內力，喀喇一響，牆上一大片灰泥帶著磚瓦落將下來。孫婆婆噴出一大口鮮血，緩緩坐倒，委頓在地。

楊過大驚，伏在她身上，叫道：「你們要殺人，殺我好了。誰也不許傷了婆婆。」孫婆婆睜開眼來，微微一笑，說道：「孩子，咱倆死在一塊罷。」楊過張開雙手，護住了她，背脊向著郝大通等人，將自己安危全然置之度外。

郝大通這一掌下了重手，眼見打傷了對方，早已好生後悔，要察看孫婆婆傷勢，想給她服藥治傷，但給楊過遮住了，沒法瞧見，溫言道：「楊過，你讓開，待我瞧瞧婆婆。」楊過那肯信他，雙手緊緊抱住了孫婆婆。郝大通說了幾遍，見楊過不理，焦躁起來，伸手去拉他手臂。楊過高聲大嚷：「臭道士，你們殺我好了，我不讓你害我婆婆。」

正鬧得不可開交，忽聽身後冷冷的一個聲音說道：「欺侮幼兒老婦，算得甚麼英雄好漢？」郝大通聽那聲音清冷寒峻，心頭一震，回過頭來，只見一個極美的少女站在大殿門口，白衣如雪，目光中寒意逼人。重陽宮鐘聲一起，十餘里內外羣道密布，重重疊疊的守得嚴密異常，然而這少女陡然進來，事先竟沒一人示警，不知她如何竟能悄沒聲的闖進道院。郝大通問道：「姑娘是誰？有何見教？」

那少女瞪了他一眼，並不答話，走到孫婆婆身邊。楊過抬起頭來，淒然道：「龍姑姑，這惡道士……把……把婆婆打死啦！」這白衣少女正是小龍女。孫婆婆帶著楊過離墓、進觀、出手，她都跟在後面看得清清楚楚，料想郝大通不致狠下殺手，是以始終沒露面，那知形格勢禁，孫婆婆終於受了重傷，她要待相救，已自不及。楊過捨命維護孫婆婆的情形，她都瞧在眼裏，見他眼中滿是淚水，點了點頭，道：「人人都要死，那也算不了甚麼。」

孫婆婆自小將她撫養長大，直與母女無異，但小龍女十八年來過的都是止水不波的日子，兼之自幼修習內功，竟修得胸中極少喜怒哀樂之情，見孫婆婆傷重難愈，自不免難過，但哀戚之感在心頭一閃即過，臉上竟不動聲色。

郝大通聽得楊過叫她「龍姑姑」，知道眼前這美貌少女就是逐走霍都王子的小龍女，更加詫異不已。霍都王子鎩羽敗逃，數月來傳遍江湖，小龍女雖未下終南山一步，名頭在武林中卻已頗爲響亮。

小龍女緩緩轉過頭來，向羣道臉上逐一望去。除郝大通內功深湛、心神寧定之外，其餘衆道士見到她澄如秋水、寒似玄冰的眼光，都不禁心中打了個突。

小龍女俯身察看孫婆婆，問道：「婆婆，你怎麼啦？」孫婆婆嘆了口氣，道：「姑娘，我一生從來沒求過你甚麼事，就是求你，你不答允也終是不答允。」小龍女秀眉微蹙，道：「現下你想求我甚麼？」孫婆婆點了點頭，指著楊過，一時卻說不出話來。小龍女道：「你要我照料他？」孫婆婆強運一口氣，道：「我求你照料他一生一世，別讓他吃旁人半點虧，你答不答允？」小龍女躊躇道：「照料他一生一世？」孫婆婆厲聲道：「姑娘，老婆子倘若不死，也會照料你一生一世。你小時候吃飯洗澡、睡覺拉尿，難道……難道不是老婆子一手照料的麼？你……你……你報答過我甚麼？」小龍女上齒咬著下唇，說道：「好，我答允你就是。」孫婆婆的醜臉上現出一絲微笑，眼睛望著楊過，似有話說，一口氣卻接不上來。

楊過知她心意，俯耳到她口邊，低聲道：「婆婆，你有話跟我說？」孫婆婆道：「你……你再低下頭來。」楊過將腰彎得更低，把耳朵與她口唇碰在一起。孫婆婆低聲道：「你龍姑姑無依無靠，你……你……也……照料她……一生一世……」說到這裏，一口氣再也提不上來，突然滿口鮮血噴出，只濺得楊過半邊臉上與胸口衣襟都是斑斑血點，就此閉目而死。楊過大叫：「婆婆，婆婆！」傷心難忍，伏在她身上號啕大哭。

羣道在旁聽著，無不惻然，郝大通更是大悔，走上前去向孫婆婆的屍首行禮，說道：「婆婆，我失手傷你，實非本意。這番罪業既落在我的身上，也是你命中該當有此一劫。你好好去罷！」小龍女站在旁邊，一語不發，待他說完，兩人相對而視。

過了半晌，小龍女才皺眉說道：「怎麼？你不自刎相謝，竟要我動手麼？」郝大通一怔，道：「怎麼？」小龍女道：「殺人抵命，你自刎了結，我就饒了你滿觀道士性命。」郝大通尚未答話，旁邊羣道已嘩然叫了起來。此時大殿上已聚了三四十名道人，紛紛斥責：「小姑娘，快走罷，我們不來難為你。」「瞎說八道！甚麼自刎了結，饒了我們滿觀道士性命？」「小小女子，不知天高地厚。」郝大通聽羣道喧擾，忙揮手約束。

小龍女對羣道之言恍若不聞，緩緩從懷中取出一團冰綃般的物事，雙手一分，右手將一塊白綃戴在左手之上，原來是一隻手套，隨即右手也戴上手套，輕聲道：「老道士，你既貪生怕死，不肯自刎，取出兵刃動手罷！」

郝大通慘然一笑，說道：「貧道誤傷了孫婆婆，不願再跟你一般見識，你帶了楊過出觀去罷。」他想小龍女雖因逐走霍都王子而名滿天下，終究不過憑藉一羣玉蜂之力。她小小年紀，就算武功有獨得之秘，總不能強過孫婆婆去，讓她帶楊過而去，一來念著雙方師門上代情誼，息事寧人，二來誤殺孫婆婆後心下實感不安，只得盡量容讓。

不料小龍女對他說話仍恍如並沒聽見，左手輕揚，一條白色綢帶忽地甩出，直撲郝大通面門。這一下來得無聲無息，事先竟沒半點朕兆，燭光照映之下，只見綢帶末端繫著個金色圓球。郝大通見她出招迅捷，兵器又極怪異，他年紀已大，行事穩重，雖自恃武功高出對方甚多，卻也不肯貿然接招，閃身往左避開。

那知小龍女這綢帶兵刃竟能在空中轉彎，郝大通躍向左邊，這綢帶跟著向左，只聽得玎玎玎三聲連響，金球疾顫三下，分點他臉上「迎香」、「承泣」、「人中」三個穴道。這三下點穴出手之快、認位之準，實是武林中的第一流功夫，又聽得金球中發出玎玎聲響，聲雖不大，卻甚爲怪異，入耳蕩心搖魄。郝大通全沒料到，大驚之下，忙使個

「鐵板橋」，身子後仰，綢帶離臉數寸急掠而過。他怕綢帶上金球跟著下擊，也是他武功精純，揮洒自如，便在身子後仰之時，全身忽地向旁搬移三尺。這一著也出乎小龍女意料之外，錚的一響，金球擊落在地。她這金球擊穴，著著連綿，郝大通竟在極危急之中以巧招避過。小龍女左手綢帶與金球在空中緩緩掠過，倘若乘勢再行擊落，郝大通萬難更避，她並不追擊，顯是手下容情。

郝大通伸直身子，臉上已然變色。羣道不是他弟子，就是師姪，向來對他武功欽服之極，見他雖未受傷，這一招卻避得十分狼狽，無不駭異。四名道人各挺長劍向小龍女刺去。小龍女道：「是啦，早該用兵刃！」雙手齊揮，兩條白綢帶猶如水蛇般蜿蜒而出，玎玎兩響，接著又玎玎兩響，四名道人手腕上的「靈道」穴都讓金球點中，嗆啷、嗆啷兩聲，四柄長劍落地。這一下先聲奪人，羣道盡皆變色，沒人再敢出手。

郝大通初時只道小龍女武功多半平平，那知一動上手竟險些輸在她手裏，不由得生了敵愾之心，從一名弟子手中接過長劍，說道：「龍姑娘功夫了得，貧道倒失敬了，來來來，讓貧道領教高招。」小龍女點了點頭，玎玎聲響，白綢帶自左而右的橫掃過去。

按照輩份，郝大通高著一輩，小龍女動手之際本該敬重長輩，先讓三招，但她一上來就下殺手，於甚麼武林規矩全不理會。郝大通心想：「這女孩兒武功雖不弱，但似乎甚麼也不懂，顯是絕少臨敵接戰的經歷，再強也強不到那裏。」當下左手捏著劍訣，右手擺動長劍，與她的一對白綢帶拆解起來。

羣道團團圍在周圍，凝神觀戰。燭光搖晃下，但見一個白衣少女，一個灰袍老道，帶飛如虹，劍動若電，紅顏華髮，漸鬥漸烈。

郝大通在這柄劍上花了數十載寒暑之功，單以劍法而論，在全眞教中可以數得上第三四位，但與這小姑娘翻翻滾滾拆了數十招，竟佔不到絲毫便宜。小龍女雙綢帶夭矯似靈蛇，圓轉如意，再加兩枚金球不斷發出玎玎之聲，擾人心魄。郝大通久戰不下，雖未落下風，但想自己是武林中久享盛名的宗匠，若與這小女子戰到百招以上，縱然獲勝，也已臉上無光，不由得焦躁，劍法忽變，自快轉慢，招式雖比前緩了數倍，劍上勁力卻也大了數倍。初時劍鋒須得避開綢帶捲引，威力既增，反去削斬綢帶。

再拆數招，只聽錚的一響，金球與劍鋒相撞，郝大通內力深厚，將金球反激起來，彈向小龍女面門，當即乘勢追擊，衆道歡呼聲中劍刃隨著綢帶遞進，指向小龍女手腕，滿擬她非撒手放下綢帶不可，否則手腕必致中劍。那知小龍女右手疾翻，已將劍刃抓住，喀的一響，長劍從中斷爲兩截。

這一下羣道齊聲驚叫，郝大通向後急躍，手中拿著半截斷劍，怔怔發呆。他怎想得到對方手套係以極細極韌的白金絲織成，是她師祖傳下的利器，雖輕柔軟薄，卻刀槍不入，任他寶刀利劍都難損傷，劍刃爲她驀地抓住，隨即以巧勁折斷。

郝大通臉色蒼白，大敗之餘，一時竟想不到她手套上有此巧妙機關，只道她當眞練就了刀槍不入的上乘功夫，顫聲說道：「好好好，貧道認輸。龍姑娘，你把孩子帶走罷。」小龍女森然道：「你打死了孫婆婆，說一句認輸就算了？」郝大通仰天打個哈哈，慘然道：「我當眞老胡塗了！」提起半截斷劍就往頸中抹去。

忽聽錚的一響，手上劇震，卻是一枚銅錢從牆外飛入，將半截斷劍擊落在地。他內力深厚，要從他手中將劍擊落，當眞談何容易？郝大通一凜，從這錢鏢打劍的功夫，已知是師兄丘處機到了，抬起頭來，叫道：「丘師哥，小弟無能，辱及我教，你瞧著辦罷。」只聽牆外一人縱聲長笑，說道：「勝負實乃常事，倘若打個敗仗就得抹脖子，你師哥再有十八顆腦袋也都割完啦。」人隨聲至，丘處機手持長劍，從牆外躍進。

他生性豪爽不過，長劍挺出，刺向小龍女手臂，說道：「全眞門下丘處機向高鄰討教。」小龍女道：「你這老道倒也爽快。」左掌伸出，又已抓住丘處機的長劍。郝大通驚叫：「師哥，留神！」但爲時已然不及，小龍女手上使勁，丘處機力透劍鋒，二人手勁對手勁，喀喇一響，長劍又斷。但小龍女也震得手臂酸麻，胸口隱隱作痛。只這一招之間，她已知丘處機的武功遠在郝大通之上，師門祕技「玉女心經」自己未曾練成，勝他不得，將斷劍往地下一擲，左手夾著孫婆婆的屍身，右手抱起楊過，雙足一蹬，騰空而起，輕飄飄的從牆頭飛躍而出。

丘處機、郝大通等人見她忽露了這手輕身功夫，不由得相顧駭然。丘郝二人與她交手，已知她武功雖精，比之自己終究尚有不及，但如此了得的輕身功夫卻當眞見所未見。郝大通長嘆一聲，道：「罷了，罷了！」丘處機道：「郝師弟，枉爲你修習了這多年道法，連這一點點挫折也勘不破？咱們師兄弟幾個這次到山西，不也鬧了個灰頭土臉？」郝大通驚道：「怎麼？沒人損傷罷？」丘處機道：「這事說來話長，咱們見馬師哥去。」

李莫愁在江南嘉興連傷陸立鼎等數人，隨即遠走山西，在晉北又傷了幾名豪傑。終於激動公憤，當地的武林首領大撒英雄帖，邀請同道羣起而攻。全眞教也接到了英雄帖。當時馬鈺與丘處機等商議，都說李莫愁雖作惡多端，但她的師祖終究與重陽先師淵源極深，最好是從中調解，給她一條自新之路。當下劉處玄與孫不二兩人連袂北上。那知李莫愁行蹤詭秘，忽隱忽現，劉孫二人竟奈何她不得，反給她又傷了幾名晉南晉北的好漢。

後來丘處機與王處一帶同十名弟子再去應援。李莫愁自知一人難與衆多好手爲敵，便以言語相激，與丘王諸人訂約逐一比武。第一日比試的是孫不二。李莫愁暗下毒手，以冰魄銀針刺傷了她，隨即親上門去，餽贈解藥，叫丘處機等不得不受。這麼一來，全眞諸道算是領了她情，按規矩不能再跟她爲敵。諸人相對苦笑，鎩羽而歸。幸好丘處機心急回山，沒與王處一等同去太行山遊覽，才及時救了郝大通性命。

丘處機查問郝大通和古墓派芳鄰動手的原由，得知是趙志敬對待楊過不公而起，甚爲惱怒。他因弟子楊康之故，想好好將楊過在全眞教中教養成材，卻偏遇上這件大不稱心事，這孩兒既已入了古墓，已不便強去索回，自覺有負郭靖託付，只盼將來對楊過再行照顧。全眞教第三代弟子中，武功本以趙志敬爲最強，馬、丘、王諸眞人原要將他立爲第三代首座弟子，但指揮北斗大陣阻截羣邪來犯終南山時生了大錯，這次對楊過又如此小氣粗暴，此人顯然藝高而德才不足，七子商議之下，便改立長春門下的甄志丙爲第三代首座弟子。趙志敬妒悔之餘，自對楊過加倍惱恨。

小龍女出了重陽宮後，放下楊過，抱了孫婆婆的屍身，帶同楊過回到活死人墓中。她將孫婆婆屍身放在她平時所睡的榻上，坐在榻前椅上，支頤於几，呆呆不語。楊過伏在孫婆婆身上，傷心悲憤，抽抽噎噎的哭個不停。過了良久，小龍女道：「人都死了，還哭甚麼？你這般哭她，她也不會知道了。」楊過一怔，覺她這話辛辣無情，但仔細想來，卻也當眞如此，傷心益甚，不禁又放聲大哭。

小龍女冷冷的瞧著他，絲毫不動聲色，又過良久，這才說道：「咱們去葬了她，跟我來。」一抱起孫婆婆屍身出了房門。楊過伸袖抹了眼淚，跟在她後面。墓道中沒半點光亮，他盡力睜大眼睛，也看不見小龍女的白衣背影，只得緊緊跟隨，不敢落後半步。她彎彎曲曲的東繞西迴，走了半晌，推開一道沉重的石門，從懷中取出火摺打著了火，點燃石桌上兩盞油燈。楊過四下裏張望，不由得打個寒噤，只見空空曠曠的一座大廳上並列放著五具石棺。凝神細看，見兩具石棺棺蓋已密密蓋著，另外三具的棺蓋卻只推上一半，也不知其中有無屍首。

小龍女指著右邊第一具石棺道：「祖師婆婆睡在這裏。」指著第二具石棺道：「師父睡在這裏。」楊過見她伸手指向第三具石棺，心中怦怦而跳，不知她要說誰睡在這裏，見棺蓋並未推上，若有殭屍在內，豈不可怖？只聽她道：「孫婆婆睡這裏。」楊過才知是具空棺，輕輕吐了口氣。他望著旁邊兩具空棺，好奇心起，問道：「那兩口棺材呢？」小龍女道：「我師姊李莫愁睡一口，我睡一口。」楊過一呆，道：「李莫愁……她會回來麼？」小龍女道：「我師父這麼安排了，她總要回來的。這裏還少一口石棺，因爲我師父料不到你會來。」楊過嚇了一跳，忙道：「我？我可不！」小龍女道：「我答允孫婆婆要照料你一生一世。我不離開這兒，你自然也在這兒。」

楊過聽她漠不在乎的談論生死大事，也就再無顧忌，道：「就算你不讓我出去，等你死了，我就出去了。」小龍女道：「我既說要照料你一生一世，就不會比你先死。」楊過道：「爲甚麼？你年紀比我大啊！」小龍女冷冷的道：「我死之前，自然先殺了你。」楊過嚇了一跳，說道：「孫婆婆叫我也要照料你一生一世的……」小龍女微微一笑，道：「你能照料我？大家一起死了，誰也不用照料誰。」

小龍女走到第三具石棺前，推開棺蓋，抱起孫婆婆便要放入。楊過心中不捨，說道：「讓我再瞧婆婆一眼。」小龍女見他與孫婆婆相識不過一日，卻已如此重情，不由得好生厭煩，皺了皺眉頭，當下抱著孫婆婆的屍身不動。楊過在暗淡燈光下見孫婆婆面目如生，又想哭泣。小龍女橫了他一眼，將孫婆婆的屍身放入石棺，伸手抓住棺蓋一拉，喀隆一聲響，棺蓋與石棺的榫頭相接，蓋得嚴絲合縫。

小龍女怕楊過再哭，對他一眼也不再瞧，說道：「走罷！」左袖揮處，室中兩盞油燈齊滅，登時黑成一團。楊過怕她將自己關在墓室之中，急忙跟出。

墓中天地，不分日夜。二人鬧了這半天也都倦了。小龍女命楊過睡在孫婆婆房中。楊過自幼獨身浪跡江湖，常在荒郊古廟中過夜，本來膽子甚壯，但這時要他在墓中獨睡一室，想起石棺中那些死人，委實說不出的害怕。小龍女連說幾聲，他只不應。小龍女道：「你沒聽見麼？」楊過道：「我怕。」小龍女道：「怕甚麼？」楊過道：「我不知道。我不敢一人睡。」小龍女皺眉道：「那麼跟我一房睡罷。」當下帶他到自己房中。

她在暗中慣了，素來不點燈燭，這時特地爲楊過點了一枝蠟燭。楊過見她秀美絕倫，身上衣衫又皓如白雪，一塵不染，心想她的閨房也必陳設得極為雅致，那知一進房中，不由得大為失望，但見她房中空空洞洞，竟和放置石棺的墓室無異。一塊長條青石作床，床上鋪了張草席，一幅白布當作薄被，此外更無別物。

楊過心想：「不知我睡在那裏？只怕她要我睡在地下。」正想此事，小龍女道：「你睡我的床罷！」楊過道：「那不好，我睡地下好啦。」小龍女臉一板，道：「你要留在這兒，我說甚麼，你就得聽話。你跟全眞教的道士打架，那由得你。哼哼，可是你若違抗我半點，立時取你性命。」楊過道：「你不用這麼兇，我聽你話就是。」小龍女道：「你還敢頂嘴？」楊過見她年輕美麗，卻硬裝狠霸霸模樣，伸了伸舌頭，就不言語了。小龍女已瞧在眼裏，道：「你伸舌頭幹甚麼？不服我是不是？」楊過不答，脫下鞋子，逕自上床睡了。

一睡到床上，只覺徹骨冰涼，大驚之下，赤腳跳下床來。小龍女見他嚇得狼狽，雖然矜持，卻也險些笑出聲來，道：「幹甚麼？」楊過見她眼角之間蘊有笑容，便笑道：「這床上有古怪，原來你故意作弄我。」小龍女正色道：「誰作弄你了。這床便是這樣的，快上去睡著。」說著從門角後取出一把掃帚，道：「你如睡了一陣溜下來，須吃我打十帚。」

楊過見她當眞，只得又上床睡倒，這次有了防備，不再驚嚇，但覺草席下似乎放了一層厚厚的寒冰，越睡越冷，禁不住全身發抖，上下兩排牙齒相擊，格格作響。再睡一陣，寒氣透骨，實在忍不下去了。

轉眼向小龍女望去，見她臉上似笑非笑，大有幸災樂禍之意，不禁暗暗生氣，咬緊牙關，全力與身下的寒冷抗禦。只見小龍女取出一根繩索，在室東的一根鐵釘上繫住，拉繩橫過室中，將繩子的另端繫在西壁的一根釘上，繩索離地約莫一人來高。她輕輕縱起，橫臥繩上，竟以繩爲床，跟著左掌揮出，掌風到處，燭火登熄。

楊過大爲欽服，說道：「姑姑，明兒你把這本事教給我好不好？」小龍女道：「這本事算得甚麼？你好好的學，我有好多厲害本事教你呢。」楊過聽得小龍女肯眞心教他，登時將初時的怨氣盡數抛到了九霄雲外，感激之下，不禁流下淚來，哽咽道：「姑姑，你待我這麼好，我先前還恨你呢。」小龍女道：「我趕你出去，你自然恨我，那也沒甚麼希奇。」楊過道：「倒不爲這個，我只道你也跟我從前的師父一樣，儘教我些不管用的功夫。」

小龍女聽他話聲顫抖，問道：「你很冷麼？」楊過道：「是啊，這張床底下有甚麼古怪，怎地冷得這般厲害？」小龍女道：「你愛不愛睡？」楊過道：「我……我不愛。」小龍女冷笑道：「哼，你不愛睡，普天下武林中的高手，不知道有多少人想睡此床而不可得呢。」楊過奇道：「那不是活受罪麼？」小龍女道：「哼，原來我寵你憐你，你還當是活受罪，當真不知好歹。」

楊過聽她口氣，似乎她叫自己睡這冷床確也不是惡意，於是柔聲央求道：「好姑姑，這張冷床有甚麼好處，你跟我說好不好？」小龍女道：「你要在這床上睡一生一世，它的好處將來自然知道。合上眼睛，不許再說。」黑暗中聽得她身上衣衫輕輕的響了幾下，似乎翻了個身，她凌空睡在一條繩索之上，居然還能隨便翻身，委實不可思議。

她最後兩句話聲音嚴峻，楊過不敢再問，於是合上雙眼想睡，但身下一陣陣寒氣透了上來，想著孫婆婆又心中難過，那能睡著？過了良久，輕聲叫道：「姑姑，我抵不住啦。」但聽小龍女呼吸徐緩，已經睡著。他又輕輕叫了兩聲，仍不聞應聲，心想：「我下床來睡，她不會知道的。」悄悄溜下床來，站在當地，大氣也不敢喘一口。

那知剛站定腳步，瑟的一聲輕響，小龍女已從繩上躍了過來，抓住他左手扭在他背後，將他按在地下。楊過驚叫一聲。小龍女拿起掃帚，在他屁股上用力擊了下去。楊過知道求饒也是枉然，於是咬緊牙關強忍。起初五下甚是疼痛，但到第六下時小龍女落手已輕了些，到最後兩下時只怕他挨受不起，打得更輕。十下打過，提起他往床上一擲，喝道：「你再下來，我還要再打。」

楊過躺在床上，不作一聲，只聽她將掃帚放回門角落裏，又躍上繩索睡覺。小龍女只道他定要大哭大鬧一場，那知他竟一聲不響，倒大出意料之外，問道：「你幹麼不作聲？」楊過道：「沒甚麼好作聲的，你說要打，總須要打，討饒也沒用。」小龍女道：「哼，你在心裏罵我。」楊過道：「我心裏沒罵你，你比我從前那些師父好得多。」小龍女奇道：「爲甚麼？」楊過道：「你雖打我，心裏卻憐惜我。越打越輕，怕我疼了。」小龍女給他說中心事，臉上微微一紅，好在黑暗之中，也不致被他瞧見，罵道：「呸，誰憐惜你了，下次你不聽話，我下手就再重些。」

楊過聽她的語氣溫和，嬉皮笑臉的道：「你打得再重，我也歡喜。」小龍女啐道：「哼，你一日不挨打，只怕睡不著覺。」楊過道：「那要瞧是誰打我。要是愛我的人打我，我一點也不惱，只怕還高興呢。她打我，是爲我好。有的人心裏恨我，只要他罵我一句，瞪我一眼，待我長大了，要一個個去找他算帳。」小龍女道：「你倒說說看，那些人恨你，那些人愛你。」楊過道：「這個我心裏記得淸淸楚楚。恨我的人不必提啦，多得數不淸。愛我的只有我死了的媽媽，我的義父，郭伯伯，還有孫婆婆和你。」

小龍女冷笑道：「哼，我才不會愛你呢。孫婆婆叫我照料你，我就照料你，你這輩子可別盼望我有好心待你。」楊過本已冷得難熬，聽了此言，更如當頭潑下一盆冷水，忍著氣問道：「我有甚麼不好，爲甚麼你這般恨我？」小龍女道：「你好不好關我甚麼事？我也沒恨你。我這一生就住在這墳墓之中，誰也不愛，誰也不恨。」楊過道：「那有甚麼好玩？姑姑，你到外面去過沒有？」小龍女道：「我沒下過終南山，外面也不過有山有樹，有太陽月亮，有甚麼好？」

楊過拍手道：「啊喲，那你可眞是枉自活了這一輩子啦。城裏形形色色的東西，那才教好看呢。」當下把自幼東奔西闖所見的諸般事物一一描述。他口才本好，這時加油添醬，更加說得希奇古怪，變幻百端。好在小龍女活了一十八歲從沒下過終南山，不管他如何誇張形容，全都信以爲眞，聽到後來，不禁嘆了口氣。

楊過道：「姑姑，我帶你出去玩，好不好？」小龍女道：「你別胡說！祖師婆婆留下遺訓，在這活死人墓中住過的人，誰也不許下終南山一步。」楊過嚇了一跳，道：「難道我也不能下山啦？」小龍女道：「自然不能。」楊過聽了倒也並不憂急，心道：「桃花島是海中孤零零的一座島，我去了也能離開，這座大墳又怎當眞關得我住？」又問：「你說那個李莫愁李姑娘是你師姊，她自然也在這活死人墓中住過了，怎麼又下終南山去？」小龍女道：「她不聽我師父的話，是師父趕她出去的。」楊過大喜，心想：「有這規矩就好辦，那一天我想出去了，只須不聽你話，讓你趕了出去便是。」但想這番打算可不能露了口風，否則就不靈了。

兩人談談說說，楊過一時之間倒也忘了身上的寒冷，但只住口片刻，全身又冷得發抖，央求道：「姑姑，你饒了我罷。我不睡這床啦。」小龍女道：「你跟全眞教的師父打架，不肯討一句饒，怎麼現下這般不長進？」楊過笑道：「誰待我不好，他就是打我，我也不肯輸一句口。誰待我好呢，我為他死了也心甘情願，何況討一句饒？」小龍女呸了一聲，道：「誰待你好了？」

楊過聽她語音之中並無怒意，大聲叫道：「冷啊，冷啊，姑姑，我抵不住啦。」其實他身上雖冷，卻也不須喊得如此驚天動地。小龍女道：「你別吵，我把這石床的來歷說給你知道。」楊過喜道：「好。我不叫啦，姑姑你說罷。」

小龍女道：「我說普天下英雄都想睡這張石床，並非騙你。這床是用上古寒玉製成，實是修習上乘內功的良助。」楊過奇道：「這不是石頭麼？」小龍女冷笑道：「你說見過不少古怪事物，可見過這般冰冷的石頭沒有？這是祖師婆婆的好朋友花了好幾年心血，到極北苦寒之地，在數百丈堅冰之下挖出來的寒玉。睡在這玉床上練內功，一年抵得上平常修練的十年。」楊過喜道：「啊，原來有這等好處。」小龍女道：「初時你睡在上面，覺得奇寒難熬，只得運全身功力與之相抗，久而久之，習慣成自然，縱在睡夢之中也練功不輟。常人練功，就算是最勤奮之人，每日總須有幾個時辰睡覺。練功是逆天而行的事，氣血運轉，均與常時不同，常人每晚睡覺，氣血自不免如舊運轉，倒將白天所練成的功夫十成中耗去了九成。但若在這寒玉床上睡覺，睡夢中非但不耗白日之功，反而更增功力。」

楊過登時領悟，道：「那麼晚間在冰雪上睡覺，也有好處。」小龍女道：「那又不然。一來冰雪給身子偎熱，化而爲水，人不能在冷水中睡覺；二來這寒玉遠遠超過了冰雪的寒冷。」楊過道：「姑姑，怪不得你冷天也穿白色衣衫，冰雪一樣，當眞好看，原來你身上也是冷的，我見人家在冬天都穿深色襖子的。你不怕冷吧？」小龍女道：「我不怕冷。你說白色衣衫好看嗎？我不管好看不好看，衣服穿在身上就是了。這寒玉床另有一椿好處，大凡修練內功，最忌走火入魔，因此平時練功，倒有一半精神用來和心火相抗。這寒玉乃天下至陰至寒之物，修道人坐臥其上，心火自清，練功時儘可勇猛精進，不怕後患。這豈非比常人練功又快了一倍？」

楊過喜得心癢難搔，道：「姑姑，你待我眞好，你讓我睡了這床，自己只在繩子上睡，就沒得到寒玉床的好處了。將來我不知怎樣報答你才好。孫婆婆叫我也照料你一生一世，我一定好好照料你。」小龍女道：「你自己哭哭啼啼的，照料我甚麼？」楊過道：「我將來年紀大些，就不是小孩子了。姑姑，我用心練功，將來就不怕武家兄弟與郭芙他們了，全眞教的趙志敬他們練功雖久，我也追得上。」小龍女冷冷的道：「祖師婆婆傳下的遺訓，既在這墓中住，就得修心養性，絕了與旁人爭競之念。」楊過急道：「難道他們這般欺侮我，又害死了孫婆婆，咱們就此算了？」小龍女道：「每個人總是要死的，孫婆婆倘若不死在郝大通手裏，再過幾年，她好端端的自己也會死。多活幾年，少活幾年，又有甚麼分別？報仇雪恨的話，以後不可再跟我提。」

小龍女自幼受師父及孫婆婆撫養長大，十八年來始終與兩個年老婆婆為伴。二人雖對她甚好，但她師父要她修習「玉女心經」，自幼便命她摒除喜怒哀樂之情，只要見她或哭或笑，必有重譴，孫婆婆雖然熱腸，卻也不敢礙了她進修，是以養成了一副冷酷孤僻的脾氣。她不但內功練的是冷功，性格脾氣練的也是冷功。這時楊過一來，此人心熱如火，年又幼小，言談舉止自與兩位婆婆截然相反。小龍女聽他說話，明知不對，卻也與他談得娓娓忘倦。

楊過覺得這些話雖言之成理，但總有甚麼地方不對，一時卻想不出話來反駁。就在此時，寒氣又陣陣侵襲，不禁發抖。小龍女道：「我教你怎生抵擋這床上的寒冷。」於是傳了他幾句口訣與修習內功的法門，正是她那一派的入門根基功夫。楊過依法而練，只練得片刻，便覺寒冷大減，待得內息轉到第三轉，但感身上火熱，再也不嫌冰冷難熬，反覺睡在石床上清涼舒服，雙眼一合，便迷迷糊糊的睡去。睡了小半個時辰，身上熱氣消失，給床上的寒意冷醒了過來，便又依法行功。如此忽醒忽睡，鬧了一夜，次晨醒轉卻絲毫不覺困倦。原來只一夜之間，內力修為上便已有了進步。

第二天兩人吃了早飯，楊過將碗筷拿到廚下，洗滌乾淨，回到大廳中來。小龍女道：「有一件事，你去想想明白。倘若你當眞拜我為師呢，一生一世就得聽我的話。如不拜我爲師，我仍傳你功夫，你將來如勝得過我，就憑武功打出這活死人墓去。」楊過毫不思索，說道：「我自然拜你爲師。就算你不傳我半點武藝，我也決意聽你的話。」小龍女奇道：「爲甚麼？」楊過道：「姑姑，您心裏待我好，難道我不知道麼？」小龍女板起臉道：「我待你好不好，不許你再掛在嘴上說。你既決意拜我爲師，咱們到後堂行禮去。」

楊過跟著她走向後堂，小龍女在桌上點亮兩枝蠟燭。楊過見堂上也空蕩蕩的沒甚麼陳設，只東西兩壁都掛著一幅畫。西壁畫中是兩個姑娘。一個二十五六歲，正對鏡梳妝，另一個是十四五歲的丫鬟，手捧面盆，在旁侍候。畫中鏡裏映出那年長女郎容貌極美，秀眉入鬢，眼角間卻隱隱帶著殺氣。楊過望了幾眼，不自禁的大生敬畏之意。

小龍女指著那年長女郎道：「這位是祖師婆婆，你磕頭罷。」楊過奇道：「她是祖師婆婆，怎麼這般年輕？」小龍女道：「畫像的時候年輕，後來就不年輕了。」楊過心中琢磨著「畫像的時候年輕，後來就不年輕了」這兩句話，忽感一陣淒涼，怔怔的望著那幅畫像，不禁要掉下淚來。

小龍女那知他心意，又指著那丫鬟裝束的少女道：「這是我師父，你快磕頭罷。」楊過側頭看那畫像，見這少女憨態可掬，滿臉稚氣，那知後來竟成了小龍女的師父，當下不遑多想，跪下就向畫像磕頭，砰砰砰的重重磕下，心中充滿了誠意。

小龍女待他站起身來，指著東壁上懸掛著的畫像道：「向那道人吐一口唾沫。」楊過一看，見像中道人身材甚高，腰懸長劍，右手食指指著東北角，背脊向外，面貌卻看不見。他甚感奇怪，問道：「那是誰？幹麼唾他？」小龍女道：「這是全眞教的教主王重陽，我們門中有個規矩，拜了祖師婆婆之後，須得向他唾吐。」楊過大喜，他對全眞教本就十分憎惡，只覺本門這規矩妙之極矣，大大一口唾沫吐在王重陽畫像的背上，吐了一口頗覺不夠，又吐了兩口，罵了兩聲：「臭道士！」還待再吐，小龍女道：「夠啦！」

楊過問道：「咱們祖師婆婆好恨王重陽麼？」小龍女道：「不錯。」楊過道：「我也恨他。幹麼不把他的畫像毀了，卻留在這裏？」小龍女道：「我也不知道，只聽師父與孫婆婆說，天下男子就沒個好人。」她突然聲音嚴厲，喝道：「日後你年紀大了，做了壞事出來，瞧我饒不饒你？」楊過道：「你自然饒我。」小龍女本來威嚇示警，不意他竟立即答出這句話來，一怔之下，倒拿他無法可想，喝道：「快拜師父。」

楊過道：「師父自然是要拜的。不過你先須答允我一件事，否則我就不拜。」小龍女心想：「聽孫婆婆說，自來收徒之先，只有師父叫徒兒答允這樣那樣，豈有徒兒反向師父要脅之理？」她生性沉靜，倒也並不動怒，道：「甚麼事？你倒說來聽聽。」楊過道：「我心裏當你師父，敬你重你，你說甚麼我就做甚麼，可是我口裏不叫你師父，只叫你姑姑。」小龍女不禁一呆，問道：「那爲甚麼？」楊過道：「我拜過全眞教那臭道士做師父，他待我不好，我在夢裏也罵師父。因此還是叫你姑姑的好，免得我罵師父時連累到你。」小龍女啞然失笑，覺得這孩子的想法倒也有趣，便道：「好罷，我答允你便是。」

楊過恭恭敬敬的跪下，向小龍女咚咚咚的叩了八個響頭，說道：「弟子楊過今日拜小龍女姑姑爲師，自今而後，楊過永遠聽姑姑的話，要一生一世照料姑姑周全。倘若姑姑有甚危難凶險，楊過要捨了自己性命保護姑姑，如有壞人來欺侮姑姑，楊過拚了命也要將他殺了。」其實此時小龍女的武功不知比他要高出多少，但楊過見她秀雅柔弱，胸中油然而生男子漢保護弱女子的氣概，到後來竟越說越慷慨激烈。小龍女聽他語氣誠懇，雖話中孩子氣甚重，卻也不禁感動。

楊過磕完了頭，爬起身來，滿臉喜悅之色。小龍女道：「你有甚麼好高興的？我本事勝不過那全眞教的老道丘處機，更加比不上你的郭伯伯。」楊過道：「他們再好也不干我事，但你肯眞的教我功夫啊。」小龍女道：「其實學了武功也沒甚麼用。只是在這墓中左右無事，我就教你罷了。」

楊過道：「姑姑，咱們這一派叫作甚麼名字？」小龍女道：「自祖師婆婆入居這活死人墓以來，從來不跟武林人物打交道，咱們這一派也沒甚麼名字。後來李師姊出去行走江湖，旁人說她是『古墓派』弟子，咱們就叫『古墓派』罷！」楊過搖頭道：「古墓派，這名稱不好！」他剛拜師入門，便指摘本門的名稱，小龍女也不以爲意，說道：「名稱好不好有甚相干？你在這裏等著，我出去一會。」

楊過想起自己孤另另的留在這墓室之中，大是害怕，忙道：「姑姑，我和你同去。」小龍女横了他一眼，道：「你說永遠聽我話，我第一句話你就不聽。」楊過道：「我怕。」小龍女道：「男子漢大丈夫，怕甚麼了？你還說要幫我打壞人呢。」楊過想了一想，道：「好，那你快些回來。」小龍女冷冷的道：「那也說不定，要是一時三刻捉不到呢？」楊過奇道：「捉甚麼？」小龍女不再答話，逕自去了。

她這一出去，墓中更沒半點聲息。楊過心中猜想，不知她去捉甚麼人，但想她不會下終南山，定是去捉全眞教的道人了，卻不知捉誰，捉來自然要折磨他一番，倒是大大的妙事，但姑姑孤身一人，別吃虧才好。胡思亂想了一陣，出了大廳，沿著走廊向西走去，走不了十多步，眼前便一片漆黑。他只怕迷路，摸著牆壁慢慢走回，不料走到二十步以上，仍不見廳中燭光。他驚慌起來，加快腳步向前。本已走錯了路，這一慌亂，更錯上加錯。越走越快，東碰西撞，黑暗中但覺處處都是歧路岔道，永遠走不回大廳。他放聲大叫：「姑姑，姑姑，快來救我。」回音在墓道之中傳來，隱隱發悶。

亂闖了一陣，只覺地下潮濕，拔腳時帶了泥濘上來，原來已非墓道，卻走進了與墓道相通的地底隧道。他更加害怕，心道：「我如在墓中迷路，姑姑總能找到我。現下我走到了這裏，她遍找不見，只道我逃了出去，她定會傷心得很。」不敢再走，摸到塊石頭，雙手支頤，呆呆的坐著，只想放聲大哭，卻又哭不出聲。

這樣枯坐了一個多時辰，忽然隱隱聽到「過兒，過兒！」的叫聲。楊過大喜，急躍而起，叫道：「姑姑，我在這裏。」可是那「過兒，過兒」的叫聲卻越去越遠。楊過大急，放大了嗓子狂喊：「我在這裏。」過了一陣子，仍聽不見聲息，突覺耳上一涼，耳朵給人提了起來。

他先是大吃一驚，隨即大喜，叫道：「姑姑，你來啦，怎麼我一點也不知道？」小龍女道：「你到這裏來幹甚麼？」楊過道：「我走錯了路。」小龍女嗯了一聲，拉住他手便走，雖在黑暗之中，然而她便如在太陽下一般，轉彎抹角，行走迅速異常。楊過道：「姑姑，你怎麼能瞧見？」小龍女道：「我一生在黑暗中長大，自然不用光亮。」楊過適才在這一個多時辰中驚悔交集，此時獲救，喜不自勝，只不知說些甚麼才好。

片刻之間，小龍女又帶他回到大廳。楊過嘆了一口長氣，道：「姑姑，剛才我眞躭心。」小龍女道：「躭心甚麼？我總會找到你的。」楊過道：「不是躭心這個，我怕你以爲我自己逃走了，心裏難過。」小龍女道：「你如逃走，我答允了孫婆婆的話就不算數了，又有甚麼難過？」

楊過聽了，很覺無味，問道：「姑姑，你捉到了麼？」小龍女道：「捉到了。」楊過道：「你為甚麼捉他？」小龍女道：「給你練習武功啊。跟我來！」楊過心想：原來她去捉個臭道人來給我過招，那倒有趣，最好捉的便是師父趙志敬，他給姑姑制服後，只有挨自己的拳打足踢，沒法反抗，當眞大大過癮。跟隨在後，越想越開心。

小龍女轉了幾轉，推開一扇門，進了間石室，室中點著燈火。石室奇小，兩人站著，轉身也不容易，室頂又矮，小龍女伸長手臂，幾可碰到。

楊過不見道士，暗暗納罕，問道：「你捉來的道士呢？」小龍女道：「甚麼道士？」楊過道：「你不是說出去捉人來助我練功麼？」小龍女道：「誰說是人了?就在這兒。」俯身在石室角落裏提起一隻布袋，解開縛在袋口的繩索，倒轉袋子一抖，飛出來三隻麻雀。楊過大為奇怪：「原來姑姑出去是捉麻雀。」

小龍女道：「你把三隻麻雀都捉來給我，可不許弄傷了羽毛腳爪。」楊過喜道：「好啊！」撲過去就抓。但麻雀靈動異常，東飛西撲，楊過氣喘吁吁，累得滿頭大汗，別說捉到，連羽毛也碰不到一根。

小龍女道：「你這麼捉不成，我教你法子。」教了他一些竄高撲低、揮抓拿捏的法門。楊過才知她是經由捉麻雀而授他武功，用心牢牢記住。訣竅雖領會了，一時之間卻不易用得上。小龍女任他在小室中自行琢磨練習，帶上了門出去。

這一日楊過並沒捉到一隻，晚飯過後，便在寒玉床上練功。第二日再捉麻雀，躍起時高了數寸，出手時也快捷了許多。到第五日上，終於抓到了一隻。楊過大喜不已，忙奔去告知小龍女。不料她殊無嘉許之意，冷冷的道：「一隻有甚麼用，要連捉三隻。」

楊過心想：「既能捉到一隻，再捉兩隻又有何難？」豈知大謬不然，接連兩日，又一隻也捉不到了。小龍女見三隻麻雀已累得精疲力盡，用飯粒飽飽餵了一頓，放出墓去，另行捉了三隻來讓他練習。到了第八日上，楊過才一口氣將三隻麻雀抓住。

小龍女道：「今天該上重陽宮去啦。」楊過驚道：「幹甚麼？」小龍女不答，帶著他走出墓門。楊過已有七日不見日光，乍見之下，眼睛幾乎睜不開來。

兩人來到重陽宮前。楊過心下惴惴，不住斜眼瞧小龍女，卻見她神色漠然，於她心意猜不到半分，只聽她朗聲叫道：「趙志敬，快出來。」

兩人來到宮前，便有人報了進去，小龍女叫聲甫畢，宮中湧出數十名道士。兩名小道士左右扶著趙志敬，只見他形容憔悴，雙目深陷，已沒法自行站立。衆道見到二人，都手按劍柄，怒目而視。

神鵰俠侶(大字版) / 金庸作. -- 二版.
-- 臺北市：遠流, 2017.10
冊； 公分. --(大字版金庸作品集；17–24)

ISBN 978-957-32-8094-1 (全套：平裝).

857.9 106016630